Nuova Narrativa Newton

503

Questo libro è un'opera di fantasia.
Nomi, personaggi, luoghi e avvenimenti
sono frutto dell'inventiva dell'autore
e vengono usati in modo fittizio.
Qualsiasi somiglianza con persone reali,
vive o defunte, fatti o luoghi è assolutamente casuale.

Quinta edizione: aprile 2014

Roma, Casella postale 6214

ISBN 978-88-541-6689-9

www.newtoncompton.com

Stampato nell'aprile 2014 presso Puntoweb s.r.l., Ariccia (Roma)
su carta prodotta con cellulose senza cloro gas provenienti da foreste
controllate e certificate, nel rispetto delle normative ecologiche vigenti

Paolo Cammilli

Maledetta primavera

Newton Compton editori

Ai miei genitori

Morire va bene ma non per te
Morire qui, Renato Zero

Questo amore è una lama sottile
Fotoromanza, Gianna Nannini

Ragazzo tu non mi seguire,
rispetta questo mio dolore
Sigla di *Judo Boy*

30 giugno, 2009

Montagnèr, non ti dimenticheremo

1

Fabrizio Montagnèr era meglio se restava a casa.

Schiantato sul divano, con i piedi sopra il tavolino e la faccia nel vortice del ventilatore come uno skipper di bolina, a fare fuori birrette gelate e a spararsi, per la sesta volta negli ultimi cinque anni, *Lo chiamavano Trinità*. In seconda serata, su Rete 4.

Era quella l'idea giusta, poche storie.

E invece eccolo laggiù. In trincea. Proprio non ce l'ha fatta a resistere. Ormai se la gioca, eccitato e ignaro come un imbarcato del Titanic.

Questa è la sua notte, la notte del riscatto, se lo sente.

Non è una questione di orgoglio.

Di più.

A proposito, lei sarà già dentro?

Lo sa che è già dentro. Muore di curiosità, ma non è il momento di perdere la calma.

Un fascio di luce azzurro fiordaliso che solo il Cabiria, il disco club più moderno di Milano, della Lombardia e forse d'Italia, è in grado di generare incide il buio come un bisturi e svela la corona di platani intorno al piazzale di fronte. Ma soprattutto, per un attimo, immortala Montagnèr. È proprio quello laggiù, in fondo in fondo al parcheggio, le braccia appollaiate sopra la portiera spalancata della sua Citroen CX25 Turbo "Squalo", per mantenere l'equilibrio.

Gira tutto.

Tantissima gente, bagliori convulsi, suoni imprecisi.

Devi concentrarti su un punto.

Va bene: quella lucina rossa che brilla nel buio in cima al traliccio!

Ancora un attimo... Ok, a posto.

È sudato fradicio come se lo avessero centrato con una secchiata d'acqua, i capelli troppo corti gli fanno la testa a missile e quei sette chili in più, spuntati negli ultimi mesi proprio al fotofinish, sono stati una vera carognata.

Non era il momento di svaccare.

Indossa una camicia bianca che gli ha sempre portato fortuna e che rispolvera solo quando il gioco si fa duro. La macchia di sugo (carrettiera) proprio all'altezza del cuore non inficia assolutamente niente.

Decide di guardarsi nello specchietto retrovisore ed è costretto a prendere atto di una scomoda verità: Fabrizio Montagnèr non assomiglia più a Francis Poncharello dei Chips, il suo grande cavallo di battaglia.

Solo il sorriso è rimasto quello del Ponch.

Ma non importa.

Ormai è tornato.

Con questi chiari di luna, le difficili condizioni atmosferiche sono l'ultimo dei suoi pensieri.

Fa troppo caldo a Settimo Naviglio, non è possibile! Anche se è mezzanotte spaccata e l'estate è appena cominciata. Più che caldo, è afa. Trasforma il sudore in colla e impiastriccia tutto. L'impulso di buttarsi sotto la doccia ogni dieci minuti è condiviso da tutti i tremilanovantacinque abitanti di questo paesino ai bordi di Milano.

Montagnèr si accontenterebbe di una fontanella infrattata per sciacquarsi le ascelle...

Il sospiro di un ventuccio rinunciatario non serve assolutamente a niente.

C'è bisogno di un aiutino, l'ultimissimo prima dell'incontro più atteso della sua vita e poi sarà finalmente pronto.

Grazie all'azione congiunta delle nuovissime Kenwood KFC, sei bombe a orologeria che qualche idiota si ostina ancora a chiamare "impianto Hi-Fi auto", è tempo di lanciare alle stelle *Maledetta primavera*. Per caricarsi come nelle grandi occasioni.

Pochi secondi ad armeggiare nel cruscotto e un torrente di sensazioni positive sembra travolgerlo letteralmente, mentre canta insieme alla Goggi sull'orlo della commozione.

Dolce e frizzante la vendetta, a Settimo Naviglio.

Anche se un piccolo merito andrà pure attribuito all'imprecisato numero di grappe al mirto (il signor Fiorello Pieroni, titolare della trattoria Il faro, ne ha contate nove) che gli ha tinto i pensieri di rosa e trasformato lo stomaco nel Gorgo del Maelstrom!

Alza la mano per salutare qualcuno nella folla e torna subito a cantare.

Nemmeno si accorge che tre ragazze sulla ventina gli stanno passando accanto immerse in una nuvola di profumo. I tacchi colpiscono il pavé solo pochi centimetri più in là.

Lo guardano.

E ridono (di lui?).

Per questo ci fa caso.

Quasi gli fanno perdere l'ispirazione e smette persino di cantare.

Tre fighette. Due bionde e una mora. Le solite fighette di legno che Montagnèr non si filerebbe mai e poi mai. Lui le odia quelle ragazzine viziate e superficiali. Sono la genia peggiore. Ci godono come pazze a infliggerti due di picche davanti a tutti e a farti passare da sfigato con le amiche stronze.

Unico rimedio? L'indifferenza totale.

La prima, una bionda con i capelli a caschetto, quasi lo urta con la spalla nuda e ride forte, senza regole. Secondo Fabrizio lo sta facendo apposta per prenderlo per il culo e per farsi notare.

Se ne sbatte.

Quella nel mezzo (castana chiara? Castana scura? Rossiccia? Boh!) invece si gira e lo guarda da sopra la spalla. La frangia sullo sguardo, per un attimo. Nota che anche lui le ha lanciato un'occhiata. Allora sorride e basta, si trattiene. Ma gli occhi le scintillano irridenti. Ha le linee del viso morbide e una luce vivace negli occhi scuri che devi guardarla per forza.

Un trucco, chiaramente. È la solita scemerella: lui le riconosce al volo.

Se solo avesse trangugiato qualche grappino in meno si sarebbe accorto di un piccolo, importantissimo, particolare.

La terza invece l'ha già vista. Forse in televisione. *Non c'è che dire: bona.*

«...per innamorarsi baaaastaaa un'ooora! Che fretta c'era...», quelle tre sgallettate adesso cantano (male) pure la Sua canzone! E ridono sempre, sempre...

Deve rimanere concentrato, tranquillo. Quando è sotto pressione perde brillantezza e gli vengono i tic. L'imperativo categorico ripetuto durante l'intera settimana gli rimbalza in mente per l'ennesima volta: deve essere tosto come Rambo e calmo come Piero Angela.

Solo questo Montagnèr!

Si guarda intorno, serio e ispirato.

Ma dove cazzo sono Bartolini, Ricci e Del Zanna? E il Ciaccia?

Senza la claque si sente perso. Braccio di Ferro senza il barattolo degli spinaci.

Allora, con un movimento rapido e collaudato estrae il

telefonino dalla tasca dei jeans e compone il numero. La conversazione è sintetica: «Biribip»

Fanculo, il credito.

Si è dimenticato di ricaricare.

La stizza è un breve sorrisino rivolto a un cielo fuligginoso che sembra nascondere tutte le stelle dietro a una pellicola di cellophane. Si intuisce solo la luna, una virgola sottile su una pagina scura.

Ormai è il momento, gli amici prima o poi arriveranno. Un brivido subdolo, come un serpentello rovente, gli guizza dalla pancia fino alla stomaco.

Non è emozione, vero? No, vero? *No. Tranquillo. È acqua passata. Adesso tocca a te.*

Proprio in questo momento sfumano le ultime note della canzone.

Forza Fabrizio vaiii!

Va.

Anzi vola.

Si fionda verso l'ingresso e, mentre dribbla gambe, schiene, facce abbronzate, culi, si rende conto che quella vibrazione che pompa dentro come se gli avessero ficcato un altoparlante nello stomaco non è il letto di *drum'n'bass* sfuggito al ventre infuocato del Cabiria, ma il battito violento del suo cuore.

Tranquillo, è acqua passata (?).

Fabrizio Montagnèr ha trentaquattro anni, è un PR in pensione e deve saldare un conto in sospeso che ha un nome e cognome: Carlotta Magonio.

Quella troietta.

Nello stesso momento,
pochi chilometri a sud-est di Settimo Naviglio

Perché non mi vuoi?

2

Carlotta Magonio non è una troietta, è una ragazza che sa stare al mondo (per i suoi ventidue anni) ed è di una bellezza sfacciata.

Gli uomini ci diventano scemi.

È sempre stato così, ma ora di più. Ora è un continuo. La consumano con gli occhi, la fermano con le scuse peggiori, ci provano in tutti modi.

L'assalto a Fort Apache! Dalla mattina alla sera.

Non è appariscente, ma basta guardarla un attimo di più e…

Mordicchia la cannuccia della Caipiroska e si guarda distrattamente intorno, tutta presa a parlottare con Ginevra De Amicis, la sua amichetta del cuore.

Un pigolio fitto fitto, impossibile da penetrare.

Stanno spettegolando a tappeto e, ora come ora, niente e nessuno potrebbe distrarle in mezzo a quella tavolata zeppa di gente in fondo alla sala centrale del Torquemada. Un lounge bar in zona Sempione dove, per una decina di euro, puoi accedere agli inimitabili aperitivi fusion del venerdì e strafogarti di sushi, linguine alle cozze di Olbia e tagliata di manzo con i funghi porcini.

Ha notato solo una cosa: lui.

No. Non è possibile… Di nuovo!

Sta per dire qualcosa, poi si morde le labbra e inghiotte le parole, affondando i denti sulla lamina del gloss.

E ora?

In quel locale si sta appiccicati come cianfrusaglie sullo scaffale di un bazar e, seduti al tavolo, è ancora peggio. L'aria condizionata c'è ma fa caldo lo stesso.

Una ghirlanda di spot alogeni, disposta sapientemente nei punti strategici delle pareti ambrate, rischiara la sala centrale come se il sole si fosse rintanato là dentro e la porta a vetri d'ingresso rimane quasi sempre spalancata: ondate di aria densa fuggono dentro come acqua bollente.

Carlotta è tutta contenta. Ha superato proprio questa mattina l'esame di Economia aziendale 2; la mamma per festeggiare le ha regalato il nuovissimo iPhone che sta trastullando fra le mani; oggi è l'ultimo giorno (notte) di lavoro.

Il ruolo della corteggiatissima cameriera in quel locale per fighetti e tardoni sotto sotto non le dispiace affatto, ma ormai è arrivata l'estate.

I fine settimana al mare, il viaggio in Grecia con Ginevra e una miriade di cose che non sa ma che si aspetta.

Insomma non è serata per passare il tempo ad annacquare i bollenti spiriti di quel pallone gonfiato che la sta fissando come Giucas Casella.

Se non era un caro amico di Ginevra lo aveva già segato.

Ci vuole assolutamente una pausa. Di riflessione. Al WC.

Giusto il tempo di specchiarsi sulla lama del coltello della mozzarella in carrozza... Uno sberleffo di rossetto proprio su un dente davanti.

A proposito, e il resto del trucco?

Le si sta squagliando sul viso (suggestione). Ombretto e rimmel pronti a colare giù.

Quel sottofondo musicale, poi, non le torna proprio.

Ma non era un lounge bar?

Poker Face, rigurgitata dagli altoparlanti per la terza volta nell'arco di un paio d'ore, palpita nelle tempie come se avesse la bocca di Lady Gaga appiccicata all'orecchio. Zaffate di fritto si tuffano nel respiro e le zanzare le stanno mangiando le gambe.

Per tutti questi motivi, Carlotta Magonio, dopo essersi grattata forte una caviglia, avvicina il suo bel viso a quello dell'amica fino a farle il solletico con un ciuffo scappato in avanti. Inclinando la testa come per darle un bacio.

«Ginevra, ti prego, in bagno. Ora però. E poi ti devo dire una cosa importante… anzi tre cose importanti!».

«Tipo su cosa?»

«Tipo su di lui».

«Senti Totta ma sei proprio sicura che lui non…».

«Sicurissima».

«Vabbè, intanto andiamo», fa Ginevra con la bocca piena mentre butta giù l'ultimissima oliva ascolana. «Veloce però che non la tengo più…».

«Pshhhhhhhh!», Carlotta le dà lo stimolo… e quello scintillio nello sguardo che, per chi la conosce bene, significa che sta per mettersi a ridere.

Infatti sghignazzano, si abbracciano, con Ginevra che affonda la faccia fra i capelli dell'amica e le rifila un bacione gigante sulla guancia.

Eppure…

Eppure Ginevra De Amicis, proprio adesso, in un punto imprecisato del suo giovane e conturbante corpo, sente una piccola fitta. Breve e acuta, come una puntura.

La sua amica è troppo bella.

Che c'entra, la loro amicizia è a prova di bomba! Su questo non si discute. Quante volte se lo sono ripetuto che loro due sono speciali, specialissime, che niente e nessuno potrà mai separarle, che sono identiche, assolutamente identiche a Thelma e Louise? Un'infinità di volte.

Questa però è un'altra storia!

Primo, perché il nome che Ginevra si porta appresso con disinvoltura, non è un nome qualunque. De Amicis, nell'immaginario popolare, è un nome che pesa (che deve pesare!). Proprio un recente sondaggio apparso su «Focus» indica sua madre, l'onnipresente Monica De Amicis, come la conduttrice televisiva più conosciuta dell'ultimo ventennio e una fra le tre donne più influenti del paese.

Secondo, perché come se la tira lei non se la tira nessuno.

Da che mondo è mondo è Ginevra la reginetta incontrastata dell'universo che conta, la madre di tutte le stronze, la punizione divina per i maschi della terra che osano provarci senza le giuste credenziali. Solo l'idea che un altro esemplare di cromosoma XX possa imperversare più di lei nei sogni proibiti dell'altro sesso la fa uscire letteralmente di testa.

Non che Ginevra sia brutta, anzi!

È alta, due zinne impertinenti e un sedere sodo come la ghisa. L'infallibile chirurgo plastico Andrea Cocon le ha modellato il naso come meglio non poteva (si vede appena che è rifatto) e i capelli biondi tagliati a caschetto le danno un'aria intrigante e sbarazzina.

Amici, parenti, ex fidanzati le dicono che è pari pari a Sharon Stone, forse pure meglio. Ma è così, tanto per dire. Assai più centrato il paragone con Nicoletta Romanoff che effettivamente ricorda un pochino in certe espressioni maliziose.

Tutto questo, però, a Ginevra non importa un bel niente.

Non le importa dell'aria soffocante, dei tre Mojito che le fanno sbandare le idee e dell'appuntamento a cui sta facendo tardi con il suo nuovo fidanzato. Sente le gambe dell'amica che sotto il tavolo si accavallano, il collo del piede che lambisce il ginocchio e immediatamente le viene da pensare: *Carlotta ha le caviglie più fini delle mie.* Le avrà viste mille volte quelle gambe e, oltre a essere molto simili alle sue, forse un po' più pallide, hanno le caviglie più fini. Non tanto, ma un po' sì.

Merda.

Poi, come se non bastasse, la beffa. Questa proprio non le va giù: per quale perverso motivo Carlotta s'ingozza peggio di un camionista e resta sempre così in forma?

Come cazzo può essere? Non viene nemmeno in palestra perché le costa fatica!

In effetti, l'inappuntabile silhouette di Carlotta Magonio rimane tuttora un vero e proprio miracolo.

La sua famiglia è originaria di Mocciano, un paesotto nell'entroterra vicino a Pescara, dove la cucina sana e genuina rappresenta un valore primario. In linea con la tradizione mamma Teresa, pur lontana centinaia di chilometri da quelle terre, ha cresciuto i due fratellini Totta e Giacomino a carovane di bucatini all'amatriciana, ravioli al ragù e agnello incaporchiato, la sua specialità.

Carlotta, fin da piccola, è sempre stata la vera soddisfazione della mamma. Non aveva ancora finito di spazzolare via l'ultimo tortellone al ragù di lepre che, già con il pezzetto di pane stretto nella manina e la bocca lucida di sugo, alzava dal piatto gli occhioni neri e farfugliava sempre la stessa cosa: «Antora», perché la "C" non le veniva.

Per il resto, della sua vita Carlotta non ha mai tradito le aspettative, sgranando sempre con entusiasmo e non vedendo mai la lancetta della bilancia oltrepassare i 53 kg!

Le perplessità di Ginevra hanno quindi un fondamento di verità, ma non è questo il punto. Il punto è che pure adesso, con i volti che si sono stropicciati l'uno con l'altro, sotto lo sguardo soffice e rassicurante di Carlotta, il solito pensierino affilato si è fatto strada nella mente.

Totta non è la solita bella figa.

Quel viso si intrufola nell'anima e ci si pianta dentro come un amo nella gola. C'è poco da fare, lo capisce pure lei che è una femmina. Belle così ne capitano una su centomila. E lei è la sua migliore amica.

Sfiga pazzesca, meglio non pensarci.

È una parola! Con quel precedente… quel precedente folle di cui Carlotta non deve sapere assolutamente niente.

Niente! Mai nella vita, mai.

Solo un segreto.

E un segreto, uno solo, va bene pure fra amiche speciali come noi. Rimugina Ginevra, quasi convinta.

Adesso però devono andare, il pit-stop alla toilette le chiama!

L'espressione assorta della biondina non aggancia alcuna cella dell'attenzione di Carlotta, a cui non resta che tramutare il sorriso in una delle sue smorfie più riuscite e alzarsi dal tavolo indugiando quel secondo in più, per dare un'ultima occhiata al solito tipo seduto di fronte.

Un ultimo sguardo: profondo, irridente e commiserante al tempo stesso. Ed è tutto per lui!

Uno sguardo che ti falcia i pensieri.

3

…Ma perché cazzo non ci sta?

Perché… Per tanti motivi.

Alcuni semplici, altri un po' meno. Ma è lo stesso, tanto non ci capisce più niente. Poveretto.

La verità è che ha perso la testa. Tutto qui. Sta male, malissimo, peggio di così non si può. E non è colpa di nessuno. Questa storia gli ha mandato in pezzi ogni sicurezza e provare a farlo ragionare è utile quanto bisbigliare a un sordo con i tappi da minatore.

Cerchiamo di vederci più chiaro, almeno noi.

Chiunque decidesse di varcare la soglia del Torquemada Lounge Bar proprio in questo istante, sarebbe costretto come tutti a lanciare una lunga occhiata verso quel tavolo laggiù, in fondo in fondo alla sala dietro al bancone del generoso buffet. Esattamente lì, dove fino a pochi secondi fa sfavillavano belle e impossibili le inseparabili Carlotta e Ginevra. E la ragione fondamentale per cui quella frizzante tavolata di giovani è in grado di sprigionare la stessa polarità magnetica del Triangolo delle Bermuda è che, afflosciato sulla sedia come un pallone bucato, ci sta lui.

La chioma fluente e selvaggia come un indio dell'Amazzonia. Pennellate di colpi di sole qua e là, apparentemente a casaccio, sono invece il risultato di un'attenta operazione manageriale congegnata per conferire luce alla figura. La mascella volitiva, alla Lorenzo Lamas, costituisce l'effigie incontrovertibile dell'attore americano nei film d'azione e gli è valsa il soprannome di "Renegade". Appena più giù scalpita il petto prepotente, mal contenuto dalla camicia nera di Gucci che, aperta sino al quarto bottone, evidenzia a dovere l'orzato dell'abbronzatura e l'azione decisa del Depilsoap.

Non ci sono dubbi, è lui.

Quel ragazzone mogio mogio, con al posto dei quadricipiti due barili che sembrano sul punto di strappare la fragile tela dei jeans, è proprio lui.

È Renato Boriani.

Il più amato centravanti-boa che ha calcato le verdi zolle di San Siro negli ultimi dieci anni è al Torquemada e, randagio, sta fissando la bottiglia vuota di Absolut al centro della tavola con le palpebre che vogliono calare giù come il bandone di un bar a chiusura. Lui, idolo incontrastato di metà del capoluogo lombardo e incubo ricorrente dell'altra metà, sta vivendo il periodo più nefasto della sua vita da gol.

Ma come ha potuto ridursi in quello stato?

Uno specchio grande quanto la parete moltiplica la profondità del locale e riflette l'immagine di Boriani. Lo spettacolo che si dispiega agli occhi del goleador è la scena finale del suo film preferito: *Scarface*, vinto e sfatto, dietro a una montagna di cocaina.

Solo che, al posto della droga, Renato Boriani si trova davanti un piatto di orecchiette alle cime di rapa che si stanno freddando.

Mamma mia che seratuccia.

E poi come sto male somatizza il bomber.

Gli sta scoppiando la testa (*Abbassate la musica stronzi!*) e ha lo stomaco chiuso con tre mandate. Nemmeno la forza di continuare a bere!

Che discorsi, un'ultima pippatina se la farebbe pure, anche solo per togliersi dalla faccia quell'aria da depresso fallito. Ma ha altro a cui pensare.

Come un vecchio leone rintronato gira la criniera verso il bagno delle femmine, ma da lì non esce nessuno.

Quanto ci sta nel cesso?

Non la vede da tre minuti e già percepisce l'insorgere di una piccola crisi di panico. Per questo sta iniziando a fare quei respironi tipici di quando deve battere un calcio di rigore. Sì, ci vuole immediatamente l'intervento di uno psicotropo esterno.

«Max, spolverato tutto?». Renato si rivolge a una sedia vuota, senza smettere di guardare avanti e con la bocca impastata come se si fosse sgranocchiato la boccetta del Vinavil.

Fiato sprecato.

Il dottor Massimiliano Ghio, quarantacinque anni, spregiudicato procuratore sportivo del centravanti più prolifico d'Italia, ha abbandonato la nave da circa venti minuti. E, al momento, sta sguazzando beato in mezzo a una tempesta ormonale figlia di tre bielorusse che si stagliano lungo il bancone del bar come le Cime di Lavaredo.

Ma come può il nostro campionissimo avvertire al suo fianco la presenza di una persona che non c'è?

Nel 1987 gli scalatori britannici Frank Boyle e Jason McNee, al termine di una stremante arrampicata sulle vette dell'Himalaya, decisero di fermarsi qualche minuto per riprendere quel po' di energie che gli erano rimaste.

Frank, stravolto dalla fatica, tirò fuori una barretta energetica di cioccolata e la offrì a un suo compagno di corda alla sua sinistra. Ma quest'uomo non c'era. Jason McNee, che vide tutta la scena, era infatti qualche metro sopra a mangiarsi il suo panino con la frittata.

Fu qui che nacque la "Sindrome del terzo uomo".

Un gruppo di scienziati svizzeri, dopo questo e altri episodi, riuscirono a dimostrare la loro intuizione: stimolando elettricamente l'emisfero sinistro del cervello di una paziente epilettica, constatarono che l'encefalo della donna produceva degli impulsi, detti "switch", capaci di farle credere che accanto a lei ci fosse qualcuno.

Naturalmente non mancò chi, fra autori vari e giornalisti, attribuì le "visioni" a una vera e propria presenza soprannaturale, il cosiddetto "angelo custode". Ma la conclusione alla quale si giunse, una volta ultimata l'indagine scientifica, fu che, in conclamate situazioni di stress psico-fisico, l'uomo può avvertire la presenza di ulteriori entità.

Quindi...

Se tutto questo capitasse al simpatico Reinhold Messner, a Tony Valeruz o a Frank Smyth, starebbe a indicare che i nostri alpinisti si sono arrampicati troppo in alto, hanno dosato male le energie e sarebbe meglio, molto meglio se piantassero le tende alla prima piana disponibile.

Ma se a visualizzare il "terzo uomo", o l'"angelo custode", o il fantasma di quella faccia di merda di Massimiliano

Ghio è Renato Boriani, nel centro di Milano in un locale alla moda per superaperitivi, questo può significare solamente una cosa: Renegade ha finito le banane.

Si potrebbe sostenere che la colpa è di quei quattro Negroni scolati nel pomeriggio, delle gozzate di vodka liscia al tavolo e di un paio di sniffatine che gli ha elargito Max nel cesso del Torquemada.

Ma non sarebbe la verità.

L'originario, reale, incontestabile motivo per cui al grande Boriani si è ammosciata persino l'inconfondibile mandibola d'acciaio inox è che, per la prima volta nella sua vita, è innamorato perso. Di Carlotta Magonio (e di chi altri?). La sua Caporetto.

Ecco chi stava fissando come un incantatore di serpenti fino a pochi minuti prima!

Ormai è più di un pensiero fisso, di una mania, di un'ossessione: la bella e dolce *e furba, furbissima* Carlotta è la sua unica ragione di vita. Conquistarla, una missione.

Mai proposito fu tanto infelice.

La pupa è più impenetrabile di un caveau svizzero e ogni rinnovato assalto è foriero di dolore, frustrazione e incredulità.

Non riesce a farsene una ragione.

È impossibile, assolutamente impossibile che non ci stia!

Io sono Renato Boriani. Lei non è un cazzo di nessuno.

E invece no.

Invece, come gli ha spiegato con le giuste parole il dottor Mario Toracca, psicologo ufficiale del club calcistico: «Tu sei Willy il Coyote e lei è Bip Bip».

Così, non l'acciufferà mai. Deve smettere di darle dietro come un pazzo e mettersi l'animo in pace. Tutti gli hanno dato lo stesso consiglio: «Prenditi un pausa, cambia aria, levati dalle palle. Ti farà bene».

A quest'ora dovrebbe già essere in Sardegna, con il profumo di ginepro nel naso, la cannuccia di Margaritas in bocca e le infradito ai piedi. Dedito unicamente a organizzare festini con le più grandi mignotte d'Italia.

Calato nel contesto giusto e accompagnato da un briciolo di fortuna, è sicuro di mettere a segno l'ennesimo grande colpo: Belen Rodriguez.

Una sera la soubrette argentina lo aveva osservato dalla testa ai piedi come se avesse voluto fargli fare la fine di un Chupa Chups.

Eppure non ce la fa.

Non ce la può fare. Uno come Renato non è abituato ad accettare la sconfitta senza lottare fino all'ultimo secondo di recupero.

Meglio starsene lì. Spento. Come Superman sotto una montagna di criptonite.

La situazione d'altronde è quella che è. Carlotta non se lo fila per niente e nel momento in cui lo degna di qualche attenzione lo tratta come uno scemerello. Quando poi sa che dovrà incontrarla si prepara le cose da dire, si fa suggerire dalle amiche parole talmente carine e zuccherose che si vergogna lui stesso a pronunciare. Nel momento in cui trova finalmente il coraggio di affrontarla e riesce a cacciare fuori tutta la sua trepidazione, lei lo guarda con quell'aria superiore, a presa in giro. Lo fa sentire uno schifo.

Quanto la odia...

La sevizierebbe quella gattina morta!

Coglione io che l'ho ricoperta di regali valuta il guerriero delle aree di rigore, sensibilizzato da quanto può spingersi a fondo l'ingratitudine umana.

Un'altra ragazza, una normale, una in grado di apprezzare le speciali attenzioni di un grande campione come lui, se la sarebbe sbattuta la prima sera. Poi, ovvio, lo avrebbe marcato stretto stretto avvinghiandosi come un koala a un eucalipto. E allora si sarebbe dovuto inventare una delle sue proverbiali stronzate per togliersela dai piedi. Ma intanto una scopatina piccola piccola, un golletto di rapina se lo sarebbe portato a casa, fugando la cappa di sconfitta che gli intristisce la vita.

Con Carlotta, se lo ricorda benissimo, è riuscito per miracolo a farsi mezzo giro contato di lingua, una sera, quando l'ha riportata a casa. E ci metterebbe le palle sulla graticola che quella ragazzina senza cuore lo ha fatto solo per farlo stare buono e levarselo di torno!

Destino infame.

Perché adesso, proprio adesso, quando sta finalmente provando un sentimento tanto ingenuo e profondo, si vede trafitto dal due di picche più bruciante della sua vita?

Una cosa è certa: deve inventarsi qualcosa.

E non lo capisce che il problema è proprio questo! Qualunque stratagemma Renato escogiti, quella stronza colossale di Carlotta mette su la solita espressione di superiorità, quel mezzo sorrisetto di sufficienza e a lui sembra ancora più bella.

Quel viso da smorfiosa è il più bello che abbia visto in vita sua. Questo è il problema.

Tutta colpa di quegli occhioni attenti che da un momento all'altro si accendono letteralmente, come se una luce maliziosa le squillasse nella pupilla scura. Due gocce di petrolio che si incendiano all'improvviso e sembrano volerti sfidare.

Ma forse la colpa non è tutta dello sguardo! Forse c'entrano anche il naso a femmina, gli zigomi dolci, il mento con la fossetta appena accennata, le guance da strizzare… Non si sa. Di sicuro è tutto morbido, delicato. Pure le labbra rosse, piene, con gli angoli che vanno in su. Sembrano un bacio. E sulla pelle chiara risaltano anche quando non hanno un filo di trucco.

Renato ha notato tutto, tutto. Persino quella tenue cicatrice, piccola piccola, appena sopra la bocca.

Ma la cosa peggiore, per uno come Renato Boriani, la cui memoria è nebbia fitta e i ricordi fuochi fatui, è che è in grado persino di rievocare il racconto dell'amata!

È stato un bambino vestito da Zorro, a carnevale, quando lei aveva sei anni. La piccola Totta sentì quel sapore rosso-salato che piano piano le violava la bocca e pianse a fontanella fino a sera.

È possibile farci caso solamente se lo guardi da pochi centimetri. E sembra fatto apposta per renderla più vera, più carnale.

Ora basta però!

Così non si può andare avanti. Deve scuotersi da questo torpore e mettere a tacere questa vocina frocetta che gli intasa la testa di pensieri languidi e corrompe la sua anima di combattente.

Si sente toccare la spalla ed è come se si svegliasse di soprassalto.

«Cazzo! Chi è? Che c'è?»

Due ragazzetti eccitati gli chiedono di fare una foto con lui.

Esseri inutili e insensibili: non lo vedete come sto?

«Scusate ragazzi, non mi sento bene, un'altra volta, scusate davvero...».

Quelle "mezze seghe" sono riuscite per un attimo a fugare la preziosa immagine di quel nuovo taglio di capelli un po' scalati che le sbattono sulle spalle. E la molletta dorata che si è messa per tenerseli su, prima, mentre mangiava le zucchine trifolate. Pure quella le sta bene!

Insomma come fa a non pensarci di continuo?

4

«Allora Totta, dimmi 'ste tre cose!», butta lì Ginevra De Amicis, proprio mentre l'amica sta scattando una delle centinaia di foto che pubblicherà su Facebook: Ginevra manda un bacio infinito all'obiettivo e Carlotta tira fuori la lingua. È rossa, carnosa, collima del tutto con il foro della bocca. Sulla punta luccica una stella di saliva.

Ci sono troppe ragazze di fronte allo specchio luminoso del bagno insieme a Ginevra e Carlotta. Eccole lì, una accanto all'altra. Più che accanto sono attaccate, appiccicate, quasi fuse. Il bagno è affollatissimo e per specchiarsi tutte insieme bisogna stringersi.

A nessuna delle presenti frega assolutamente niente se nel bagno l'aria è più respirabile e i cestini floreali agli angoli della tavola di marmo, dove sono scavati i lavandini, regalano un senso di eleganza e pulizia. Si riflettono sotto una luce bianca e uniforme che si porta via tutte le ombre. Ognuna di loro guarda un po' sé e un po' le altre.

Ginevra e Carlotta lì dentro sono le più carine. Brillano! Tutte e due alte, magrine. Ancora più slanciate grazie a quei sandali vertiginosi che si sono comprate insieme un paio di settimane fa (per Carlotta è stata una spesa folle). I corpi che straboccano di inarcature e affossamenti.

In realtà, nel suo complesso, è il binomio che funziona! Ginevra, abbronzatissima, con le sue curve brusche che scoppiano dentro il top di Armani e i jeans superattillati. E Carlotta, con le ciglia più lunghe del mondo, le linee del corpo armoniose e le belle spalle nude, completamente esposte dal vestitino giallo-oro pieno di stelline nere di Miu Miu che Renato le ha voluto regalare per forza.

Sono una coppia perfetta. Sembrano fatte apposta per rincitrullire ogni esemplare di maschio e far schiattare d'invidia le femmine più attrezzate.

«Allora», riprende Carlotta, mentre nota che sul viso non sono ancora scappate fuori le lentiggini che le vengono d'estate.

Sole-Mare-Subito.

«Scusa Totta, ma non sei un po' palliduccia?».

Appunto.

«Sì sì. Ma senti Gine, il tuo amico... ha perso un po' la testa, non so se te ne sei resa conto. Mi fissa per ore. Sta male, mi dispiace per lui, sul serio. Ci potresti parlare te che...».

Niente. Si interrompe subito. È tutto inutile. L'amica si sta sollevando le tette e chissà a cosa cavolo starà pensando.

Ma perché Ginevra fa le domande se non gliene sbatte niente delle risposte? Meglio così.

La seconda cosa era una scemata: Ginevra voleva dormire da lei stanotte?

Ma la terza...

La terza era una bomba! Riguardava Simone Vezzosi, il nuovo fidanzato di Ginevra De Amicis.

Un brutto argomento...

Non riesce mai a trovare l'attimo giusto (o il coraggio?) per dirle quelle due o tre parole di importanza capitale! Un discorsino buttato lì che potrebbe veramente cambiare tutto. Magari basterebbe per metterla in guardia.

Quel ragazzo le fa venire i brividi. Ha sempre pensato che questa fosse solo un'espressione, un modo di dire. Ma si sbagliava. Quando c'è lui intorno le viene la pelle d'oca. Sul serio. Sarà per via di quella brutta storia che ha riempito per mesi i giornali e le TV di tutto il paese, o forse per via di quelle occhiate nascoste. Simone la fissa in quel modo... e sempre quando Ginevra non può vedere!

Magari sono solo paranoie oppure...

Di sicuro se lo sente che è un vile. Questa love-story non le piace per niente.

Perché Ginevra si deve sempre cacciare in questi casini?

Lo sa perché.

Perché è la stronzata più assurda che Ginevra avesse mai potuto concepire! E quindi l'unica che la può intrigare fino in fondo.

La violazione del proibito la provoca come niente al mondo. Le moltiplica le endorfine come l'acqua moltiplicava i Gremlins.

Fra poco dovrà rivederlo anche Carlotta e la cosa la fa agitare. Ha sempre negli occhi quelle immagini oscene che hanno fatto il giro d'Italia. Foto sgranate, intrise di rosso, senza pietà. Le fanno venire freddo.

E a dirla tutta, Carlotta non è per niente convinta, ma proprio per niente, che alla fine, non sia stato lui.

5

Con il senno di poi, prendere da parte Ginevra e tormentarla con insinuazioni e congetture da Bar Sport sul "caso Simone Vezzosi", sarebbe stato del tutto inutile. Almeno quella sera.

Primo, perché la biondina più desiderata della "Milano Bene" fa esattamente tutto ciò che le viene sconsigliato di fare. E questo sempre.

Secondo, perché, ora come ora, le girano per i fatti suoi. Ha le sue cose e si sente, come dire, defilata. Non va per niente bene. Figuriamoci se qualche sadico le riferisse quello che sta accadendo proprio adesso nella più bella e sofisticata villa di San Siro dove vive con la sorellina di cinque anni, la madre e due donne di servizio dello Sri Lanka!

Le crollerebbe il mondo addosso.

Spostiamoci allora di un paio di chilometri verso ovest. Non di più.

Il viso rotondetto di Caterina ha il colore della luna. Il mento è un po' rosso, appoggiato a fatica sulla cornice della finestra della sua cameretta bianca e rosa, al primo piano della villa progettata dal grande architetto Renzo Piano.

Sono diverse ore che i suoi occhi marini guardano in su, in bilico su una pila di libri che ballano sotto i piedi.

È bionda, riccia e due fermagli rosa raccolgono le due codine di lato come i fiocchi di una caramella. È già in pigiama: pantaloncini bordeaux e maglietta gialla con la facciona di Winnie Pooh.

Sta finendo di guardare il DVD di Candy Candy, il suo cartone animato preferito ed è impegnata a dimostrare un fatto che le sta particolarmente a cuore: il sole e la luna sono la stessa cosa. Quando il sole "finisce" si trasforma in luna. Proprio oggi, Niccolò, uno dei bambini dell'asilo, le ha detto che non era vero niente.

«No no Niccolò! Ma sei matto?! Stasera te lo faccio vedere!».

E Caterina, da una certa ora in poi, è andata a controllare che in cielo non ci fossero pasticci.

Ora, dopo gli ultimi colpi di scena, non è più tanto convinta della sua teoria.

Verso le venti, attraverso una muraglia di nuvole che sembravano aver rubato il posto al cielo, è spuntato finalmente il sole, un incendio improvviso e accecante, lassù! Stava tramontando e dipingendo di arancione le nuvole sfilacciate, i tetti e le facciate delle case quando da tutt'altra parte, una falce bianchiccia rischiava di essere (*ma no no, non lo era: non poteva esserlo!*) la luna.

Adesso che sono le 23:35 e quel segno sfocato nel cielo è divenuto via via sempre più luminoso, la situazione si è complicata.

Deve andare a parlarne alla mamma! Che è tornata da poco…

…e non è sola.

Di sicuro, non è con suo marito.

L'ingegnere Fabio De Amicis è un produttore televisivo che ha vissuto tempi migliori. Prima, uno strano declino sul lavoro lo ha allontanato lentamente da quello stesso mondo che un tempo lo cercava, lo adulava, lo faceva sentire indispensabile. Poi, la depressione. La moglie sempre più distante. E, infine, quella bruttissima malattia che lo sta inchiodando da settimane all'ospedale San Raffaele di Milano.

Le figlie, Ginevra e Caterina, lo hanno sempre adorato e oggi ancora di più. La piccola sa solo che papà ha un brutto raffreddore, mentre le resistenze autoconservative di Ginevra la costringono a pensarci il meno possibile.

L'ultima componente della famiglia che è andata a trovarlo all'ospedale proprio oggi è Monica. Fra una puntata di *Italian Friends* e i provini di *Bulli e Pupe*, è riuscita a trovare l'incastro giusto per passare un quarto d'ora con lui.

E Fabio, con lo sguardo velato di chi non ci crede davvero più, le ha chiesto solamente una cosa: «Sappiamo tutti com'è andata, ma promettimi di non portare nessuno a casa quando ci sono le bambine. Almeno questo».

«Promesso».

Se fosse la scena di un film, tutto il cinema urlerebbe dentro di sé: «No Caterina, non andareeeee! Resta a guardare la fine di Candy Candy!»

In effetti nella camera da letto di mamma e papà, a pochi metri dalla stanzetta della bimba, è in atto lo sbarco in Normandia.

Il signor Filippo Primerano, rinomato autore televisivo riciclatosi strategicamente in scrittore del genere "filone adolescenziale", sta godendo come non mai. Gli viene tutto facile: alzabandiera (in genere cincischia vergognoso per lunghi tratti), posizioni plastiche mai esplorate, modulazione di sussurri e grugniti ad alto tasso erotico.

Rocco Siffredi glielo sgrulla.

E ora, dopo pochi minuti, pregusta il più grande orgasmo della sua vita. Ma qual è la ragione per cui un ometto grassoccio, interamente cosparso di peli tranne che sopra il cuoio capelluto (Filippo, per riparare, tiene sempre su un cappellino degli Yankees), blando negli affetti e scarso nelle pulsioni erotiche è in grado di scaricare su Monica De Amicis un terremoto sessuale tale da far tremare la mobilia progettata dal grande interior designer Phillipe Stark?

La risposta è molto semplice: Filippo Primerano è in estasi mistica. Se la spassa con gli angeli del Paradiso. Tocca Dio.

Proprio oggi, al termine di una riunione fiume durata più di tre ore, lui e gli editor della casa editrice hanno finalmente scelto il titolo della sua ultima fatica letteraria che, a questo punto, rischierà di scalare le classifiche di vendita per l'ennesima volta.

Ha vinto la linea di Filippo.

Il titolo sarà: *TVTB*.

Non è stato facile spuntarla. Stavolta si stava mettendo male.

Quel rotto in culo di Caribotti ha cercato di fotterlo una volta per tutte, proponendo un titolo pseudoimpegnato che gli avrebbe fatto vendere meno di un saggio sull'elettrolocazione dell'antilope tasmana.

Li stava convincendo uno a uno. Era praticamente fottuto. Un uomo a mare, che non sapeva stare a galla e a cui si erano appena bucati entrambi i braccioli.

Poi, un colpo di culo o forse quella congiunzione astrale favorevole che aveva letto sull'oroscopo di Paolo Fox (non la telefonata di Monica De Amicis al direttore editoriale?) e tutto si è risolto.

Ecco spiegato come mai il piccolo grande autore sta sellando con inusitata maestria quella che, nonostante i suoi quarantacinque anni suonati, rimane una vera cavalla da monta. Proprio ora, in un raptus dominatore, la sta rigirando nel letto con sapienti pacche sulle natiche e sui fianchi. Alla John Wayne. Ed è pronto per sferrare l'attacco a uno dei sederi più chiacchierati d'Italia.

Non importa niente se è più basso di lei di venti centimetri e se il culo di Monica, piegata in ginocchio, gli arriva quasi al petto flaccido! Filippo Primerano si sta arrampicando come un ragno e...

Monica sente qualcosa che non va. Qualcuno la sta guardando?

La musica che arriva dalla cameretta ha un suono troppo limpido e libero. Come se le porte delle camere fossero aper...

Non ho chiuso la porta a chiave. No cazzo! Ti prego, ti prego fa che... NO.

Troppo tardi.

Caterina sta già trotterellando verso la sua cameretta invasa da un senso di sconfitta che non l'abbandonerà tanto facilmente. Non riesce a pensare a niente. Tutte le idee, i pensieri, le emozioni centrifugano in un caleidoscopio che riflette solo colori scurissimi e spaventosi. Solo un pensierino si distingue netto: avere torto con Niccolò non è la cosa più brutta del mondo.

Monica De Amicis, invece, non può fare altro che disarcionare John Wayne con un calcio pieno di rabbia e stringersi la testa fra le ginocchia.

Ma non basta. La musica si insinua dispettosa! È stata proprio lei a far conoscere quel cartone animato a Ginevra e Caterina.

«Candy è simpatia, e zucchero filato e curiosità... e un fiore delicato e felicità...».

6

Ora però dobbiamo tornare a razzo nella toilette del Torquemada Lounge Bar, perché anche qui ci sono dei problemi.

Carlotta non ha più tempo! Lo sguardo combattuto le frana sul display del telefono: 23:40!

No dai no...

Le 23:40 significano un programma fatto di preoccupazioni.

E due sono fondamentali:

1. È in ritardo pazzesco e non può fare tardi a lavoro. Non stasera. Armandino Paroli, detto "Il Messia", è da qualche mese il nuovo direttore artistico del Cabiria e ci tiene a fare bella figura nella serata di chiusura. Le ha già telefonato tre volte, inviato cinque SMS e lasciato un messaggio privato su Facebook che non ammetteva repliche: per le 23:30 doveva essere pronta alla porta del locale. «Strafiga!», le ha ripetuto, perché questa è una serata speciale.

A parte il fatto che in quel posto lei fa solo la cameriera e quindi ci va vestita come cavolo le pare, la verità, secondo le testuali parole di Carlotta in un momento di confidenza alle ragazze immagine del locale, è che Armandino Paroli non è "Il Messia" ma un porco. E ci gode come un porco (appunto) a vedere le ragazze conciate come le russe del Night... *Come si chiama? Lady Oscar ecco!*

2. Ha dimenticato di dare da mangiare al gatto.

No, il micio no. Il micio ha fame.

Romeo è un British Shorthair grigio con gli occhi arancioni. Perfettamente sferico. Ha un prezzo d'acquisto pari all'usato di una classe A e beve (cioè mangia) come una Golf Turbo. Al termine di estenuanti trattative le è stato concesso dal fratello per farle compagnia a Settimo Naviglio. Dopo la mamma e il fratello è a pari merito con Ginevra, l'essere vivente a cui vuole più bene al mondo.

Si sfonda di Whiskas quattro volte al giorno e quando Carlotta prende il take away dal giapponese si può stare sicuri che la metà dei maki, temaki, uramaki e della porzione maxi di sashimi misto finiranno nella pancia del gattone.

Stasera però si è dimenticata di dargli la pappa. Quindi, le possibilità sono due: torna a casa, rimpinza il micio e si becca la partaccia di Armandino. Oppure fila al Cabiria. E Romeo si attacca.

Scusa ciccione, ma stasera ti tocca saltare.

In ogni caso deve correre a Settimo Naviglio.

7

Settimo Naviglio è un piccolissimo centro abitato a metà strada fra un pezzettino trascurato di periferia e un paese vero e proprio. Senza il cartello mezzo scarabocchiato che ne sancisce l'indipendenza, non sarebbe facile conferirgli una precisa collocazione geo-politica.

E se non fosse il vero teatro di questa storia, in pochi forse avrebbero un motivo per parlarne.

L'agglomerato conta poco più di tremila abitanti, uniti da una caratteristica comune: si annoiano come nessuno.

Secondo gli indigeni, un dato risulta particolarmente sintomatico: a Settimo Naviglio, in quasi cinque secoli di storia, non è mai nato qualcuno famoso. Qualcuno che ti faccia sentire anche solo un pochino orgoglioso di appartenere a questo fazzoletto di terra. È vero, la cantante Annalisa Minetti e Lio Mascheroni, ex batterista dei Vanadium, sono nati lì vicino: a Pero. Ma non è la stessa cosa.

Qui, a Settimo Naviglio, le cose non accadono.

E pensare che il mondo è poco più in là, a portata di mano. Solo 10 km in direzione sud-est c'è Milano. La si può agevolmente raggiungere prendendo l'autostrada Torino-Milano-Venezia, imboccando la tangenziale ovest, oppure seguendo la statale del Sempione.

Per la gioia dei pochi ragazzi del posto, verso nord, ci hanno piazzato il Cabiria, una discoteca per pottoni che è l'unica attrattiva del posto e la sola ragione per cui un forestiero possa trovarsi a Settimo Naviglio.

Ma la sostanza non cambia. D'inverno fa un freddo boia ed è tutto grigio. È grigio il cielo, sono grigi i palazzi, è grigio l'asfalto e sono grigi i campi con l'erba morta. Pure il verde sembra grigio.

Quando c'è il sole è ancora peggio, con quei raggi pallidi che sembrano frecce di ghiaccio. Se invece arriva la giornata nebbiosa, la situazione migliora un pochino. Viene a crearsi una certa atmosfera, un po' di magia, e non si vede più niente. Che forse è meglio.

Con la primavera cambia tutto, ma da un po' di tempo a questa parte la stagione dei mandorli in fiore dura sempre meno. Arriva subito l'estate e quel caldo che addormenta tutto. Se non hai in casa l'aria condizionata o un ventilatore con le pale di un elicottero Apache, ti conviene telare e passare la giornata al fresco in qualche centro commerciale.

Per il resto non c'è da stare troppo allegri.

Basta osservare dall'alto la conformazione dell'agglomerato urbano attraverso una qualsiasi internet map, per prendere subito atto della realtà: Settimo Naviglio è un paesino veramente piccolo.

Quattro stradine in orizzontale e quattro in verticale. Non una di più. Come se qualche giocherellone avesse disegnato sulla terra il reticolato del filetto. Doppio però.

Facendo un po' d'attenzione si può scorgere una sottile striscia celeste che lo divide letteralmente in due. Quella strisciolina è lo Zambre, un fiumiciattolo che d'inverno scorre piano piano e che d'estate si riduce a un fiotto d'acqua ostinato che sgattaiola lungo il centro del fosso. La sua caratteristica principale è quella di infastidire tutti i residenti del posto, costretti a combattere con una quantità infinita di coleotteri, tricotteri, libellule, tipule e zanzare grosse come tordi.

Quando inizia a fare caldo, colonie di ranocchi si insediano lungo la riva e gracchiano a squarciagola. Di notte li può sentire perfino Carlotta che abita al terzo piano di un palazzo lungo lo Zambre. E quando cammina verso casa la fanno sempre sorridere.

In realtà l'interesse di questo piccolissimo fiume è dato anche da un altro aspetto: il corso d'acqua separa bruscamente due zone del paese. L'una composta quasi esclusivamente da quei palazzi fumo nero che hanno reso famosa l'urbanistica milanese e lombarda, l'altra, meno monotona, vede fiorire fra i casermoni qualche casetta più bassa e, via via, un certo numero di villette a schiera di nuova fabbricazione.

Poi ci sono i campi.

Anche il nome del paese non torna granché ed è motivo di irritazione fra la sparuta popolazione locale. Da lì non passa nessun Naviglio, né il primo, né tanto meno il settimo. Molto tempo addietro doveva essere stato commesso un errore pacchiano. Possibile che un pioniere della zona avesse scambiato lo Zambre per uno dei canali meneghini?

Se avessimo a disposizione un plastico del giornalista televisivo Bruno Vespa non ci potrebbe sfuggire che un quadrato al centro della piantina è decisamente più grande degli altri e ha gli angoli smussati. Quel quadratone arrotondato è piazza del Mercato, il centro nevralgico del paese. Qui si trova tutto quello di cui c'è strettamente bisogno: la chiesetta di San Concordio, il fioraio da cui tutti si servono quando c'è un funerale, la Misericordia di fianco alla casermuccia scalcinata dei carabinieri, un ferramenta a cui spesso manca persino l'Attack, il Caffè Manaresi, la gastronomia Baroni, la pescheria, l'autoscuola. Non la scuola: elementari e medie sono da un'altra parte, vicino alla stazioncina dei treni e del passante ferroviario che unisce Milano, Settimo Naviglio,

Rho, Novara e, volendo andare fino in fondo, Torino. Neanche una fermata della metropolitana perché fin qui non ci arriva.

Questa è Settimo Naviglio.

8

A Carlotta, tutto sommato, non dispiace.

È contenta di vivere un po' per conto suo. Si è avvicinata a Milano insediandosi in un appartamento distante appena mezzo chilometro da dove ha trovato quel lavoretto.

Anche a Settimo Naviglio, naturalmente, è sempre la solita musica: si è trasferita da pochi mesi ma l'hanno già notata tutti. Non che da quelle parti sia così difficile, anzi!

Eppure proprio oggi…

Per sapere cos'è accaduto di così sbalorditivo (in realtà è il massimo che può accadere) nel nostro paesino assonnato, dobbiamo però tornare indietro di qualche ora.

Alle quattro del pomeriggio in piazza del Mercato si respira a fatica.

Onde grigie rotolano sulle scie più chiare del cielo come un brutto mare capovolto. Sono due giorni che non si vede nemmeno un pezzettino d'azzurro! E il sole? Dov'è finito? Il sole non c'è, ma è come se ci fosse, perché l'aria brucia e l'umidità scivola dalle mura dei palazzi come in un bagno turco.

In genere quando è così, quando c'è quest'afa senza luce che immobilizza tutto, ci si aspetta che alla fine piova. Un temporale, ci vorrebbe un temporale. E invece niente! Solo caldo. Un caldo cupo che ti fa passare la voglia di fare.

Se poi ti capita di uscire, per ogni passo ci metti il doppio della fatica e ti viene tutto lento. Sembra di muoversi nell'acqua. Hai solo voglia di tornartene nella tana, buttarti sul letto e andare in coma.

Ed era quello, in definitiva, il progetto a breve termine di Carlotta, se solo il Mocio Vileda Revolution prestatole dalla mamma per la casa nuova non le si fosse spezzato fra le mani. Alla fine le era toccato uscire dalla tana.

Nell'aria si sente l'estate e il suo profumo le colora il respiro affannato, nonostante questo caldo cattivo che anestetizza tutto. Eccola dunque Carlotta Magonio, i capelli castani raccolti in una codina alta che ricasca a fontanella, una maglietta elasticizzata gialla a mezze spalle e un paio di jeans larghi e leggeri che però, per via del sudore, le si sono incollati sul sedere. Il solito auricolare dell'iPod fisso nelle orecchie.

Ed ecco pure il solito branco di ragazzi che le danno sempre noia, appollaiati su due panchine piene di scritte Uniposca.

L'hanno riconosciuta.

Avranno sì e no diciotto anni e ogni giorno sono gli stessi. In realtà rappresentano l'unico sprazzo di gioventù che Carlotta ha individuato a Settimo Naviglio (i "grandi", un gruppo di fricchettoni sui quarant'anni, stazionano dalla parte opposta della piazza, intorno ai tavolini affollati del Caffè Manaresi).

Si ritrovano lì, tutti i santi giorni, accanto al chioschetto che vende bibite, alcolici e frappè (d'estate). Ce li becca sempre. Con loro alcune ragazzine, tre o quattro al massimo, che bazzicano intorno al branco facendo le civette a più non posso.

Quei "truzzi" schiamazzano, urlano, si picchiano per scherzo, fanno rotolare le bottiglie di birra, si tirano i gavettoni, alle volte giocano a calcio e fanno gli idioti con lo stormo di ochette. Lo stereo di qualche auto sputa fuori musica da mal di testa a getto continuo. È la colonna sonora di piazza del Mercato. Di tutto il resto se ne fregano.

Quando però Carlotta attraversa la piazza con quella camminata insolente da "ce l'ho solo io", i ragazzetti ricollegano lo spinotto all'interruttore del mondo ed è sempre la solita storia. Si mettono tutti zitti zitti, bisbigliano fra di loro e alla fine le lanciano gli apprezzamenti più sguaiati. Frasi troncate a metà (ma se ne capisce il senso), complimenti che più volgari non si può, battutacce.

Uno spicca sugli altri. Perché urla di più.

Deve essere il capetto, con quell'aria da bullo di periferia, i capelli corvini con la cresta dietro, come va di moda fra i calciatori, e i tatuaggi sempre in mostra sulle braccia palestrate. Lei fa finta di niente, ma sente tutto.

«Io quella me la farei anche qui in piazza, anzi quasi quasi me la faccio ora!». Risate, soprattutto delle ochette. È la tipica frase del buzzurro, mentre lancia a Carlotta quegli sguardi di sfida per nulla rassicuranti.

Povero scemo.

Carlotta non si gira nemmeno più.

È questo che li fa incazzare! Si sentono invisibili. Più fanno casino, più sbraitano, più osano, e più quella fighettina li snobba. Non canticchia nemmeno come fa di solito, guarda solo davanti a sé.

Alla base dei palazzoni ci sono l'entrata dell'Esselunga, la pescheria sempre vuota, l'autoscuola Strizzi e i tavolini del caffè Manaresi con gli ombrelloni chiusi perché è brutto tempo. La costellazione di macchie verdi fosforescenti tutte intorno, non è altro che il richiamo al popolo per la trentaduesima Sagra del Risotto, la tradizionale festa del paese che dal 7 al 10 luglio celebra ufficialmente l'inizio dell'estate con un po' di ritardo.

Se ne sbatte di quei ragazzini cafoni che si farebbero ammazzare per sentirsi uomini duri. Anzi si diverte. Di più, ci gode. Sente su di loro tutto il potere della sua bellezza. Sa che in fondo ne hanno paura. Vorrebbe solo che ci fosse qualche sua amica per prenderli in giro senza finire più. Mentre così può solamente stare zitta e far finta di niente.

Oggi però avviene qualcosa di nuovo.

Tutta colpa di quel bastardo di iPod! Li sta facendo impazzire. Frustra tutti i loro sforzi e li costringe a urlare a vuoto come dei poveri mimi. Alla violenza della bellezza non riescono nemmeno a rispondere con la violenza delle parole!

Oggi il buzzurro capo decide di prendere il coraggio a due mani: le si avvicina e le sfila un auricolare. Un piccolo grande spregio alla fighetta che se la tira. Deve essere molto orgoglioso di quel gesto perché a Carlotta non sfugge niente dell'intensità cattiva con cui il bulletto osserva la sua reazione. Magari adesso le vuole pure fare qualche battuta da demente.

Carlotta alza un sopracciglio e prende a parlare tranquilla tranquilla, come se si conoscessero da un secolo: «Spicciati, che c'è?».

Cos'è 'sto silenzio? Proprio ora cazzo.

Fabiano ha come la sensazione che la scenetta se la godano gli amici, tutta la piazza, il paese, i suoi genitori, il fratello e i nonni dal cielo.

«Ah scusa: volevi sentire la musica con me stupidino? Da quello che continui a gridare, ogni volta che mi vedi, pensavo volessi fare altro», e sfodera un visino di sufficienza talmente supponente che Fabiano Zucchelli si sente l'ultimo degli stronzi.

Non se l'aspettava. Non lì, davanti a tutti (sola contro tutti!). Poi lo sa bene: quando lo prendono in contropiede non riesce più a rispondere a tono. E sembra cretino. Come adesso.

Come quel fesso del Lecci quando fa la figura dello sfigato

anche con le più cesse. Ha perso tutta la sua aria da smargiasso e rimane lì senza dire una parola.

«Ciaooo!», lo saluta Carlotta, e gli sorride pure la bastardina, scandendo le lettere una a una, apposta.

Se poi Carlotta non si fosse aggiustata l'auricolare sparando su il volume di qualche decibel, avrebbe senz'altro udito quel gruppetto di coatti intonare in coro: «Scemooo! Scemooo!».

Ritirata.

Fabiano tira uno sputacchio arido, tanto per ridarsi un tono, ma non attacca: gli altri lo attendono con quegli sguardi misti di pietà e presa per i fondelli.

Mentre torna verso di loro con un sorrisetto da ebete che gli si rintuzza come una fisarmonica, nella testa di Fabiano Zucchelli, il boss delle panchine, frulla l'idea che in fondo in fondo, ha appena ricevuto una lezione di vita. Articolata su tre grandi insegnamenti.

1. Checco, suo fratello maggiore, è sempre stato un cazzone. Ma un giorno si fece serio serio. Lo prese da parte e gli rivelò che nella vita ci sarebbe stato solo un idolo da imitare: Fonzie. Per questo lo costrinse a vedersi tutte le puntate registrate di Happy Days, in religioso silenzio. Bene (anzi male), stavolta l'ha capito: lui non è Fonzie. Fonzie non l'ha mai fatta una figura di merda così.

2. Fare i duri va bene, ma ci vogliono i coglioni (non capirà mai che sarebbe molto più semplice non fare i duri).

3. Quel sorriso... Carlotta restava dolce anche quando lo stava sfottendo. A Settimo Naviglio, forse, non c'è poi tutto questo bisogno del sole!

9

Ora che abbiamo osservato ciò che di più inaspettato può accadere in un paesino come questo, è tempo di tornare al presente. E quindi alla notte che cambierà per sempre la vita dei nostri protagonisti.

Al Torquemada il grande momento è arrivato. Carlotta e Ginevra sono finalmente uscite dal bagno e Renato Boriani vibra e si illumina come un telefonino. Gli occhi riprendono un po' di luce, le spalle non ricadono con mestizia verso la superficie terrestre e un timido sorriso, sciogliendo i muscoli della faccia, rianima l'apparato tempro-mandibolare.

E adesso fuori i coglioni!

Tanto per cominciare, come da tradizione, Renato si tira su la manica fin quasi sopra la spalla per guardarsi il tatuaggio a cui si aggrappa nelle situazioni difficili: sotto il bordo della camicia spunta il simbolo della Play Station. È pronto, qualcosa si inventerà.

Le tipe stanno venendo verso il tavolo e l'incedere di Carlotta (sta camminando normalmente) gli ricorda tanto quello di Charlize Theron nella pubblicità della Dior. Se la sposerebbe ora, nel castello di Bracciano dove erano convolati a nozze Tom Cruise e Katie Holmes. È un po' che ci sta pensando seriamente.

Il matrimonio del secolo, invito anche i tifosi, pensa il casino.

Intanto si infila a fatica una manona in tasca per uncinare il pacchetto delle sigarette. Tanto, anche se fuma, quelli dei locali non gli dicono niente.

Ma c'è un problema. Di pacchetti ce ne sono tre: le Marlboro Classic, i Durex Contatto Ultra Sottili, il Viagra da 50 mg.

Tutti stipati nella stessa tasca.

Ha la mano ubriaca, è vero, ma non dovrebbero esserci problemi. Fruga, tira fuori un pacchetto e lo appoggia sul tavolo.

Sfiga merdosa.

Il Viagra.

Speriamo che non mi stia...

Lo sta guardando. Con uno scatto fulmineo che solo la Tartaruga Ninja più addestrata è in grado di sprigionare rimette il pacchettino in tasca.

Ma è tardi.

Carlotta sente che gli esplode in bocca una risata incontrollabile e si gira per non farsi vedere. Ma è troppo forte, la sentono fino al tavolo. Fa finta di niente, accelera il passo. Si piega, lo abbraccia da dietro e gli stampa sulla guancia un bacio con lo schiocco.

La granitica tempra del campione sta già vacillando.

Speriamo che mi abbia lasciato il segno del rossetto.

Avrebbe addosso, finalmente, qualcosa di suo!

Da vicino le luccica tutto: le labbra lucide, le guance brillantinose, gli occhi inzuppati nel rimmel.

Poi Carlotta appiccica la guancia a quella di Renato.

La bocca è a pochi centimetri.

Pensiero stupendo.

Come attraversato da uno Zot di Zeus, un'idea kamikaze gli scoppia in testa.

OK. Provo il tutto per tutto e chi si è visto si è visto. Le metto la lingua in bocca. Ora.

Uno sguardo diagonale, per prendere le misure.

E giuro che se faccio centro, se per un caso fortunato e magico lei ci sta, faccio il giro del locale come quando ho segnato l'ultimo gol nel derby!

Tutto inutile. Si è già alzata.

È giunto il momento di bestemmiare. Per Renato non si prospettano altre soluzioni. Ma il colpo gli rimane in canna come uno starnuto che sembra ineluttabile.

Allora sorride, sconsolato. L'impressione è che abbia finito nuovamente le pile come l'orsacchiotto della Duracell.

«Sentite, devo scappare al Cabiria... sono in un ritardo clamoroso!», fa Carlotta, mentre stacca quella guancia calda e morbida che il bomber le ruberebbe e si porterebbe a casa anche da sola.

Cosaaaa? Se ne vanno! Tutto qui? Un bacetto e via?

Come sfamare King Kong con una Chiquita.

Al Cabiria, subito. E lì riproviamo a riaprire la partita. Forza e coraggio!

«Max, dove sei? Andiamo?».

La caccia al tesoro non è assolutamente finita.

«Comunque», interviene Ginevra a cui non è sfuggito niente dell'avvilimento funebre di Renato «abbiamo fissato lì nel solito posto».

E già che c'è, ci butta pure il carico da novanta: «Viene anche la Consuelo».

La Consuelo? Cazzo di Budda, la Consu!

Se l'era completamente dimenticata.

Consuelo Tanguenza, showgirl del momento e sogno erotico dell'intero universo maschile italiano, è una fica spaventosa e soprattutto è la fidanzata di Renato Boriani.

Per farci un'idea dobbiamo provare a immaginarcela così: una via di mezzo fra Barbie, ma molto più arrapante, ed Elena Santarelli.

Naturalmente, secondo il giudizio di Renato, con Carlotta non c'è paragone. Sarebbe come mettere Mazinga con Mazinga Zeta, il Maracanà con la tribunetta della Polisportiva Pontremoli, il Rio delle Amazzoni con una pisciatina contro il muro.

Squilla il telefono. I piccoli altoparlanti del suo Blackberry Storm 2, dimenticato in mezzo al tavolo, riproducono il coro che i tifosi gli dedicano ogni domenica. È questa la sua suoneria.

Sarà Consuelo o qualche figa allupata. Mi fa gioco.

Carlotta è vicinissima e non può non vedere.

Magari si ingelosisce.

Infatti vede.

Nello stesso momento in cui Renato guarda il display.

La nonnaaaaa? A quest'ora?

Erano sette anni che non lo chiamava, pensava fosse morta.

10

Per capire qualcosina in più di Carlotta Magonio dobbiamo "scortarla" nel breve tratto che la condurrà a Settimo Naviglio.

Appena salita sulla sua Ypsilon 10 bianca, la dolce e furbetta Carlotta ha messo il turbo. E se c'è una cosa che odia è filare veloce in macchina. Un suo amico del liceo ha sbandato a una curva e non è più tornato come prima. Da quel giorno la lancetta del suo contachilometri si è abbassata di un paio di tacche.

Ora, però, un pochino deve trottare, sennò quel bastardo di Armando Paroli è capace di farle una piazzata davanti a tutti! Nella migliore delle ipotesi.

Da corso Sempione a viale Certosa, sotto quel tunnel infinito di platani, è un attimo. *Io* di Gianna Nannini esce dal finestrino e si sfiora con il vento dell'estate che invade l'auto.

Sono le 23:54: è già in ritardo.

No no no!

Tutti semafori rossi! Una macchina che scoppia di musica le suona il clacson e i ragazzi le urlano qualcosa di indecifrabile dal finestrino.

Verde! Meno male...

Il cavalcavia dell'autostrada dei Laghi le passa sopra la testa e dopo pochi minuti è già in via Gallarate. I brandelli di carta, scossi dalle auto che fanno vibrare l'aria, sono ciò che rimane dei cartelloni pubblicitari sparsi ovunque. Si notano i soliti casermoni e un ripetitore del telefono che si vede da chilometri di distanza. In cima brilla una luce rossa, forse per gli aerei.

In alto sulla destra, Carlotta vede la stella della concessionaria Mercedes che, sospesa nel buio, sembra davvero una stella. Deve muoversi!

Aggira la zona di Molino Dorino in cui sarà scesa mille volte dalla metropolitana e imbocca la statale 33 che costeggia il piccolo comune di Pero. La luce dell'insegna dell'Alpha Hotel Expo Fiera screzia d'azzurro l'asfalto già inghiottito dall'auto. È l'altro lato della medaglia.

Questa zona è sempre stata un baluardo industriale. Ma con la costruzione del nuovo polo della Fiera di Milano, l'orientamento generale si è spostato verso il settore dei servizi, del commercio e della ricettività alberghiera.

La mitica raffineria che faceva assomigliare il paesaggio a una cartolina della zona industriale di Piombino è stata smantellata, così come molte altre industrie. Carlotta le può vedere di sfuggita. Di notte, tutti questi stabilimenti sono grandi ombre chiare e più che edifici abbandonati sembrano edifici morti.

Vede passare sotto di sé le luci della tangenziale ovest: ci siamo. Ecco lo svincolo per Settimo Naviglio!

Accelera ancora un po': sta facendo tardissimo, dovrebbe essere lì sul posto già da mezz'ora!

Basta oltrepassare il paese, ci vuole poco. In due minuti, se non becca l'unico semaforo rosso del paese, sarà al Cabiria.

Forse però...

Eccoci arrivati.

Armandino licenziami, fai quello che ti pare...

Scende dalla macchina, sente il solito rumore familiare ed è già su.

Apre la porta e...

Romeo è lì che l'aspetta. Fermo come la statuina di un

gatto stilizzato a tutto tondo e con la testa rovesciata all'indietro per guardare negli occhi Carlotta. Ora però il micio scappa, come tutte le volte che lei si mette i tacchi alti e fa quel rumore strano a contatto col pavimento!

La padroncina sbriga tutto in un secondo: riempie la ciotola fino all'orlo, cambia l'acqua sporca e spenge il televisore che sta trasmettendo proprio quel film. Quel film che suo papà vedeva in continuazione prima di scappare in Australia con la zoccoletta.

Dalla finestra spalancata sente entrare l'odore dolciastro dello Zambre e le cicale che non la smettono mai.

Sì ma come si chiama il film? Trinità? Qualcosa del genere…

11

Hanno fissato proprio lì. Sotto la "C" luminosa di Cabiria prima di essere immerse nella confusione del parcheggio. Lo fanno sempre, per entrare insieme.

Eccole infatti: Ginevra e… Consuelo Tanguenza.

In realtà Carlotta è amica di Ginevra, mentre con l'attuale reginetta della TV non ha mai parlato in vita sua. Ma non conta, si salutano come se fossero sempre state delle superamiche legate da un patto d'acciaio. Le Charlie's Angels.

Altro che sbaciucchiamenti, qui devo filare!

Poi, in mezzo a tutte quelle luci che si incrociano, a quei suoni che si impiastricciano, a quelle auto ingolfate che vorrebbero salire una sopra l'altra per trovare uno spicchio di posto, distinguono una canzone.

«Maledetta Primavera!», sghignazzano quasi all'unisono, affiatate come i Ricchi e Poveri. Anzi ridono!

E il tipo appoggiato alla portiera dell'auto da cui proviene la musica? Guarda come canta ispirato! Da solo poi.

Che sfigato!

È il pensiero comune delle tre ragazze.

Carlotta, però, lo ha riconosciuto. Non sa come ha fatto, ma lo ha riconosciuto: «Gine, hai visto chi c'è?».

Ginevra lo ha visto, ma fa finta di nulla, come se non avesse sentito la domanda. E ride per conto suo.

Adesso cantano tutte e tre!

«Dai Gine, come si chiama? Tipo... Montagna, ma francese... aiutami... Montagnèr!».

Sì, proprio Montagnèr.

Ginevra abbassa lo sguardo.

Interviene pure Consuelo: «Ma scusate chi è?».

E Carlotta, con un'espressione indecifrabile del viso: «Nessuno».

Io ho paura

12

Perché Fabrizio Montagnèr deve riscattare una ferita che non vuol proprio saperne di rimarginarsi?

Quale inviolabile segreto costringe Ginevra ad abbassare lo sguardo di fronte alla sua migliore amica?

Cosa accadde la notte del 24 maggio 2008 nella casa di Sofia Niccolai quando era ancora fidanzata con Simone Vezzosi, l'attuale ragazzo di Ginevra?

E in fine, perché la vita di Renato Boriani si è ridotta così a uno schifo? Tutta colpa di Carlotta?

Troppe domande!

Per andare avanti, a questo punto, dobbiamo tornare indietro. Di circa un anno e un mese.

13

In piazza Bad Kissingen, vicino alla piccolissima stazione ferroviaria di Settimo Naviglio, tutto procede per il meglio. Tutto secondo i piani.

Fabrizio Montagnèr è carico come Rocky.

Ha gli occhi della tigre.

I tre vodka-lemon, tracannati alla velocità della luce nella capiente sala del bar Manaresi, assicurano scioltezza di pensiero e sensazioni ottimistiche.

Pure l'ansia da prima uscita e quella sensazione antipatica di "e adesso cosa le racconto?" che ingessano Montagnèr quando deve vedersi con la ragazza giusta si sono dissolte come fantasmi sotto i flussi di energia psicocinetica creata dai Ghostbusters.

Un venticello primaverile scuote le fronde dell'unico salice al centro della piazza e i capelli appena tagliati del nostro Fabrizio. Per l'occasione non ha badato a spese. Al termine di un serrato consulto con gli amici, ha deciso di affidare il taglio di capelli più importante degli ultimi anni al Maradona degli hair stylists: Marcello Polverosi.

Gli è costato l'ira di Dio, ma ne è valsa la pena.

Dopo venti minuti scarsi in cui il Maestro ha agitato in aria forbici e rasoio come posseduto dallo spirito del grande direttore d'orchestra Arturo Toscanini, il risultato è stato all'altezza delle aspettative. Non sarà certo l'acconciatura a mandargli a puttane la serata!

Il profumo Roma Uomo di Laura Biagiotti, ribadito più volte su collo, spalle e basso ventre (non si sa mai) sciabola nell'aria mite di questa notte che ha tutte le carte in regola per diventare magica.

Qualcuno, in un appartamento con la finestra spalancata, ascolta una canzone che a occhio e croce dovrebbe essere *Give it 2 me* di Madonna.

Fabrizio dà una sbirciatina all'orologio.

Tutto a posto. Lei è un po' in ritardo... ma è normale. Un pensiero negativo che non ne vuol sapere di starsene al suo posto si riaffaccia inopportuno. Ci ha rimuginato fin dall'inizio, ma poi non ha voluto dar peso a quella vocina malefica che lo pizzica da sempre per fargli venire le paranoie.

Nella vita bisogna fidarsi, sennò è finita.

Anche se, in effetti, pensandoci bene... per quale motivo una ragazza carina e con la testa a posto come Carlotta avrebbe dovuto scegliere questo luogo isolato per il primo appuntamento? Per giunta con un uomo che non ha mai visto in vita sua?

È la piazzetta più brutta del mondo, questo si sa. Non c'è anima viva, non c'è mai stata e non ci sarà mai. Nessun negozio, bar, punto di ritrovo, niente! Tutti i palazzi intorno sono imbrattati da graffiti alti quanto i portoni delle case e persino i lampioni sembrano irradiare una luce fioca.

Al momento, ci sono solo tre ragazzi che parlano, fumano e ogni tanto lo guardano.

Non proprio "ogni tanto", diciamo spesso.

Diciamo sempre. A turno.

Strano. Strano cosa Fabrizio!? Non fare lo stronzo.

È l'unico nella piazza oltre a loro.

Cosa vuoi che guardino!?

Eppure proprio adesso quella vocina infida che vede il male dappertutto lo punge un pochino più forte.

Perché proprio qui? C'erano altri mille posti...

Quei tre ragazzini si avvicinano. Hanno i caschi in mano.

Staranno andando via!?

No.

Da quella parte non ci sono vie d'uscita e gli scooter sono parcheggiati esattamente sull'altro lato della piazzetta. C'è solo lui. Appoggiato a uno di quei palazzi tutti uguali. Con le spalle al muro. Butta giù un blocco di saliva grande come un iceberg.

Che cazzo vogliono?

Fabrizio sorride dentro di sé, come quando si rende conto di avere avuto ragione.

Sono a pochi metri e lo guardano. Stavolta tutti insieme.

Erano molti anni che Fabrizio Montagnèr non aveva paura.

14

Le Roy e Vanna Marchi

Nascosta nella costa settentrionale della Toscana c'è una piccola località di mare molto suggestiva.

Può contare su un litorale immerso nella natura mediterranea che si estende per un paio di chilometri. Appena dietro la spiaggia, guadagna terreno un bosco stracolmo di more in cui puoi distinguere ontani, pioppi, frassini, farnie, naturalmente pini e tutto quello che offre la vegetazione della zona. Alle spalle del mare incombe la catena montuosa delle Alpi Apuane con le tipiche striature di marmo bianco che la fanno apparire eternamente coperta di neve.

Con le belle giornate i monti sembrano così vicini al mare che danno l'idea di volersi fare un tuffo anche loro.

Questo incantevole lembo di terra, che rappresenta una piccola parte della propaggine costiera della provincia di Massa e Carrara, si chiama Marina di Stradella ed è qui che è nato e vissuto, fino a una decina di anni fa, Fabrizio Montagnèr.

La Versilia è lì accanto, praticamente appiccicata, ma sembra dall'altra parte del mondo.

In questo versante, un po' più a nord, è tutta un'altra storia. Il paesello di cui stiamo parlando, in contrasto con la felice collocazione morfologica, è un luogo duro, maschio, e ti forgia fin dall'infanzia. Si parla un dialetto talmente difficile che gli stessi compaesani non sempre riescono a capire. Le bestemmie, qui, non sono nemmeno bestemmie. Sono sinonimi. Sostituiscono esclamazioni, pause, congiunzioni, locuzioni avverbiali e anticipano ogni forma di saluto.

Per dire «ciao, come stai?», basta togliere il "ciao" e metterci una bestemmia. Se comunichi attraverso altri canali espressivi ti inquadrano come un fighettino venuto in vacanza da Milano o Firenze e ti guardano storto.

Anche i preti smadonnano che è un (dis)piacere e ai funerali c'è chi li ha sentiti insultare persino i morti. Fabrizio, che da piccolo collezionava presenze come chierichetto, si ricorda benissimo quella volta in cui padre Serafino voleva forzare la bara del povero signor Bigini per dirgliene (o dargliene?) quattro in faccia.

Insomma la vita a Marina di Stradella non è facile ma nemmeno troppo difficile. Soprattutto se con il passare del tempo riesci a crearti un personaggio, a farti un nome, ad acquistare prestigio.

Montagnèr ce l'aveva fatta a modo suo, sfangandola a scuola col rotto della cuffia, ritagliandosi un ruolo di tutto rispetto nelle pubbliche relazioni apuane e conquistando il cuore di qualche strappona nelle notti brave di cui era promotore.

È storia della movida della Riviera Apuana le serate che Fabrizio Montagnèr riusciva a organizzare il sabato sera alla discoteca Krokodile, luogo di culto per i giovani del litorale.

Il ritrovo storico dei giovani del posto era lo spiazzo davanti alla Standa, e lì, ormai, lo conoscevano tutti. Darsi un nome d'arte fu quasi una necessità. Richiamando il francesismo insito nel suo stesso cognome si fece chiamare "Le Roy", che si legge "Le Ruà" e che significa "Il Re".

Poi, compiuti i venticinque anni, quando si trattava di far quadrare il bilancio complessivo, Fabrizio fu sopraffatto da una crisi esistenziale che mise in discussione i suoi capisaldi.

Gli studi di Giurisprudenza all'università di Pisa dove il padre (primario nel reparto di neuropsichiatria all'ospedale di Turano) lo aveva iscritto a forza, procedevano a ritmi da crociera: un esame all'anno.

Le ragazze rimaste sul mercato erano dei tegami incredibili. Sentiva di avere perso gli stimoli nella sua promettente attività di PR, come un grande campione ormai appagato.

Ci voleva una scossa. Qualcosa di serio che cambiasse la sua vita, una volta per tutte.

La grande fuga.

Ecco cosa pensò: cambiare aria. Immediatamente. Alla ricerca di un ambiente che potesse valorizzare appieno tutto il suo il talento.

Ma fra il dire e il fare c'è di mezzo il mare. E laggiù il mare c'era di mezzo davvero. D'estate la vita cambiava: si andava in spiaggia tutti i giorni, si sparavano le cazzate con Guglielmo (il bagnino del Bagno Orizzonte), si passavano le giornate a rincorrere le tedesche dei campeggi e...

...allora, era meglio rimandare.

Un giorno però si verificò quella che gli psicologi chiamano "causa scatenante".

In un momento di debolezza autunnale, mai rimpianto abbastanza, Montagnèr decise di vuotare il sacco, di mettersi a nudo, di esporre alla luce del sole tutto il suo disagio. E lo fece con la sua ragazza dell'epoca, Francesca Bertelli. Davanti a un mare pieno di scintille e con un vento che faceva vacillare anche i pensieri più incrollabili, parlò con una serietà che la ragazza non credeva appartenergli.

Probabilmente tutto ciò sarebbe rimasto un semplice sfogo, un soffio di libertà sfuggito al desiderio insopprimibile di ogni uomo di condividere con qualcuno i propri sogni, se solo Francesca, di fronte all'epilogo della confessione "Basta. Me ne vado. Milano mi aspetta", non gli fosse esplosa in faccia con quella risata spaventosa. Una risata vorace, maligna, sgangherata che attizzò in Fabrizio un'immagine nitida e precisa: Vanna Marchi.

'Sto cazzo! Passare tutta la vita qui, con una che ride cattiva come Vanna Marchi, no. Meglio morire affogato.

Era arrivato il momento.

La sera stessa, alle prese con un padre appesantito da un piatto infinito di spaghetti alle vongole, una madre distratta da una puntata imperdibile di *Un posto al sole* e la sorellina che lo guardava con due occhi così, prese la parola. Con il piglio malinconico ma fermo di Humphrey Bogart si schiarì la voce e pronunciò il fatidico discorso: «Vi voglio bene, questo lo sapete. Ma il primo dovere nella vita è verso noi stessi. Me lo avete insegnato voi. Quindi me ne vado via. Mamma, per i panni sporchi come faccio?».

Partì appena tre giorni dopo, per non avere ripensamenti. L'unica cosa che lo mise veramente in crisi fu passare un'ultima volta da camera sua.

Troppi ricordi.

Uno sguardo nostalgico alla sua personale libreria, colorata da due enormi chiazze omogenee: una gialla e una nera. Topolino e Dylan Dog. Se ci ripensa, si commuove ancora.

Per finire, salutò il poster di Karate Kid, arraffò tutti i cd anni Ottanta della collezione e, come aveva visto fare a Eric Cantona in uno spot televisivo, disse a tutti: «Au revoir».

15

Milano, alla fine dei conti, si era rivelata città matrigna.

Lo ha spinto fuori piano piano, metro dopo metro. In silenzio. Proprio come fecero i russi con i nazisti quando questi si avvicinarono a pochi chilometri da Mosca nella seconda guerra mondiale.

Prima le difficoltà di ambientamento, nonostante la miriade di agganci su cui puntava a occhi chiusi; poi il lavoro di PR andato a ramengo; infine l'università, sbiadito ricordo.

La verità è che Fabrizio Montagnèr, almeno all'inizio, ci aveva provato in tutti i modi: tuffandosi in un mondo sconosciuto e sterminato, offrendo a chiunque incontrasse il suo volto migliore, inghiottendo rospi che non meritava di inghiottire, collezionando figure di merda inenarrabili.

Oltre a impegnarsi con una certa continuità nel mondo delle pubbliche relazioni, fece ogni genere di lavoretto (come dimenticare l'esperienza di vocalist alle autoscontro al lunapark dell'Idroscalo?), strinse relazioni più o meno durature con ragazze che a Marina di Stradella non si sarebbe nemmeno sognato di frequentare e, infine, riuscì a sostenere con il coltello (libretto) fra i denti persino un paio di esami alla Statale di Milano.

Poi, come accade spesso in questi casi, non appena venne meno un po' di entusiasmo, la situazione precipitò e la transumanza ebbe inizio: da via Cordusio, nel cuore di Milano, ripiegò in zona Fiera, poi rintuzzò a Portello, resistette un paio di anni alla Bovisa e infine fu respinto a Settimo Naviglio dove lo zio Nicola possedeva un piccolo appartamento che non riusciva ad affittare.

L'epilogo rischiava di non essere glorioso.

Passava le giornate a mandare via i piccioni dalla terrazza, a giocare a scala quaranta con gli amici del Bar Manaresi e ad aspettare il bonifico di mille euro che il prof. Edoardo Montagnèr, suo papà, gli inviava il 15 di ogni mese.

Non era da Montagnèr!

Ma un giorno ci fu la svolta. Banale, ma ci fu.

Un vento siberiano che non si era mai visto prima faceva ballare il valzer a tutte le cartacce, i sacchetti di plastica, le foglie secche di piazza del Mercato e si lamentava con il fischio cupo che turbina intorno ai castelli della Transilvania.

L'aria aveva l'odore di quando sta per nevicare.

Fabrizio Montagnèr, chiuso nel bar al calduccio, se ne stava come un tasso nella tana. A fine serata però, Massimo Ricci, un invalido civile impiegato nel Comune del paese, al terzo giro di Montenegro, parlò senza peli sulla lingua.

«Così Fabrizio non puoi andare avanti».

«Cioè?»

«Cioè sei fuori da tutto, non hai interessi, non hai voglia di fare un cazzo. Diciamoci la verità! E la cosa più grave è che non ti dai neanche un pochino da fare per restare al passo coi tempi. Non sei nemmeno iscritto a Facebook!».

«"Face" che?».

«Scusa Fabrizio, ma te ce l'hai il computer?».

Fabrizio Montagnèr, il computer, ce l'aveva.

Purtroppo.

Un annetto prima, sua sorella Irene gli aveva spedito un portatile come regalo di compleanno: "...Così rimaniamo in contatto attraverso Internet (lo sai cos'è?), ci mandiamo le e-mail, le foto e tutto il resto. Il cellulare ormai è inutile, non mi telefoni più!", recitava il bigliettino d'auguri pieno di faccine che sorridevano.

Fabrizio, sul momento, gradì tiepidamente, scrutando quel pacco rettangolare come se gli avessero recapitato ET.

A che cazzo mi serve?

In effetti il punto era proprio questo. Il nostro arrugginito PR era uno della vecchia guardia. Non ci sapeva fare con queste robe. Le sue conoscenze informatiche si erano arenate al Commodore 64, si ricordava che per farlo funzionare bisognava saper usare quella cosa incasinatissima che era il basic e credeva che il computer servisse solo per giocarci a Pac-Man.

Poi, piano piano, complici i rigidi pomeriggi invernali, aveva imparato a utilizzarlo in modo semplice ma funzionale. E, soprattutto, si era iscritto a Facebook.

All'inizio nessuno gli dava l'amicizia. Tristezza.

Che truffa ragazzi. Montagnèr si sentiva preso in giro.

Per fortuna Ricci e Del Zanna, con l'espressione satura di disincanto tipica di coloro che c'erano già passati, spiegarono a Fabrizio che Facebook era un luogo pieno di trappole. Doveva andarci coi piedi di piombo e chiedere l'amicizia solo alle persone più o meno conosciute. Non a tutti. Sicuramente non a tutte le baldracche russe, bielorusse, ucraine, brasiliane, venezuelane, estoni, lettoni e lapponi che mostravano il culo su tutte le pagine del social network!

Comprese il meccanismo e, facendo valere il suo albo d'oro da vecchio lupo di discoteca, strinse amicizia con circa trecento persone.

La gente gli commentava le frasi, qualche vecchio conoscente lo ricercava da chissà dove, amici e amiche attaccavano bottone in chat. Si sentiva di nuovo in pista.

E chi se ne fregava se restava confinato giornate intere in un monolocale al quarto piano di un palazzone bigio di Settimo Naviglio, se non era mai stato così lontano da tutto e da tutti e se la sua vita coincideva ormai con il microschermo del suo computerino!

"Le Roy" era tornato.

16

Finché una sera…

…una sera, una certa Giulia Rossi gli chiese l'amicizia.

In realtà nella foto del profilo c'erano due ragazze abbracciate, una bionda e una mora. Ma non stette a sottilizzare, erano tutte e due carine e concesse subito l'amicizia. All'inizio non ci fece caso, non andò nemmeno a sbirciare le foto per capire quale delle due fosse Giulia. Poi un giorno, galvanizzato da un rovente scambio di messaggi in cui aveva strappato un appuntamento a una vecchia babbiona di Cusano Milanino, iniziò a sparare colpi all'impazzata. Vide Giulia in chat e cominciò a farci lo scemo, con l'audacia sbarazzina di chi non ha niente da perdere.

Riprodurre un breve stralcio della loro prima conversazione telematica è la soluzione migliore:

«Sei la bionda o la mora?»

«Perché?»

«Perché se sei la bionda ti cancello dalle amicizie: sono donne false e ci stanno troppo facilmente, con me intendo».

«Sì, ciao, come no. Ti andrebbe benissimo anche la bionda... Comunque hai avuto fortuna, sono la mora, anche se per tua informazione, a essere precisi, sono una via di mezzo: ora sono un po' più chiara che in quella foto».

«Scusa, non avevo notato. Sai, non sono uno di quelli che stanno tutto il giorno su Facebook a spulciare le fotografie delle pischelle. Io ho da fare».

«Immagino».

Iniziò così, per gioco.

Con Giulia (?) si ritrovò a sorridere di quella piccola immagine del profilo in cui il faccione del tipo le ricordava tantissimo quell'attore...

Come si chiamava? Era nel telefilm dei poliziotti sulle moto, cavolo! Lo devo chiedere a mio fratello.

E con Fabrizio, che appena finita la conversazione, iniziò a spulciare il profilo di Giulia.

Fu come vedere *Ben-Hur* e *Via col vento* uno dopo l'altro.

Iniziò le operazioni alle 22:45 e finì di analizzare l'ultima delle 943 foto inserite su Facebook alle 4:14.

Si era sbagliato: Giulia non era solo carina.

Quella notte Fabrizio, nelle vesti del tenente Colombo, passò al setaccio tutto ciò che poteva suggerire elementi utili per conoscere la ragazza. A cominciare dalle frasi in bacheca, dai commenti, dalle canzoni che pubblicava, e per finire alle foto. Già, le foto.

Un'indigestione di sorrisi, smorfie, linguacce, risate, finti bronci, abbracci e... baci.

Era già geloso.

E fuso.

Quando Giulia veniva con il viso inclinato, girava il pc

per vederla meglio! E se l'immagine usciva tagliata in basso, cercava di guardarla da sotto. Tutto di riflesso, certo. Ma intanto alla fine della nottata si era dato tre risposte:

1. Il profilo era falso. Cioè, la ragazza esisteva davvero ma non si chiamava Giulia.
2. Chiunque fosse, abitava vicino a Milano.
3. Si era preso una cotta colossale.

E aveva posto una domanda a se stesso e all'universo: *Ma allora chi è? Chi è questa Giulia Rossi?*

17

Carlotta e Ginevra, erano entrambe appassionatissime di Facebook e oltre al loro normale profilo ne avevano creato un altro. Falso.

I rischi, agilmente aggirati: chiedevano l'amicizia solo a persone sconosciute, provenienti da altre città e fuori dal proprio giro.

La faccia ce l'aveva messa Carlotta ma la password era nota a entrambe.

Un giuramento solenne sancì la segretezza dell'operazione. Mai nessuno avrebbe dovuto sapere di quel profilo. L'avevano fatto per farsi due risate in libertà, per prendere per il culo tutti gli uomini allupati del globo e per il sano gusto dell'anonimato.

E Montagnèr non faceva eccezione. Era stato aggiunto agli amici perché era di un paesino (Marina di Stradella) che non avevano mai sentito nominare. Lo stuzzicavano, ci giocavano. Era uno dei loro bersagli preferiti. Soprattutto quando si ritrovavano sole solette nell'appartamento di Carlotta, che si era trasferita dalla casa dei suoi genitori a Pagliera di Lainate, vicino Rho.

Sembrava fatto apposta: scemotto, convinto, pieno di sé.

Fuori moda da dieci anni. Il giudizio delle ragazze fu piuttosto severo: «È un superficialone. Un bluff. Un patetico bamboccio che si riconosce lontano un miglio. Per questo dobbiamo tirarlo scemo all'infinito! Se lo merita».

Però... c'era un però.

Fabrizio le faceva ridere, soprattutto Carlotta. Diceva minchiatine a raffica. Venivano giù come birra alla spina.

Quello che non riuscivano a capire era se quel buffone di Montagnèr credeva alle cagate che sparava o in esse c'era un fondo d'ironia!

Alla fine, però, ridevano.

Anche Ginevra, che lo trattava come un coglione, sotto sotto ne era incuriosita.

Una sera "Giulia" gli disse la verità.

«Senti Fabrizio, io mi chiamo Carlotta».

18

Fabrizio Montagnèr con il passare del tempo l'aveva presa sul serio, che più non si poteva.

Passava le giornate a guardare e riguardare le foto di Carlotta, a riflettere su quello che la ragazza pubblicava, a rimuginare su cosa dirle. Quando, finalmente, la ragazza del mistero compariva in chat, Fabrizio doveva sparare sempre qualche stupidaggine: era più forte di lui. A volte, per essere in forma nella conversazione, buttava giù una birretta in più.

La prendeva in giro, la sfidava, le faceva miliardi di complimentini di fronte ai quali Carlotta lo sfotteva a sua volta o glissava con eleganza. Alle domande personali la misteriosa Carlotta non rispondeva, limitandosi ad ammettere che il profilo era falso e a confermare che il nome, invece, era verissimo.

Ma alla fine chi se ne frega di tutti questi misteri!

Fabrizio era felice come una Pasqua, sognava a occhi aperti e non era mai stato così su di giri da quando era sbarcato a Milano.

E forse forse, quel fiorellino dolce inviato provvidenzialmente dal santo protettore di tutti i PR alla frutta se lo era pure fatto un pensierino a uscire con il nostro redivivo Montagnèr!

Secondo me, al 60% ci sta!

Fabrizio Montagnèr, almeno in materia di percentuali, non aveva mai sbagliato.

19

«Sei un bastardo!».

Il più grosso e meno giovane dei tre parla a voce alta. Ma non urla.

«Porco!», aggiunge un altro.

«Sei un bastardo, capito?», ripete il capo. Ha i lineamenti ottusi e sputa odio da ogni poro.

Veramente no. Non ho capito.

Fabrizio Montagnèr davvero non si orienta. Chi sono? Cosa vogliono (questo sì, forse lo ha capito)? Perché ce l'hanno con lui? Loro sono tre, lui è solo. Tengono pure i caschi in mano.

E se nascondessero anche un coltello?

Sente un fuoco che gli squarta lo stomaco in due, un brivido con dei tentacoli che arrivano fino al cuore.

Non può scappare.

L'unica è provare a ragionare con questi energumeni che sembrano una versione improvvisata dei Guerrieri della notte.

«Ragazzi state sbagliando person...», una fitta fortissima

alla bocca, non ha visto arrivare il colpo. Le labbra contro i denti, sente tutto salato. La camicia è già imbrattata di rosso e una goccia di sangue precipita dritta sulla punta delle All Star che Fabrizio si era comprato per darsi un tocco giovanile in vista della serata.

Il tipo palestrato ci mette tutta la violenza che può nel colpire con il casco la faccia di Montagnèr che rovina a terra.

È ancora cosciente. Un lato della faccia aderisce completamente all'asfalto appiccicoso e una piccola pozza di sangue si sta formando sotto la testa. Da un occhio non vede più, deve essersi gonfiato tutto. Sta rischiando la vita, lo sa. È un secondo, ma gli vengono in mente tutti quei casi di cronaca. Tutti quei ragazzi massacrati a calci e bastonate da altri ragazzi. Senza un motivo. A volte muoiono anche solo per la paura, perché il cuore si ferma. Pensa anche a questo.

Non può nemmeno aiutarsi con la sua tipica frase: *Stai calmo Montagnèr.*

Lo prendono a calci, ancora sulla testa, con quelle scarpe pesanti. Lo stanno ammazzando.

Un ultimo filamento di idea prima di perdere conoscenza.

C'è stato un errore.

20

No, non c'è stato alcun errore.

Anzi, un piccolo errore in realtà c'è stato e lo ha commesso proprio Fabrizio. L'unico che non devi assolutamente commettere con una ragazzina impulsiva, viziata, abituata a vincere. Sempre.

Montagnèr stava parlando in chat con Carlotta ed era in

gran forma. La tipina ridacchiava e ribatteva attenta. Forse ci scappava pure l'uscita.

Era l'ora.

Poi Carlotta cacciò fuori una domanda che non c'entrava niente di niente: «Senti... ma la mia amica bionda, quella nelle foto, ti piace? Carina vero?»

«Mmm... no. Non è il mio tipo». Mezza bugia. Era carina ma non era il suo tipo.

«Cioè scusa: non è bella secondo te?»

«Bah», e qui una saggia, oggettiva, benevola valutazione critica che qualsiasi persona dotata di buon senso avrebbe adottato per l'occasione venne travolta dall'incontrollabile smania di Montagnèr di leccare il culo a Carlotta «secondo me, sei molto più bella te! Anzi in confronto a te la bionda è proprio una cessa!», e ci piazza accanto pure una faccina che ride e tre cuoricini.

Silenzio. Il collegamento su Internet si interruppe bruscamente.

Strano... perché se ne è andata così all'improvviso? Mah...

Montagnèr, purtroppo, non ci aveva capito niente. Se non fosse stato solcato dalle tracce che Carlotta imprimeva sull'anima e sulla pelle di Fabrizio con cadenza giornaliera, magari ci sarebbe pure arrivato: la persona con cui stava parlando non era Carlotta.

Era Ginevra.

La bella (che ne dicesse Montagnèr) biondina aveva finto di essere Carlotta come tante altre volte.

21

Mai in vita sua Ginevra De Amicis si era sentita tanto umiliata.

Nemmeno quella volta in prima media quando per via

dello schifoso apparecchio ortodontico finì penultima nelle classifica delle più carine della classe. E penultima voleva dire "ultima", perché Tiziana Martelli (soprannominata Godzilla) con addosso cento chili e uno strato di brufoli che le rivestiva anche il naso, non faceva testo.

Si prese trenta minuti per far sbollire l'incazzatura e per progettare un piano punitivo. Il più efficace possibile. Alla fine saltò fuori un nome dall'oltretomba.

Fabiano Zucchelli!

Cazzo, come aveva fatto a non pensarci prima? Era uno dei trogloditi che frequentavano la sua stessa palestra. Ci aveva legato perché una sera, mentre Ginevra si stava squagliando sullo step, il coatto le insegnò un paio di esercizi per rassodare i glutei che dettero risultati insperati.

Il tamarro le faceva la posta. Non c'era attimo in cui non la tenesse d'occhio. Un giorno si appollaiò con le braccia sul manubrio della cyclette di Ginevra e mentre la ragazza gli parlava tutta arrossata con il fiatone e le tette che ballavano su e giù nel body, Fabiano ebbe un'erezione devastante e duratura. Proseguì per ore impedendogli persino di dare due pedalate di spinning, la sua grande passione. Quando poi fuggì a farsi la doccia negli spogliatoi, stette tutto il tempo rivolto al muro con il contenitore dello shampoo lì davanti per la vergogna.

Ma c'era dell'altro. Il babbo di Fabiano, un po' di tempo prima, era stato in difficoltà dopo lo smantellamento dell'industria chimica in cui era impiegato da anni. Aveva perso il lavoro e non riusciva a trovare un nuovo impiego nemmeno a pagare.

Ginevra ne parlò a sua madre. Monica De Amicis, che prese a cuore il caso umano e l'aiutò a trovare lavoro nella segreteria amministrativa di una delle ditte di cui era proprietaria.

In poche parole, Fabiano Zucchelli era sempre stato innamorato di Ginevra a cui doveva pure un favore. Il classico sbarbatello da rigirare come un calzino (sporco).

E così, caricare a molla quel bullo esaltato fu un gioco da ragazzi. Bastò una telefonata piena di pause, di pianti silenziosi, di parole rotte a metà. E con una vocina che avrebbe fatto cadere una lacrimuccia persino a Terminator, iniziò a mugolare: «...Fabiano non so che fare, ho paura. È viscido, pericoloso».

«Non ti preoccupare ci penso io a quel figlio di puttana... Lurido porco! Gli passerà la voglia...».

«No Fabiano, non scendiamo al suo livello, pensa che dopo avermi messo la mano lì, mi ha riempito pure di schiaffi. Dovresti vedere che livido ho sotto l'occhio... Non ho ancora avuto il coraggio di uscire di casa. Lasciamo perdere, è meglio», miagolò Ginevra più falsa di Giuda.

«Non si può lasciar perdere e se cerca ancora di darti noia? Se continua a minacciarti, a telefonarti tutti i giorni? Senti Gine, lascia fare a me», con la voce dura e fremente del giustiziere.

Silenzio tattico di qualche secondo, poi Ginevra ansimò sibillina: «Senti Fabi, fai te, io non voglio saperne più nulla. È una storia che mi fa troppo male».

Alle 17:34 del 18 maggio 2008 "Giulia-Ginevra" rientrò in chat e comunicò a Fabrizio l'ora e il giorno del "loro" primo incontro.

22

Il Fidanzato di Ginevra

Simone e Sofia hanno appena fatto l'amore.

Prima hanno litigato e poi hanno fatto l'amore. Come sempre.

Si sono presi il lettone perché la mamma è andata a trovare le amiche di Chioggia.

Sono ancora lì, distesi, con le gambe intrecciate. Due dita della ragazza infilate nella bocca di Simone. Sofia ha le mutandine perché si vergogna un mondo a restare nuda quando hanno finito.

La camera è illuminata di azzurro, di bianco, di rosso: dipende dai colori della TV che sta trasmettendo *Ghost*, il loro film preferito.

Quando la casa è libera si organizzano così: Simone va a dormire da lei, abitano a due passi!

A Codogno Vicentino stasera si sta benissimo, c'è la famosa "temperatura ideale". E nella bifamiliare di Sofia si sta ancora meglio, con quel giardino pieno di gelsomini, tulipani, ortensie. Le fronde degli olmi entrano quasi in casa sfiorando le finestre. La brezza sembra strusciarsi su tutti quei fiori e si porta in casa la notte primaverile.

«Simone, scusa, solo che a volte non ti capisco». La mano brancolante accende la lucina sul comodino.

«Coa non capi...ii amoeee?», le parole escono distorte, Simone non si è ancora tolto dalla bocca le lunghe dita della fidanzata.

«Dai smettila! sono sempre io a prendere l'iniziativa, fosse per te...».

«Sofia ti prego non ricominciamo, sono stressato... c'è quell'esame, non ci capisco niente, il professore è una belva e...», con il cavo orale finalmente sgombro.

E si incanta.

Glielo ha sempre visto fare, ma ora di più. Si fissa su un punto imprecisato come se stesse cadendo in trance. Ci hanno scherzato un sacco di volte su questa cosa!

«Ehi!».

«Sì, scusa... ti dicevo, è un periodaccio, lo sai. Più me lo fai pesare e più mi passa la voglia!».

Mentre si alza per andare a prendersi una birra in frigo e a recuperare il telefonino che ha lasciato di là in cucina.

Passano trenta secondi e il suono del vetro che scoppia al suolo è inconfondibile.

«Cazzo nooo! Sofia scusa, mi è caduta la bottiglia, pulisco io...», Simone parla ad alta voce dalla cucina.

«Vabbè, certo», risponde fra sé e sé la giovane studentessa di Scienze Politiche.

Tanto per chiarire Sofia è una bella ragazza. Ha ventitré anni, è mora, riccia, due grandi occhi grigi proprio come il suo fidanzato. È di corporatura esile. Sembra fragile come se potesse rompersi da un momento all'altro.

Le funziona tutto: seno, gambe, sedere. Un sacco di uomini le fanno la corte.

«Simone», mugola Sofia, mentre si sta addormentando.

Sbatte le palpebre e vede Simone alla porta, fermo immobile. Non sa bene da quando la sta fissando. È un omone, un ragazzo robusto di venticinque anni. E la sta guardando con il solito sguardo assente...

«Simone che c'è?».

Gli fa il tergicristallo con la mano per disincantarlo.

«Sofia, mi sa che vado a dormire da me... ho visto ora il messaggio che mi ha inviato papà, dice che ho lasciato il computer acceso. Ne approfitto per studiare ancora un po'...».

«Va bene, notte», taglia corto Sofia, assonnata e stizzita.

«Scusa Sofia, mica hai letto gli SMS del mio telefonino?».

Noooooo! Mi ha già beccata...

«No Simone no, sei fissato con 'sta storia! Fammi dormire...», sempre con gli occhi chiusi.

Certo, un messaggio un po' strano questa volta c'era.

Sente che il suo fidanzato è lì accanto e si sta rivestendo. Poi più niente. Si è addormentata.

Non sa dire quanto tempo è passato. Forse dieci minuti, forse mezz'ora.

Da una fessura piena di ombre che riesce ad aprire sotto le palpebre vede le gambe di Simone a pochi centimetri dai suoi occhi.

Perché non è ancora andato via? È vicinissimo al letto. In piedi. La sta di nuovo guardando, in silenzio.

Ma stavolta ha uno sguardo diverso.

23

La Ferrari di Cefalù

Cosa ci faccio qui?

Cioè, che cazzo ci faccio qui?

E cos'è 'sto dolore tremendo alla gamba?

Si è appena riavuto dallo svenimento e questi sono i primi pensieri di Umberto Barà. Uno dei più grandi sciatori italiani di tutti i tempi, nonché inseparabile compagno di avventure di Renato Boriani.

Vede solo due colori: il nero limpido del cielo bucato da mille stelle e il bianco della neve inargentato dalla notte.

E sente freddo, ma non tanto. La cosa che non può davvero sopportare è il male alla gamba.

Mai provato niente di simile.

Prova a muoversi…

Caccia un urlo di tale portata che farebbe sentire Tarzan in dovere di farsi un paio di gargarismi col Tantum Verde per schiarirsi la voce. Umberto quasi sviene di nuovo.

Prova allora a sfiorare con tutta la delicatezza che non ha mai avuto la gamba trafitta dal dolore. Tocca qualcosa di duro, non vuol sapere cos'è… gli ritorna indietro una mano zuppa di sangue.

Si è rotto il femore di netto. L'osso scheggiato ha tagliato la carne e strappato la tuta da neve.

Siamo in primavera. Questo se lo ricorda. E si ricorda pure che non ha più toccato gli sci da quando ha dato l'addio a questo sport. Dodici anni fa.

La domanda resta sempre la solita: *Che ci faccio qui? Perché ho addosso sci e scarponi?*

Il rumore del morso a un cracker, moltiplicato per cento, è il suono che Umberto Barà sente sotto di sé.

Cerca di riassumere la situazione con la lucidità di quando doveva affrontare una curva sul Saslong.

Ho una gamba rotta. Sono su un ghiacciaio. Sotto il ghiaccio ci deve essere un laghetto. Il ghiaccio si sta spaccando.

Sì... e poiii?

C'è solo una cosa da fare: urlare "aiuto". Il più forte possibile.

Prende tutta l'aria che ha nei polmoni e butta fuori l'"aiutooo" più possente e penetrante della sua vita!

Una fitta alla gamba. Fa malissimo anche a urlare. Ma non importa, deve insistere, fare presto.

Sente una musica in lontananza, magari c'è un rifugio dove qualcuno...

L'Orso Bruno!

Questo nome gli fa tornare tutto in mente.

Sono una testa di cazzo.

24

Umberto e Renato si stavano organizzando per la loro tranquilla serata domenicale in giro per Milano.

Il solito tran tran.

Immenso aperitivo da degustare in due tre locali giusti fra Brera e Corso Sempione, festa a casa di Max (forse il procuratore era provvisto pure di un'introvabile variante della polverina gialla di Cartagena!) e, sul tardi, salto all'Hollywood, per finire la serata e rastrellare le ultime zoccolette come fanno i croupier quando acchiappano le *fiches*.

Tutto programmato.

Finché a Umberto non venne quell'idea malsana che incasinò incredibilmente le cose. Mentre procedevano a bordo della Lamborghini Murcielago di Umberto, ciondolando per le vie del centro, l'ex sciatore sì imbizzarrì: «Renato, colpo di scena! Mi è venuta l'idea!».

«Mmm...», il centravanti non poteva mostrare meno entusiasmo. Le conosce le idee dell'ex sciatore. Solo pochi mesi prima Umberto se ne era uscito con quella storia del castello austriaco più trasgressivo del mondo dove con mille euro *all inclusive*, mangiavi come un maiale, bevevi da una fontana di champagne e scopavi tutta la notte con le più belle donne del pianeta. Anche dieci tutte insieme.

Appena varcata la pesante porta dell'antico maniero i due si erano subito resi conto che non era tutto oro quel che luccicava.

La struttura era in mano a un gruppo di fanatici del bondage estremo, amanti del "fisting", "figging", "pissing" e "pony play". Se la cavarono leccando gli alluci a una cicciona di Gelsenkirchen e fuggendo silenziosi fino all'uscita. I tre negroni della security li stavano aspettando sul portone d'ingresso. Vedendoli pallidi e spaesati pensarono che fossero dei novizi. Pecorelle smarrite nella tana del lupo. I gorilla si ingrifarono: un po' di zenzero nel culo (figging) e una pisciatina in faccia (pissing) appariva la ricetta più giusta per un'onesta iniziazione.

Umberto e Renato capirono ed ebbero molta paura. Si guardarono negli occhi girando il capo simultaneamente e dopo pochi istanti erano già spariti. Smaterializzati con la stessa fluidità con la quale Spock scompariva di fronte al capitano dell'Enterprise.

«Ascoltami bene, Renato. Sullo Stelvio, che è un ghiacciaio dove si può sciare anche a Ferragosto...».

«Come scusa... si può sciare anche d'estate?»

«Sempre, Renato, sempre. Stasera c'è una festa. All'Orso Bruno, un rifugio di lì».

«Mmm...».

«Aspetta, aspetta, è una serata organizzata da Miss Italia: fiaccolata sulle piste, abboffata di capriolo e vin brulé, e cinquanta ragazze da votare. Noi siamo nella giuria, ovviamente. E comunque Renato, noi siamo quel che siamo, a parte la giuria».

«Mah... non è un po' lontano?», con l'aria di chi avrebbe preferito passare la serata a spalare la merda delle mucche.

«Ma basta con 'ste storielle da loffi! Facciamo sempre le solite cose: troie, troie, troie e cocaina. Due palle! Ritroviamo il coraggio di vivere qualcosa di diverso... neanche avessimo cinquant'anni! Umberto (ne ha quarantasette) rifila un pugnetto al volante che sa di rivincita.

«Ok, ma andiamo con due macchine diverse, non si sa mai».

A dire il vero, Umberto Barà voleva semplicemente girare a largo, starsene fuori dai soliti giri, fuggire in un ambiente diverso. Ma soprattutto non voleva incontrare Consuelo Tanguenza, la sua ex fidanzata. Quella stronza gli aveva fatto passare le pene dell'inferno per anni e anni. Ora che finalmente si erano lasciati non la voleva più rivedere.

Quando incontrava la soubrette, Umberto doveva scappare a casa. Una notte, appena rientrato in villa, si mise pure a piangere sotto il poster di Zeno Colò che, secondo i suoi calcoli, non avrebbe apprezzato.

25

Al rifugio Orso Bruno le cose non erano andate per il verso giusto.

La serata aveva preso una brutta piega.

Tanto per cominciare, erano arrivati con due ore di ritardo e le ragazze di Miss Italia se ne erano già andate via con una coda di pezzi grossi e un tipo rileccato che aveva tutta l'aria di essere Fabrizio Frizzi. Dietro, come la scia di una lumaca, arrancavano i sosia (?) di Antonio Zequila e Rossano Rubicondi. Restava l'odore di carne affumicata, di birra e di tanti altri sapori che puoi trovare solo in un rifugio alpino.

Renato Boriani cercò di salvare il salvabile: una sveltina con una cameriera di Bormio dal culo identico a quello di Michelle Hunziker avrebbe dato un senso compiuto alla serata.

Umberto Barà, dal canto suo, aveva cominciato a bere come un pazzo. Per dimenticare Consuelo Tanguenza, naturalmente. Figurarsi, all'inizio della storia non gliene poteva fregare di meno! La trattava come una delle migliaia di ragazzine disperate che restavano attratte come una calamita da quel mondo privilegiato.

Se la spupazzava, certo, ma con una punta di disprezzo.

Dopo il necessario periodo di rodaggio però, Umberto Barà aveva realizzato una cosa: i pompini che faceva Consuelo non li faceva nessuno. Iniziò a guardarla con occhi diversi e a prendere coscienza di ciò che era evidente al mondo intero: Consuelo Tanguenza era una forza della natura, una fica spropositata, la risposta a tutte le domande erotiche degli uomini della Terra.

E non solo. La sventola sapeva fare delle cotolette impanate che facevano impallidire quella di nonna Melina!

Al diciassettesimo amaro Averna, Alfredo Gelin, il proprietario dell'Orso Bruno, aveva cercato di rallentare il ritmo da discesa libera alcolica ingaggiato da Umberto.

Troppo tardi: il più grande dello sci azzurro ormai stava bisticciando con la testa di un cervo incastonata nella parete del rifugio.

Quelle corna enormi e biforcute erano allusive: gli evocavano l'ultimo terribile anno in cui Consuelo, ormai introdotta alla grande nel mondo che sognava (fu scelta come ragazza-copertina per la pubblicità della Tecnocasa), si dette alla pazza gioia e lo sommerse sotto un cumulo di corna alto quanto il monte Bianco.

Pure il cervo lo stava prendendo per il culo. Dopo lo sfogo si era un po' calmato e la rabbia aveva lasciato il posto all'amarezza: «Ma che cosa ne vuoi sapere tu?!», e senza aspettare nemmeno la risposta, traballando, era filato verso l'uscita.

Renato Boriani aveva assistito a tutta la scena.

Prima di raggiungere l'amico, però, si era concesso i classici ultimi cinque minuti… per strappare almeno il numero di telefono a Miss culetto d'oro. La montanara non voleva proprio saperne di schiodarla. Per forza, non lo aveva riconosciuto!

Era un problema.

Senza l'"effetto celebrità", il proverbiale fascino di Renato viveva una brusca battuta d'arresto. Solamente dopo il sospirato esordio in serie A la gente iniziò a ravvisare la spaventosa somiglianza con Lorenzo Lamas. Prima della definitiva consacrazione gli amici si limitavano a riscontrare nel calciatore un non so che di Nino D'Angelo. Niente di più. Tuttora, in caso di mancato riconoscimento, il campione può contare sulla chioma fluente, sul fisico atletico e sull'occhio ceruleo. Ma non è la stessa cosa. Da Lorenzo Lamas a Nino D'Angelo il passo è breve.

Nel frattempo…

...nel frattempo Umberto Barà si era stretto gli scarponi, aveva inforcato un paio di sci con gli attacchi troppo stretti (per forza! Quelli erano i “Rossignol Sweetheart” nuovi di zecca del signor Anselmo Bini che poi, scoperto il furto, bestemmiò davanti ai bambini per la prima volta in vita sua), aveva raccattato una candelina creduta una fiaccola proprio all’uscita del locale e, senza racchette, si era buttato nella discesa. Alla bersagliera.

Il grande Barà, con il cervello lessato da ettolitri di amaro Averna calati giù a imbuto, non riusciva nemmeno a fare lo spazzaneve.

Alla prima curva, volò via.

26

Fabrizio Montagnèr è più là che di qua.

Sta morendo?

Ha perso completamente coscienza. Continuano a prenderlo a calci dappertutto e a urlargli contro. Sembra un pupazzo che si muove unicamente se qualcuno lo tocca. Sul cemento ci sono sbaffi di sangue e quella piccola pozza appiccicosa che si è formata sotto la testa di Fabrizio.

Qualcuno si sporge dalla finestra ma rimette subito la testa dentro come una tartaruga.

Quando più persone si accaniscono su un uomo, non è facile individuare il colpo letale. Quello che uccide. In questo caso però si può essere certi che un vero e proprio colpo di grazia lo sta per assestare proprio Fabiano Zucchelli che ha tirato su il casco e con tutta la forza a disposizione...

In via Como, a pochi metri da piazza Bad Kissingen, Aimè Gresset, ex commissario della polizia giudiziaria francese, non si raccapezza. Ha sbagliato di nuovo strada. Per questo borbotta fra sé e sé e respira affannosamente. È almeno un'ora che sta camminando.

Giuro che se non trovo la strada subito chiamo un taxi anche se sono a cinquanta metri da casa.

Voleva solo farsi una birrettina prima di andare a letto, ma in questa maledetta Settimo Naviglio è sempre tutto chiuso! Solo il bar nella piazza centrale è sicuramente aperto ma per raggiungerlo in questo labirinto gli occorrerebbe una guida turistica.

Devo fumare la pipa. Subito.

La cerca nel taschino dentro la giacca e vede che a pochi metri si apre una piazzetta, magari riconosce qualcosa di familiare e ritrova la via di casa. Due passi e…

Aiuto.

Aimè Gresset ha visto di peggio nella sua vita, non ci sono dubbi, ma era il suo lavoro. Adesso con queste cose non c'entra più niente. Sono tre contro uno. E quell'uno sta a terra. Forse è svenuto, forse è già morto.

Io non c'entro niente, chiamo la polizia. È il massimo che posso fare.

Continuano a pestarlo, uno dei tre lo sta per colpire con un casco…

Se è ancora vivo, sicuro che lo ammazza.

No. Io non la chiamo la polizia. Io non chiamo nessuno. D'accordo, ho settantadue anni, in tasca ho solamente una pipa e se mi prendono a botte faccio la fine di quel poveretto.

Eppure un tempo io ero il commissario Gresset.

«Polizia!», niente, troppo timido.

«Polizia, fermi o vi sparo a tutti!», si mette una mano dentro il giacchino e con l'altra mostra un distintivo, francese, scaduto da cinque anni e avanza come se volesse impallinarli uno per uno.

Hanno paura.

Il ragazzone che stava per colpire l'uomo per terra ha tirato indietro il casco e sta retrocedendo. Scappano. Con gli scooter. L'ex commissario Gresset, con i suoi 105 kg finge di inseguirli. Uno slitta, cade con il motorino ma poi riparte.

Sono andati.

Si ritrova leggermente piegato, con le gambe divaricate, le braccia tese e le mani unite, proprio come gli avevano insegnato al corso di tiro operativo durante la scuola di polizia a Parigi. Stretta fra le mani c'è la pipa.

Culo.

In genere Aimè le parolacce non le dice, ma le pensa. E mentre telefona al 118 per chiamare un'ambulanza, osserva la faccia sfigurata dell'uomo a terra. Ha tutti e due gli occhi chiusi come un rospo, lividi e rigonfiamenti ovunque. Le labbra spaccate a metà buttano fuori lenti rivoli di sangue. Anche sulla testa ha un taglio profondo. Lo gira un po', per farlo respirare meglio. Sta ingoiando sangue.

Guarda chi è...

È il suo vicino di casa, quel ragazzotto dell'appartamento davanti che non lo saluta mai!

È Fabrizio Montagna!... Cioè, Montagnèr.

27

Sofia Niccolai è quasi spaventata.

Poi Simone si china e le dà un bacio sulla fronte.

«Simo non le prendi le chiavi?»

«Tanto torno domani mattina, ti suono».

«Ok, notte».

Sente sbattere la porta. Qualche passo che non sa distinguere se è fuori o dentro casa.

Chiudiamo a chiave, va!

Sta quasi cedendo al sonno ma è meglio alzarsi e dare quel

benedetto giro di chiavi, non si sa mai. Le cerca sul comodino, a tastoni, ma non le trova.

«Ah, eccole!».

Va a chiudere la porta, butta giù le persiane della finestra e si ributta a letto a dormire.

Circa un'ora dopo, il sonno ha una piccola scossa. Non si muove dal letto, ma sente che c'è qualcosa che non va.

L'antifurto non è scattato.

Quindi tranquilla... Dormi scema!

Ormai è sveglia. Un piccolo rumore che viene dal salotto. *Il gatto.*

No. Non è il gatto. Il gatto è lì, sul letto con lei. Un brivido come una frustata di fuoco la fa vibrare da capo a piedi.

Che faccio? La finestra... È un sogno, un incubo.

Le è successo mille volte il contrario. Pensava che fosse la realtà, invece...

Dietro la porta c'è qualcuno.

Qualcuno che si muove appena e poi si ferma.

Ora non sente più niente. Sofia sta lì in piedi, accanto al letto. I rumori sono spariti. Sta lì ferma per almeno trenta minuti. Niente. Silenzio. Assolutamente silenzio. Deve essersi sbagliata.

Cazzo che paura però! È l'ultima volta che dormo da sola.

28

Umberto Barà non ha più parolacce per offendersi.

È tutta colpa sua.

Oddio, anche di quella grandissima troia di Consuelo.

Ma soprattutto è colpa della neve.

La fissazione per lo sci sarebbe stata la sua rovina. Glielo diceva sempre suo padre Antonio, che proprio non capiva cosa c'entrasse Umberto con la montagna, la neve, gli scarponi, i Moon Boot, le seggiovie e tutto il resto.

L'epopea iniziò quando Umberto Barà frequentava le scuole medie e si aggregò alla settimana bianca. A Madonna di Campiglio. Non era mai successo che a Cefalù venisse scelta una settimana bianca come gita scolastica, ma il professore di ginnastica, fratello della preside, era un maniaco dell'alpinismo e tutto fu possibile.

Umberto non si sentì mai così inadeguato come in quella lunga vacanza.

Gli altri ragazzini lo prendevano in giro con sfottò così crudeli che ogni giorno, mentre si allacciava gli scarponcini, Umberto voleva la mamma, il mare e si chiedeva cosa aveva fatto di male nella vita per ritrovarsi lì.

Era cicciotto e con quella tutina tutta rossa si sentiva il Gabibbo.

Quando poi ruzzolava, fra le risate di quei piccoli mostri e con la neve che gli ghiacciava i polsi intrufolandosi fra i guanti e la tuta, per farsi forza pensava alla pasta alla Norma.

Era sempre l'ultimo della fila e mentre tutti seguivano tecniche difficilissime, lui improvvisava il suo stile basato su "resta in piedi stronzo!". Bastava non essere sgamato mentre si arrangiava per conto suo.

Un giorno però, quando pure il maestro, uno slalomista fallito di San Martino di Castrozza, gli disse «rialzati terrone, fai cagare come nessuno», Umberto Barà apprese un insegnamento che neanche un monaco zen avrebbe potuto inculcargli dopo anni di meditazione: quando nella vita non sei bene accetto, ti devi levare dai coglioni.

Si rialzò, dette una racchettata nei denti al primo ragazzino merdoso che gli capitò a tiro e, come un missile rosso così simile a una piccola Ferrari raggomitolata, si catapultò per la discesa. Senza freni, senza curve, senza serpentine, scodinzolini e sculettamenti da frocetto.

Andò a diritto.

Due chilometri a testa bassa ("a uovo" come dicevano quelle mezze seghe) con fiumi di adrenalina in corpo e ruscelli di lacrime che il vento gli schizzava via dagli occhi. Solo la pianura che conduceva al rifugio La Selletta riuscì a stemperare la velocità di quel razzo rosso fuoco, recensito all'anagrafe come Umberto Barà.

Si incagliò su una sedia a sdraio di una signora di Sondrio che prendeva il sole sorseggiando un Martini bianco. La sua corsa finì lì.

E lì iniziò il mito.

Non l'avesse mai fatto!

Tutto ciò che di più bello ha ricevuto dalla vita lo sta condannando a una tragica fine. La lastra di ghiaccio si muove, sembra inclinarsi.

No aspetta, stai a vedere che avevo ragione io: il ghiaccio si sta spaccando e finisco affogato nel lago. Bella fine.

Una chiazza liquida si espande dalla gamba di Umberto da cui nascono tanti rigagnoli come la foce di un fiume. Poi tornano a confluire in un unico nastro rosso che si perde dietro il bordo tagliato del blocco di ghiaccio.

Il piano è inclinato, per forza.

Non sa valutare se è peggiore il dolore o la paura. Quasi quasi vorrebbe svenire di nuovo e poi… e poi basta. Sente cadere qualcosa *(un pezzo di ghiaccio nell'acqua?)*. Allora sotto c'è davvero un laghetto.

Riprova a urlare, stavolta chiedendo aiuta alla Madonna che però non riesce a non insultare.

29

Renato Boriani, a essere sinceri, qualcosa che assomiglia a una voce umana che chiede disperatamente aiuto da un antro sperduto nella montagna la starebbe pure sentendo. Quelle grida lontane, però, non rientrano tra le sue priorità.

Ha la chioma al vento, mentre scia piano piano dietro i maestri che con le torce colorano di giallo il percorso coperto dal buio. *E poi vai te a sapere da dove vengono quelle urla bestiali! Chi è? O cos'è? Magari sono ubriachi che scherzano.*

In teoria, ma proprio in teoria, potrebbe essere anche Umberto... *Ma dai non è possibile! Se va fuori pista lui, allora è finita. E comunque non può essere così coglione!*

La verità è che Renato ha molta fretta! Se si sbriga, monta sul bolide e in due ore è a Milano. Il tempo di fiondarsi in quel festino di Max che promette bene.

Dovrebbe esserci pure quella strafiga della Consuelo.

Deve riconoscere che l'aria lucida di montagna accarezzata dalla primavera, le luci calde delle fiaccole, i monti bianchissimi che incombono ovunque ti giri, ti fanno sentire meglio.

Forse forse, aveva ragione Umberto.

Ne valeva la pena.

30

La lastra di ghiaccio sta piano piano inclinandosi ma, con la rovinosa caduta, uno dei "suoi" sci Rossignol Sweetheart si è piantato dentro al ghiaccio come Excalibur nella roccia. Quindi lui non può scivolare. Può scivolare la lastra di ghiaccio, quella sì. Potrebbe sfaldarsi da un momento all'altro!

Sente tirare la gamba sofferente, i monconi del femore rotto sfregano fra di loro e deve urlare di nuovo.

Anselmo Bini ha quarant'anni, viene da Modena e fa il geometra. Ha un berretto di lana a strisce orizzontali bianche e rosse che copre a mala pena il ventiquattro pollici che si ritrova al posto della testa. Indossa una tuta della Colmar argentata che di notte brilla come una stella di carta stagnola.

In questo momento gli stanno girando i coglioni come se dentro alle mutande Cagi turbinasse il Mulino Bianco. Sta scendendo a piedi, dietro a tutti gli altri che sciano, ridono e schiamazzano eccitati dal bagliore delle torce e da questa discesa inusuale.

Sua moglie Costanza non voleva che comprasse gli sci: «Sono trecento euro buttati nel cesso, Anselmo! Cresci!!!».

Se viene a sapere che gliel'hanno pure fregati, non gli dà pace per un mese. Quegli sci erano un suo diritto. Alla scuola di San Vigilio di Marebbe il maestro gli aveva concesso le tre stellette d'oro. Quindi si meritava un paio di arnesi alla sua altezza.

Io sono un "tre stelle doro", il massimo in circolazione, per Dio!

Quasi quasi li ricompra di nascosto per non darle la soddisfazione di trattarlo come uno zimbello alla prossima cena con gli amici.

I due bambini sono poco davanti a lui, sciano e ridono accanto ai maestri. Sente un urlo, lontano.

Bah!

Prosegue.

Un altro! Un altro grido atroce. Viene da destra, da sotto la pista.

Potesse morire se è quello che mi ha rubato gli sci!

E comunque sarà il solito ubriaco, oppure un animale.

Senti che strazio, fa impressione...

Umberto Barà si sente confuso, ha la nebbiolina negli occhi. Il ghiaccio si muove sempre di più.

È nel suo habitat (in)naturale, è nel mondo dove ha vissuto, dove ha pianto dalla felicità e dove forse avrebbe voluto morire. Ma in mezzo a tutta questa bellezza la morte sembra solo un brutto scherzo.

31

Anselmo Bini è già ruzzolato sulla neve fresca tre o quattro volte, prima di decidere che è meglio scendere per il piccolo burrone accanto alla pista, scivolando sul sedere.

Alla fine della discesa c'è altra neve, è tutto bianco. In mezzo al bianco però c'è qualcosa. C'è una persona.

Deve essere un laghetto ghiacciato. Gli pareva di averlo visto segnalato nella piantina che si porta dietro anche se deve andare a comprare il pane sotto casa. I raggi della luna fanno brillare qualcosa che dovrebbe essere acqua dentro agli squarci che tagliuzzano il piano ghiacciato.

Il signor Bini non è mai stato un eroe (gli eroi gli sono sempre stati sul cazzo perché lo fanno sentire una merda), non ha prestato servizio militare e non si è mai iscritto ai boy scout. Ha letto *Il manuale delle giovani marmotte* ma è stato molto tempo fa.

Non importa.

Un uomo solo non si lascia solo.

Mai.

Lancia in aria gli scarponi e il berrettino bianco e rosso che gli porta sfiga. Cammina verso l'uomo con il cuore che salta come un fringuellino che vuole uscire dalla gabbia. Eccolo.

I Rossignol!

Figlio di puttana!

Urla, sofferenza, scie di sangue, urla sempre più forti, dolore e paura.

Adesso Umberto e Anselmo sono insieme, fuori dal lago di ghiaccio.

Anselmo non ha ancora realizzato che accanto a lui c'è il suo idolo di sempre, colui che lo teneva sveglio fino alle cinque del mattino per vederlo scendere nella seconda *manche* ai Mondiali di Morioka.

Sono stesi a pelle di leopardo sulla neve. Ma al contrario: con la faccia in su. L'elicottero pieno di lucine rosse e blu sopra le loro teste.

È l'unico rumore in tutto questo silenzio.

32

Sofia Niccolai è stata assassinata la notte del 24 maggio del 2008, nella sua casa di Codogno Vicentino.

Il corpo martoriato da ventisei ferite inferte con un oggetto tagliente.

L'arma del delitto non è mai stata ritrovata.

Simone Vezzosi, unico indagato, non ha subito il processo perché il caso è stato archiviato.

Questa me la paghi

33

E allora…

Eccoci tornati al punto di partenza. Il giorno della resa dei conti è arrivato.

Finalmente!

Fabrizio Montagnèr aspettava questo momento da almeno un anno.

Gli occhi della tigre non ci sono più. Spariti chissà dove. Ormai non assomiglia a Poncharello neanche un po' e i jeans gli stringono la pancia come un laccio emostatico.

Ha il tipico fisico di colui che si presenta tutti i giorni in palestra ma trova sempre chiuso.

E quella cicatrice? Ogni volta che la guarda…

Tutto sembrerebbe congiurare contro il re di Marina di Stradella. Eppure alla storia di Rocky ci crede ancora. Sono identici loro due. Rocky si rialza sempre. Esattamente come lui. Anche stavolta Fabrizio Montagnèr è riuscito a tirarsi su! Neppure il mitico pugile di Philadelphia, forse, ce l'avrebbe fatta.

E ora sono cazzi per tutti. È un tappo di champagne che sta per esplodere. Una sola raccomandazione: *non fare stronzate Montagnèr!*

È dentro al Cabiria, risucchiato da un magma di persone che si dimenano ed emanano calore. Fa caldo e anche se ha la camicia da strizzare non si accorge di niente. Le chiazze sulle ascelle si sono estese nel tessuto e formano fantasiosi arabeschi. Sente un gorgoglio sciacquettare giù in basso. È la sua pancia: sta bollendo come un pentolone con un etto di pastasciutta.

Il ritmo tecno hardgroove, contaminato da richiami tribali, è frutto del genio del grande deejay Tommy Pagani e trabocca da ogni poro acustico del Cabiria. Le luci stroboscopiche, mai così attive e variopinte, rimescolano tutto.

Lei è dentro. Forse è vicina, vicinissima…

Fa la cameriera, perché ci metto così tanto a trovarla!?

Guarda fra i tavoli, vicino ai banconi dei bar, in giro, ma ancora niente. E gli altri? Quando arrivano? Mica saranno rimasti al baretto a spaccarsi di Negroni? Ha bisogno anche di loro.

Me l'avevano promesso che sarebbero venuti!

Ora però non deve tirare fuori alibi del cazzo: è una faccenda fra lui e lei. Lo ha quasi fatto ammazzare.

(Per quale motivo poi?).

Montagnèr quasi ci gode a scottarsi continuamente con questo brutto pensiero. La vendetta, senza un ricordo rovente che ti lacera la pelle viva, non vale un bel nulla.

Non è vero che è un piatto che va servito freddo! Chi l'ha detta questa sciocchezza?

La vendetta, quando si rivela sacrosanta, è un sentimento nobile e va coltivata. Per questo motivo mette la faccia a due centimetri da uno dei mille specchi del disco club… eccola, la cicatrice! Proprio dove finisce l'occhio, di lato, come una donna che ha esagerato con l'eyeliner.

Carlotta, non ti dimenticherai di me.

Intanto va a farsi un vodka lemon.

34

E pensare che Fabrizio questa brutta storia l'aveva quasi dimenticata. In qualche modo era riuscito ad archiviarla, seguendo il consiglio di tutti coloro che tenevano a lui.

«Fabrizio, let it be...».

Alla fine, si era messo il cuore in pace e non ci sperava (pensava invece sì!) davvero più. Ormai era andata. Aveva pure perdonato quel poveraccio di Fabiano Zucchelli. I genitori si erano fatti in quattro allo scopo di ottenere la grazia per il loro figlio derelitto e avevano contattato Fabrizio almeno una decina di volte! Affranti, umiliati e impauriti. Si erano offerti pure di pagare una grossa somma per evitare la denuncia, ma Fabrizio non aveva accettato. E non aveva sporto denuncia. Quella gente gli faceva venire tristezza.

Non ne poteva davvero più, voleva solo chiudere con il passato.

Era l'uomo più scoglionato del mondo. Tanto scoglionato che, solo due mesi prima, Fabrizio Montagnèr stava per firmare la grande resa di Settimo Naviglio.

Metà aprile, quasi sera. Dalla porta a vetri del bar si vedevano passare leggeri batuffoli bianchi che in un'altra stagione sarebbero potuti sembrare nevischio ma che in realtà erano piccoli soffi di polline ai quali Montagnèr risultava pure un po' allergico.

Si trattava di una di quelle serate in cui dovevi essere allegro per forza, con quell'aria elettrica da inizio di qualcosa e quell'atmosfera dolce, fra gli ultimi stanchi raggi del sole e le luci artificiali che piano piano iniziavano ad accendersi.

Se ne stava dentro al caffè Manaresi a mangiare un tramezzino tonno e cipolle e a buttare giù piano piano l'ultimo prosecco. C'era pure quella melodia fantastica che usciva dalla radio infrattata dietro al bancone! Una canzone, *La vie en rose*, che riusciva sempre a spingere un po' di gioia dentro l'anima di Montagnèr. Ma non quella sera.

«Fabrizio vai a casa?», gli chiese Lorenzo Ciacchini, detto il Ciaccia, il figlio del ferramenta.

«Finisco 'sta roba e vado».

«Allora magari ci vediamo dopo!».

«Magari, ciao».

Fabrizio non era mai stato così triste da quando aveva lasciato Marina di Stradella.

Sembrava uno di quei brasiliani fottuti di *saudade.* Però era un brasiliano atipico. Aveva la *saudade* di se stesso. Di quello che era un tempo. Non si riconosceva più.

La sua forza era sempre stata l'ottimismo. E la capacità di rimuovere i fallimenti della vita come sacchi dell'immondizia. Una volta buttati nel cassonetto sparivano, non c'erano più. E si andava avanti.

Ma quella volta era diverso. Non riusciva a trovare niente per cui essere ottimista.

Non aveva uno scopo.

Era questa l'unica cosa in grado di spengere il motore di Fabrizio (come succede a tutti?). Le Roy stava per togliersi definitivamente la corona.

Era giunto il momento di ammettere che le cose qui non erano andate per il verso giusto. Doveva fare un passo indietro. Stava meditando seriamente di tornare a Marina di Stradella in via definitiva. Con le pive nel sacco e una cesta di scuse e giustificazioni alle quali i suoi avrebbero fatto finta di credere.

Una figura di merda impressionante.

Montagnèr sei un fallit…

Un attimo.

Ma chi cazzo…

«Giancarlo, chi è quella ragazza che stava a quel tavolino fuori? Quella che se ne è andata ora!», chiese al barista con gli occhi fuori dalle orbite come Gatto Silvestro che ha appena sorpreso Titti dentro alla sua ciotola della pappa.

«Erano due».

«Quella mora».

«Boh, so solo che si chiama… aspetta…».

«Cazzo, Gianca!», gli avrebbe cavato il nome con le pinze.

«Mmm... Carlotta! Ecco sì, si chiama Carlotta... è da poco che è qui. Fa la cameriera al Cabiria, mi pare... Carina vero?».

Fabrizio non sentì neppure quest'ultima domanda (retorica)! Era già volato fuori per controllare. Troppo lontana... E seguirla non gli pareva il caso. Da qualche giorno gli erano spuntati in faccia dei terribili brufoli rosso fosforescente che lampeggiavano come le quattro frecce. Non era il momento di fare il passo più lungo della gamba.

Però sembrava lei. Proprio Lei. Non ci poteva credere.

Lei.

Era impossibile, troppo culo! Come vincere al Superenalotto.

«Giancarlo, tre Negroni! Offro io!». Nel bar ci stava solo lui.

Dio esisteva, esisteva un supremo ordine che voleva assicurare agli umani un fondamento di giustizia ed esisteva un santo appositamente creato dall'Onnipotente per buttarla nel culo a chi ti ha fatto del male.

Fabrizio pensò tutto ciò mentre alzava lo sguardo verso il soffitto pieno di infiltrazioni come vene varicose. Quel soffitto marcio, per il nostro PR redivivo, era molto, ma molto più bello della Cappella Sistina!

Troppa grazia. Ma cosa ci faceva Carlotta Magonio a Settimo Naviglio? Doveva immediatamente incamerare informazioni precise.

La grande guerra patriottica di Fabrizio Montagnèr era appena cominciata.

35

A circa dieci metri da Fabrizio, nel privè del Cabiria Disco Club, Carlotta sta trasportando una bottiglia gigante di Cristal verso il tavolo di Renato Boriani.

Ginevra l'abbraccia e la travolge di baci. Si strapazzano, Carlotta sorride radiosa a tutti. Non proprio a tutti: Simone lo ignora. Brinda insieme agli altri, anche se inizia a sentirsi un po' alticcia, leggermente sfasata. Ride di più, parla a getto continuo, cammina meno sicura. Se almeno non dovesse muoversi su quei tacchi altissimi...

Si è beccata la partaccia di Armandino, ma chi se ne frega. E anche se c'è da farsi un po' di mazzo, pazienza: è con Ginevra e si diverte pure a lavorare. E poi, le piace avere quest'aria indaffarata...

Dà un'occhiata panoramica al tavolo.

I colori sono affievoliti dalla coltre di fumo che Renato si porta appresso nei locali notturni come la nuvola nera di Fantozzi. Ma la visibilità resta buona.

Consuelo Tanguenza se lo sta lavorando a dovere. È seduta sopra il campione, affondato nel divanetto. Praticamente gli si è spalmata addosso. Ogni tanto si gira di scatto, gli rifila (apposta) un colpo di tetta in faccia e lo bacia. Decimetri e decimetri di lingua spudorata!

Le gambe della star, sinuose e lunghe come l'autostrada del Sole, arrivano quasi a sfiorare quelle di Simone Vezzosi che tiene la mano a Ginevra, la vera artefice della sua miracolosa rinascita.

Simone, dopo la tragedia, ha dovuto affrontare momenti tremendi.

Un altro al posto suo, forse, non ce l'avrebbe fatta. Qualcuno meno resistente sarebbe caduto in una depressione senza scampo che lo avrebbe allontanato da tutto e da tutti, confinandolo in una zona marginale della vita. Se di vita si sarebbe potuto parlare.

Lui invece ha sopportato.

Ha sopportato tutto: la morte della fidanzata, il peso della colpa che tutti sembravano volergli scaricare addosso, l'accanimento feroce dei compaesani, il cinico ludibrio dell'opinione pubblica.

Gli urlavano: «Assassino!». Continuamente. Persone mai viste prima. Ed era questa la cosa che gli faceva più male. Dal finestrino della volante, illuminato da centinaia di flash, guardava senza espressione tutta quella gente. Cosa volevano? Sembrava che gliel'avessero massacrata a loro la fidanzata!

La famiglia, proprietaria di una ricca casa farmaceutica, aveva fatto l'impossibile per aiutarlo. Ma non era bastato.

Ce l'aveva fatta Simone con quegli occhi di ghiaccio che non si scioglievano mai.

Quasi che il multimediale "processo" di distruzione creato apposta per spedirlo all'inferno non lo riguardasse. Era tutto identico a ciò che aveva letto nel libro di Kafka! Eppure lui non se ne curava.

Gli avvocati, i più celebri del foro italiano, fecero la loro parte. Nelle aule del tribunale, negli uffici della procura, nei rapporti con la stampa, in certe trasmissioni televisive di massa. Soprattutto lì.

Simone entrò in contatto con Monica De Amicis che lo fece invitare in vari programmi TV. E conobbe Ginevra. Lo stava ad ascoltare, gli credeva, lo capiva. Sarebbe bastato solo questo. Invece era anche bella. Si specchiava nei suoi occhi verdi e si sentiva in pace. Tutti i brutti pensieri se ne andavano via.

Anche a Ginevra piacque subito Simone. In realtà le piacque la situazione, la intrigava da morire. L'atroce giallo aveva attirato tutta la sua attenzione morbosa di ventiduenne inquieta molto prima di conoscere Vezzosi. Ora che per le mani aveva il grande protagonista si sentiva la reginetta di uno di quei thriller mozzafiato che erano la sua passione. Gli faceva mille domande e anche se era un tipo taciturno (da quegli occhi poi non si cavava niente!) rispondeva ogni volta. Con precisione, coerenza, puntualità.

Persino quel brivido di paura, che si prova quando si ha

davanti qualcuno che è stato accusato (erroneamente secondo Ginevra!) di un omicidio così sanguinoso, la faceva sentire viva come non mai. Ma c'era anche un altro aspetto che esaltava Ginevra nel profondo: solo lei sapeva la verità, la totale verità. E non tutti i mille giornalisti, psichiatri, criminologi che si occupavano del caso! Non si era mai sentita così al centro del mondo.

Lo consigliò di fuggire da quel paese che non lo voleva più e di trasferirsi in una tranquilla località. Magari vicino a Milano. Magari proprio in quel piccolo paese in cui una sua cara amica stava per andare ad abitare: Settimo Naviglio.

Di tutta questa faccenda Ginevra ne parlò con la mamma fino a non poterne più.

Monica De Amicis, dopo i dubbi iniziali, lo prese in simpatia, si innamorò della tesi secondo la quale Simone Vezzosi con quell'orribile omicidio non c'entrava assolutamente niente e provò con tutte le sue forze a ribaltare una sorte che sembrava segnata.

Fatto sta che anche l'opinione pubblica tentennò.

Ascoltando quelle trasmissioni, la mamma di Sofia, Valentina Niccolai, una ragazza madre che era riuscita ad affrontare qualsiasi avversità, non provava più odio, rancore, brama di giustizia. Non provava niente. Ormai avevano ucciso anche lei.

Simone Vezzosi, che nel frattempo aveva assunto il ruolo di vera e propria star nel panorama mediatico nazionale, divenne per molti la "seconda vittima" dell'omicidio di Codogno Vicentino.

36

Parte la suoneria del cellulare di Renato.

Come può carpirla in mezzo a tutta questa confusione?

È così sfatto che non sentirebbe la sirena dell'ambulanza mentre gli sta passando sopra.

Eppure con una mano tiene già il telefonino e con l'altra si tappa l'orecchio libero. Quando sente quella suoneria, quel coro di tifosi impazziti d'amore, prova sempre un piccolo moto d'orgoglio. Si rende conto di cosa rappresenta per tanta gente. Del suo valore per l'umanità.

Per comprendere il tenore della conversazione ci basterà ascoltare le parole del calciatore:

«Allora dove sei?»

«Doveee? Sì vabbè...».

«No Sesto San Giovanni... Settimo Naviglio!».

«No, niente Pirata, si chiama Cabiria».

«No via, non hai capito un cazzo... siamo dalle parti di Pero».

«Fra quanto arrivi?»

«Ok, ciao».

«Chi era?», indaga Consuelo, mentre con andamento rapido e circolatorio lecca tutto il padiglione auricolare di Renato come se fosse il circuito di Monza.

«Umberto», rutta il bomber, e un'erezione triste puntella la natica destra della diva.

37

Umberto Barà ha sbagliato location di venti chilometri.

Imbeccato dalle digiture sbagliate, il satellitare non gli è stato d'aiuto.

È pieno come un uovo. Ha passato la serata in un ristorantino nella galleria Vittorio Emanuele II e ha esagerato con i tagliolini tartufo e funghi. Cammina come se si stesse muovendo nelle sabbie mobili.

Davanti all'entrata del Pirata, un locale di ballo liscio nella zona est di Sesto San Giovanni, non c'è nessuno.

Fa solo caldo.

Umberto è spaesato. Un punto interrogativo lampeggia sulla fronte abbronzata e lucida di sudore. Ha sempre i capelli corti, ricci, domati a fatica dalla calotta di gelatina che lo accompagna da una vita. Il fisico poderoso è in caduta libera, ha preso altri chili. Ricordarselo com'era quindici anni fa, quando sorrideva a Pirmin Zurbriggen sul podio del Sestriere, sta diventando un problema.

Mannaggia quant'è stronzo Renato! Perché non mi ha chiamato prima?...

E poi Umberto non lo sa. Non lo sa che deve fare il più presto possibile. Qualcosa cambierà per sempre se non si dà una mossa!

Sente un tocco uncinato sulla spalla e con la coda dell'occhio gli pare proprio la mano di uno scheletro.

Sono su "Scherzi a parte". Dove sono le telecamere? mentre si gira quasi con un salto.

Sono solo due ballerine sull'ottantina che lo hanno scambiato per un buttafuori. Adesso, facendo uso della grazia un po' timorosa che solo le persone anziane sono in grado di regalare, chiedono al campione se è qui la serata revival di Raoul Casadei.

È proprio vero, più sono vecchie e più sono troie. Pensa mentre scuote la testa, rammaricato.

Barà ha sempre pensato che le signore che frequentano questo tipo di serate lo fanno per farsi due pomiciatine sui divanetti. La storia del ballo è solo una copertura. Gli viene voglia di picchiarle quelle vacche rinsecchite, ma risponde con educazione: «Credo di sì, buona serata».

Da un anno a questa parte, dopo il grande spavento, lo sciatore è diventato più buono. Ha capito l'importanza dei valori più autentici, ha rimesso in discussione i falsi miti di quel mondo che aveva confuso per il mantra della felicità e vuole persino più bene alle persone.

Ha fatto anche pace con Renato. Del mancato soccorso (?) da parte dell'amico non ha mai saputo nulla, ma di quella lurida storia fra il giocatore e la sua ex fiamma sì, lo ha saputo. E per molto tempo aveva rifiutato di farsene una ragione.

Poi un giorno Renato, con l'umiltà e la pazienza di chi l'ha fatta veramente sporca, spiegò all'amico che era stato tutto un caso, che non sapeva che alla festa di Max ci fosse pure Consuelo e che comunque la relazione fra la soubrette e Umberto poteva dirsi conclusa. Aveva fatto tutto la Consu e lui («...lo sai Umbè come vanno certe cose») ci si era trovato in mezzo. Quasi quasi era stato Boriani quello fregato!

Alla fine, in nome delle vecchie serate al Billionaire, si erano abbracciati ed erano tornati pappa e ciccia.

Tutto dimenticato!

Tranne Consuelo Tanguenza.

38

Decisamente non è la sua serata.

Butta male.

Con Consuelo tra le palle Renato Boriani è completamente incartato.

L'ideale sarebbe farsi un sonnellino. Lì, sul divano. È svuotato e inoffensivo. Sandokan che sguaina la sciabola e si ritrova in mano una pistoletta ad acqua. Una pena. Non ha più niente da dire, né da dare.

Solo due volte nella vita si è sentito così insoddisfatto e impotente:

1. Quando tirò alle stelle il calcio di rigore all'ultimo secondo nella semifinale di Champion's con il Real Madrid. Questo

episodio lo ha rimosso. L'equipe di psicologi della società meneghina lo hanno convinto che sbagliare quel calcio di rigore (lo stadio è impazzito di rabbia) è stata una cosa giusta. Che non ci pensasse più.

2. Quando fece scena muta di fronte al professore di una strana materia (Diritto pubblico) argomento d'esame che la Cepu lo costrinse a sostenere per onorare la campagna pubblicitaria di cui era testimonial.

Adesso, imbavagliato come un prigioniero nei film western, non gli rimane che interpretare il ruolo dell'osservatore neutrale.

Nello spazio che si apre fra una spalla di Consuelo e la cascata d'oro della sua celebre chioma, nota furtivo che Carlotta si sta guardando intorno. Il viso pieno di brillantini che si confondono con qualche piccola perla di sudore. Quelle gambe nude… le vorrebbe stringere, mordere, farci quel che pare a lui! Lì, davanti a tutti. Dovrebbe essere un suo diritto.

E adesso, ingrata stronzetta, chi stai cercando?

39

Quando Ginevra le telefonò per dirle che bisognava assolutamente cancellare il profilo falso di Facebook, Carlotta ci rimase un po' così.

«Totta, davvero, è pericoloso…».

«Dici sul serio?»

«Sì sì, me l'ha detto pure la mamma, è un reato. E poi, alla fine, dai e ridai, rischiamo pure che ci scoprano!».

«Vabbè…».

«Tanto, che te ne frega?», chiese Ginevra con la tonalità innocente del Piccolo Coro dell'Antoniano.

«Niente, figurati…».

«Appunto».

Carlotta non si sarebbe mai aspettata di chiudere la telefonata ponendosi una domanda così assurda: *e adesso, le cazzatine di Montagnèr?*

40

Fabrizio è appoggiato a uno degli innumerevoli banconi del disco-club.

Vigile, come il generale Custer in torretta. Ma degli indiani (Carlotta) neanche l'ombra!

Tanto per cominciare nota che nella pista del Cabiria Disco Club c'è qualcosa che non va, la gente si sta rompendo i coglioni. Non balla. E quando balla, balla a fatica, come se gliel'avesse ordinato il dottore.

Ebeti, incompetenti, gregge di stronzi!

L'impareggiabile dj Tommy Pagano sta traendo le sue conclusioni, mentre toglie un mix di cinque melodie Goa e sputa addosso alla platea Lorella Cuccarini.

Vi meritate questo, merdacce.

Il Cabiria letteralmente esplode, anzi vola.

Pure le canzoncine anni Ottanta! Il nostro PR gonfio di nostalgia non ha mai scordato quel mitico periodo dell'adolescenza. Fabrizio Montagnèr se la sta godendo come mai. Non ha un piano operativo specifico, questo va detto. Ma le cose sarebbero venute da sole.

Tanto per cominciare la vuole assolutamente vedere (l'ha già vista, nel parcheggio, ma era troppo fuso per rendersene conto!). Dal vivo, in carne e ossa.

Vuole guardarla negli occhi.

E capire se è proprio uguale a come se l'era immaginata mille volte quando ci moriva su quelle foto di Facebook! Se è possibile perdere la testa per una ragazzina stronza e pazza e pericolosa, spulciando delle semplici immagini. Se quel viso che ha tagliato in due la sua vita è davvero così bello da essere insopportabile. Se si può morire per una cazzata simile! Poi, come nel suo stile, avrebbe lasciato tutto all'improvvisazione, godendosi lo scenario come *l'uomo invisibile*.

Fabrizio è sicuro, sicurissimo che Carlotta non possa assolutamente riconoscerlo.

Matematico che non si ricorda nemmeno come mi chiamo!

È questo il suo vantaggio. Ma non c'è tempo per le pippe mentali, c'è già altra carne al fuoco.

Nooo!... E quella? Quella è l'amica bionda di Facebook! L'altra puttanella.

Un tremito.

Carlotta deve essere vicina.

«Un vodka lemon per favore, anzi no, una vodka liscia!».

Carlotta non è vicina. È vicinissima. Gli sta passando davanti. Lei lo vede.

Eccolo lo scemo. Cos'ha vicino all'occhio? Nelle foto non sembrava... E poi guarda che capelli a missile! Lo Space Shuttle, mamma mia!

Incredibile a dirsi, ma anche la fortunata Carlotta Magonio ha le sue recriminazioni.

Certo, potrebbe pure cercarmi su Facebook! Sul profilo vero.

Le veniva da protestare, ogni tanto, mentre si annoiava da matti con i soliti tipi in chat. Perché quello smidollato non si dava un pochino da fare?

Carlotta Magonio non era mai stata così fuori strada in vita sua: Montagnèr l'aveva cercata eccome. Con odio. Un odio talmente luminoso e profondo che credeva potesse essere in dotazione solo ai più malvagi. Peccato che non ci fosse verso di trovarla: per forza, non poteva! Chi avrebbe mai potuto suggerire al logoro PR che la donna dei suoi incubi (e sogni?) era registrata sotto il nome di Totta Magonio?

Fabrizio ha la cannuccia in bocca e lancia un'occhiata in tralice.

Quella... È lei.
Si guardano.
I loro occhi, a pochi centimetri.

41

Umberto Barà è già rimontato in sella alla sua nuova macchina, una Ford Focus Vagon. Semplice, semplice.

Basta con i macchinoni, i completi da tremila euro, le notti infinite col cervello mantecato dalla cocaina e tutte 'ste minchiate!

Si promise l'ex campionissimo quando uscì con le stampelle dal reparto di ortopedia dell'Istituto Clinico Humanitas di Milano. Fece pure un fioretto a san Francesco.

Queste sono cose, io voglio la vita.

Ed era stato di parola.

Aveva venduto la Lamborghini, aveva smesso con quella robaccia e aveva passato molte serate in casa a guardare la TV riscoprendo la bellezza di spararsi tutto il cofanetto di *Scuola di polizia* in una sola nottata.

Ma allora perché... perché ora continua a frequentare quel mondo che tanto lo disgusta? Se lo è chiesto mille volte. E l'unica risposta che è riuscito a darsi è che in quel mondo di creature infelici ci vive Consuelo.

Forse non la ama più. Sicuramente la detesta. Ne è quasi uscito! Ha imparato a soffrire, a rinunciare, ad accettare. Ma vivere senza sapere, senza conoscere nulla di lei, è un'altra cosa. Non è ancora pronto. Molto meglio osservarla in silenzio mentre si limona il suo migliore amico piuttosto che non esserci. Non esserci e fregarsene di tutto: questo è il passo successivo. E non è ancora stato in grado di compierlo.

Se non la vede però è molto peggio. La vita *(maledizio-*

ne!) è ancora là, dove si trova lei! Per questo sta cercando di raggiungere quel posto sconosciuto che neppure James Bond armato di bussola, TomTom e Cerca Persone Beghelli riuscirebbe a scovare! Il resto del mondo, questa notte, non serve proprio a niente.

Finalmente dovrebbe essere arrivato.

Cinema Cabiria.

Vicino a Pero. Accanto c'è un baretto chiuso e il distributore automatico delle sigarette. Schiere di palazzoni lo circondano, più scuri del cielo. C'è pure qualche macchina.

Ci siamo. Una festa al cinema, un classico.

Entra, fa il biglietto alla cassa, si apre un varco fra le tendone rosse prima della sala e si mette a sedere. Danno un film in bianco e nero.

C'è qualcosa che non va.

42

Fabrizio non ci pensa a quella sera maledetta, alla paura *(che è la cosa peggiore di tutte!)*, alla cicatrice, alla vigliaccata che ha subito, alla follia di un gesto che valeva la sua vita, alla vendetta, al passato.

Vede solo i suoi occhi.

Hanno quel sottile velo di scherno che aveva già notato mille volte nelle foto. E vede la bocca che luccica. E le guance da ragazzina dolce, con i brillantini. Ha la frangia che ogni tanto le va sugli occhi.

Cazzo, era quella nel parcheggio…

Non pensava che fosse uguale identica a come se l'era immaginata. È solo un po' più alta e porta i capelli leggermente più corti. Strusciano sulle spalle. E sta benissimo con quel vestitino giallo!

Peccato.

Peccato che sei una stronza.

Intanto si sente la gambe molli. Come quando si avvicinava alla cattedra di quella vecchia troia della professoressa Castiglione che l'aveva beccato per l'interrogazione di latino. Mentre dentro al petto si sta scatenando un gruppo heavy metal imbottito di anfetamine.

Ricordati che ti ha quasi fatto ammazzare.

Era partito incazzato come l'ispettore Callaghan, si ritrova con gli occhi a cuore di Hello Spank.

Sei proprio un coglione Montagnèr...

Speriamo che non se ne sia accorta.

Per fortuna, come una ciambella di salvataggio, arriva il bicchierino di vodka che aveva ordinato.

43

Anche Carlotta è un po' confusa.

Non mi ha salutata... Perché? Avrà bevuto, sarà un po' fuori... magari non mi ha semplicemente riconosciuta.

Però è strano, l'ha guardata con una faccia! Nello sguardo aveva notato un lampo di sorpresa eccessiva, come se fra loro fosse successo chissà che...

Poi aveva chiesto a suo fratello il nome di quell'attore: Poncharello. Non ci somiglia così tanto... ed è più pallido.

Vabbè via, senza infamia e senza lode.

Giudica benevolmente Carlotta, mentre prova una sensazione che non le capita molto spesso: da quando il tizio è comparso si sta divertendo un pochino di più. Niente di trascendentale, certo.

Le viene quasi in mente di salutarlo apposta per sondare la reazione. Poi un cameriere chiede qualcosa a Carlotta che, senza volere, urta Fabrizio con una spalla e lo oltrepassa con tutto quel profumo fantastico che ha scelto con Ginevra.

Per la prima volta il PR la sente parlare. Parla milanese. La cosa lo strabilia letteralmente! Non ci aveva mai pensato alla voce. Ha una voce normalissima.

Di una cosa è quasi certo: l'ha riconosciuto.

Ma come cazzo ha fatto?

Comunque sia, quella pazza irresponsabile non ha avuto il minimo pudore! Anzi lo ha guardato con quell'aria di sfida…

Vuole la guerra.

Poi un dubbio, chiuso a chiave per troppo tempo in qualche sgabuzzino della mente, gli fa toc toc.

I casi sono due: o è scema davvero, oppure… oppure boh.

C'è qualcosa che non torna.

Di sicuro deve cambiare strategia. In corsa. Niente di più difficile. Ha assolutamente bisogno di parlarle, di dirle qualcosa. Anche una stupidaggine. Gli è venuta la smania. Se non le parla è finita.

Faccio la figura del nerd. Addio Rocky. Débacle totale e tutti a casa!…

Fabrizio Montagnèr ha già perso il controllo della situazione.

44

Questa non la racconto a nessuno!

Meglio, mille volte meglio, l'intramontabile minchiata dei vigili che lo hanno fermato per un controllo.

Quei bastardi!

Umberto Barà è uscito dal cinema e si è già calato nella parte, mentre compone il numero di Renato.

«Renato? Mi senti?»

«Sì sì, sei qui?»

«No, sto arrivando. I vigili, Renato, i vigili mi hanno fermato!».

«Sì certo ascolta. Devi venire a Settimo Naviglio, al Cabiria. CA-BI-RI-A! Capito???»

«Sì ma i vigili quei bastardi...».

«Sì sono tremendi, ciao, ci vediamo qui. Sbrigati!».

Non l'ha bevuta.

Barà aggrotta le folte sopracciglia.

Stavolta il navigatore satellitare, stimolato con le giuste informazioni, fa il suo dovere. Umberto è sicuro e parte a razzo. Il riflesso verde bottiglia di una Ford Focus sfreccia nella notte rovente dell'estrema periferia di Milano.

Ma ha già rallentato.

All'angolo fra via Marconi e via Paganini ci sono tre nigeriane che battono. Le conosce perché con Renato ci sono passati un paio di volte dopo avere riaccompagnato a casa quella morettina amica del calciatore.

Nella zona non ci sono abitazioni. Solo una cartiera smessa, due fabbriche di cerniere e bottoni, un concessionario della Opel. La luce gialla del lampione riesce a illuminare le ragazze in mezzo alle mille ombre che tremano nella notte.

Una delle tre è bona come il pane benedetto. Non è una donna, è una pantera con le zinne di marmo e un culo ritto che ti arriva alla pancia. Naomi Campbell, ma con le gambe più lunghe. Umberto pensa a quella figura sinuosa che si vorrebbe tanto scopare entro pochi secondi sul ciglio della strada e al fioretto a san Francesco.

D'accordo. Chiedo solo quanto vuole. Non c'è niente di male.

Si avvicina, lento lento, e con il motore ancora acceso gli si ferma davanti, preciso.

Karina Amunici mette il viso dentro il finestrino e appoggia le tette enormi sul filo del vetro aperto per tre quarti. Una dea. Umberto la riconosce, è la preferita di Renato Boriani.

Quella volta sembrava gelosissimo! Umberto disse semplicemente che era una vera bomba, che ne valeva la pena... e il centravanti mise il muso. C'era rimasto malissimo, sul serio.

Umberto Barà vuole esserne sicuro: «Te lo conosci Renato vero? Renato Boriani, il calciatore!».

«Sì, tesoro».

«Sali».

Ognuno si vendica come può.

45

Carlotta è in piedi, al tavolo con gli amici e parla con Ginevra.

Per non starle troppo lontano ha dovuto mettere le gambe fra quelle di Simone che tiene in collo la sua amica. Sbatte le palpebre e ne approfitta per guardare giù, dove è seduto il vigliacco. Quello fa finta di farsi i fatti suoi, buono buono, ma in realtà sta ascoltando tutto!

«Resti a dormire da me?»

«Non credo, Totta... penso di andare via con Simo».

Vabbè, vabbè, lasciamo perdere...

«Occhei», e sente il piede di Simo che struscia sulla caviglia. Involontariamente?

Forse.

Ha già smesso, ma la sta guardando. Con quegli occhi freddi. E sta zitto.

Ma che vuole? Devo parlarne con Ginevra, cazzo! Non me ne frega niente se non mi ascolta, almeno mi sarò messa l'anima in pace...

Domani le dico tutto.

A dire il vero Simone non è l'unico del tavolo che sta scannerizzando Carlotta Magonio dalla testa ai piedi.

La fortuna di Renato è che Consuelo Tanguenza è girata di spalle. Si sta godendo lo spettacolo senza dover ricorrere a tutte le finte e controfinte di cui è sempre stato un maestro.

Adesso fa la scema pure con quel viscido di Simone?

Carlotta andrebbe con tutti tranne che con Renato. Il centravanti più invidiato d'Italia è un ammasso di tristezza. Ed essere consapevole che qualsiasi essere umano darebbe tre mesi di stipendio per avere le natiche di Consuelo Tanguenza che oscillano, pressano e strusciano proprio lì, non lo aiuta per niente.

Dov'è finito il sorriso che faceva calare le mutande a migliaia di sostenitrici?

Renato Boriani si sente condannato all'infelicità. Un topolino sdraiato su una forma di parmigiano gigantesca, la più buona e desiderata dal mondo dei roditori. Solo che questo strano ratto vuole un'altra cosa. Molto meno straordinaria. Vuole il Formaggino Mio. Ne basterebbe un pezzettino. E invece niente, niente: deve patire.

È sicuro solo di una cosa: la relazione con la star del momento va conclusa al più presto.

La storia fra Renato e Consuelo è ciò che di più tipico il sistema sociomediatico del paese è in grado di partorire.

Renato si è messo con Consuelo per due motivi:

1. Per scoparsela.

2. Per sottolineare al mondo intero che, anche se a fine carriera, è sempre in grado di possedere la donna più bella e ambita.

Consuelo, dal canto suo, sta frequentando Renato per alcune determinanti ragioni. E fondamentalmente sono sempre due:

1. Per acquistare ulteriore popolarità grazie alla relazione con il più famoso fra i calciatori italiani.

2. Per scoparselo (ma quest'esigenza, nel suo caso, arriva molto dopo la prima).

Andrebbe tutto a meraviglia se l'invidiabile ecosistema non fosse stato minato dalla puerile fissazione di Renato! Secondo il campione, concentrarsi sulla professione, spaccarsi la schiena durante la stagione, rompersi i coglioni con le interviste, gli sponsor, il popolo che ti opprime ventiquattr'ore su ventiquattro è cosa giusta. Ma poi se ne devono trarre i meritati frutti. E i frutti sono la figa.

Ora però si è verificata quella famosa variabile impazzita che farebbe perdere la bussola perfino al cervellone della NASA.

Sono saltati gli schemi.

Renato alza gli occhi al cielo e prende un grande respiro. È un'anima in pena, se ne stanno accorgendo tutti. In alto sul muro avvista il segnale verde dell'uscita di sicurezza con l'omino che corre. Lo sa benissimo. Lo sa benissimo che agli occhi di Carlotta persino quell'omino verde (è bianco, in realtà) è più attraente di lui. Ne è quasi geloso.

Si sente una merda, schifata persino dalle mosche. Domani, per prima cosa chiamerà lo psicologo Mario Toracca al fine di ottenere ragguagli scientifici: «Che cazzo sta succedendo?».

Il problema è aspettare fino a domani. I conti li vuole chiudere in nottata.

Basta subire!

Non potremo mai sapere se l'idea che sta maturando nella mente del campione ha trovato terreno fertile nella perdita progressiva dei freni inibitori, nell'aggressività latente insita negli effetti primari dello stupefacente ingerito in concomitanza con svariate sostanze alcoliche, nell'intolleranza endogena alle frustrazioni della vita. Vero è che un pensiero bestiale e cruento lo sta facendo deragliare dai suoi principi di uomo.

Renato Boriani vuole fare la cosa sbagliata.

46

Ma che gente frequenta!?

Fabrizio Montagnèr sta immagazzinando troppe notizie e tutte troppo insieme. Il caratteristico stordimento da abuso di alcol etilico ha una sua incidenza obiettiva, ma è il quadro generale ad apparirgli troppo complesso.

Carlotta sgalletta in mezzo a un gruppo di persone che non gli piace neanche un po'.

Bene o male Montagnèr li conosce quasi tutti. Non può non avere impresso nella mente il faccione di Renato Boriani, si è bloccato svariate volte davanti alla TV per ammirare la supergnocca che è seduta sopra al calciatore e ha già precedentemente riconosciuto la faccia da schiaffi della biondina, sua vecchia conoscenza di Facebook. Proprio quest'ultima tiene la mano a...

No.

Lui no.

Lui è un assassino.

E poi che ci fa qui, a Settimo Naviglio? Magari è pure amico di Carlotta!

Ne aveva parlato proprio la scorsa settimana con l'ex commissario Aimè Gresset, il vicino di casa che gli ha salvato la vita.

Dopo il fattaccio, quando Fabrizio fu ricoverato all'ospedale Guido Salvini di Rho, Aimè lo andò a trovare. Ne venne fuori un'amicizia sincera e solidale.

Il vecchio poliziotto era di poche parole, ma si vedeva che apprezzava i piaceri della vita. Anche quelli più semplici ed effimeri. Fumava, beveva con regolarità, apprezzava la buona cucina. Non per niente era un uomo massiccio che se ne fregava alla grande di mettere chili su chili.

Con Montagnèr si facevano compagnia, guardavano qualche

film e ogni tanto andavano fuori a mangiare la pizza. Pagava sempre Gresset che solo apparentemente si presentava come un tipo un po' burbero e introverso. Bastavano un paio di birre in più, un cognacchino di straforo e il vecchio poliziotto iniziava a parlare a briglia sciolta. Raccontava del suo lavoro al Quai des Orfèvres (il palazzo di giustizia di Parigi dove aveva passato la vita), delle sue celebri imprese da commissario e della morte della moglie che lo aveva allontanato dalla sua città.

Vivere in quella casa piena di ricordi lo deprimeva troppo. Era stato molto meglio cambiare aria! Poco ma sicuro. Anche se Settimo Naviglio, questo andava detto, era quel che era. Ma l'Italia gli piaceva, c'era già stato da giovane in vacanza dove aveva conosciuto una ragazza. Una ragazza... meglio non pensarci! Il gesto della mano di Aimè sembrava voler spazzare via un pensiero. Un pensiero troppo brutto per essere raccontato e troppo bello per essere dimenticato? E poi la casa dove ora alloggiava apparteneva alla mamma di sua moglie Nadine.

Fabrizio lo stava ad ascoltare, si impegnava a dare un po' di brio alla conversazione ed era contento di fare sentire Aimè un po' meno solo (si sentiva meno solo pure lui?). Montagnèr del resto non avrebbe mai dimenticato il gesto di quell'omone mite e coraggioso.

«Aimè, l'hai seguita la storia di Codogno Vicentino?», aveva domandato Fabrizio, afflosciato su una sedia della trattoria La Conca d'oro mentre stava cercando di aprire una cozza ostinata da una decina di minuti. Le lampade al neon disseminavano il locale di una luce indifferenziata e sconfortante. Questa faccenda era venuta in mente a Montagnèr proprio perché il vecchio Grundig agganciato alla parete della trattoria stava trasmettendo il Tg1, e il giornalista Francesco Giorgino era intento a elencare una carrellata infinita di casi di cronaca nera.

«Sì, un po'...», il commissario sembrava molto più interessato a sbucciare l'unico gamberone che era riuscito a individuare nella ciotola del "cacciucco alla milanese", piatto storico della trattoria. Il nome del piatto era ironico, ma c'era poco da ridere. In quella zuppetta il pesce scarseggiava, andava letteralmente pescato e le lische gli si conficcavano in gola come giavellotti.

«Quindi?», insistette Montagnèr.

«Quindi che?»

«È stato lui?»

«Secondo te?», rispose Aimè mentre stava finalmente venendo a capo del gamberone.

47

Fabrizio deve fare mente locale.

Il piede gli è scivolato dalla frizione e il motore è andato su di giri. Qualche farabutto gli ha fatto il gioco delle tre carte. Il mago Silvan ha nascosto il coniglio nel cappello. In poche parole non ci sta capendo più un cazzo.

Era partito con un altro spirito, con la rabbia funesta dell'uomo ferito. Confuso da una strana felicità, ma pur sempre determinato alla vendetta. Adesso ha perso di vista l'obiettivo principale. A questo punto se la gioca in trasferta, con le regole di questi stronzetti rivestiti.

Nei momenti più difficili, quello che è sempre riuscito a mantenere Fabrizio è un lucido pragmatismo. Quindi deve badare al sodo. La tipa può stare con chi le pare. Fatti suoi. Non è questo il vero problema. Il problema è che lei si sta divertendo alla grande in mezzo a un sacco di persone. E lì dentro ci lavora pure.

Lui invece è solo soletto. Se ne sta rintanato in un angolino, pensa solo a bere e non fa nemmeno finta di divertirsi. Puzza di bestia marcia, di sfigato totale. La speranza è che nessuno lo veda.

Ci vorrebbero i rinforzi.

Ma lo sa perfettamente che quei debosciati dei suoi amici non arriveranno mai.

E allora?

Allora può solo contare su se stesso. E sui dettami di Guglielmo, il bagnino del Bagno Orizzonte. Prima di parlarci vuole provare a capire qualcosa in più.

Quindi, prima regola: se una donna ti guarda di nascosto, quando fai finta di non osservarla, è tua. Guglielmo su questo punto era stato chiaro.

In effetti lo sta guardando.

Ma non tanto di nascosto. Lo sta fissando dritto negli occhi! È un po' lontana ma Fabrizio ne è sicuro. Ora farfuglia qualcosa alla biondina odiosa: «Gine, ma hai capito chi c'è? Montagnèr quello di Facebook... Ci abbiamo chattato un sacco, daiii!».

Ginevra, che davvero non ci crede a quanto può essere immensa la sfiga umana, scuote la testa e, tutta distratta, salta letteralmente in collo a Simone.

A pochi metri da questo fortunato gruppetto di giovani, un'altra onda forza nove si rompe sull'orgoglio di Fabrizio e le correnti emozionali lo sballottano su e giù come se fosse tornato su una carrozza del BrucoMela.

Capisce che stanno parlando di lui. Magari lo stanno prendendo pure per il culo.

Non va bene. Non va assolutamente bene.

Le scarpette di pelle marrone iniziano a scalpitargli come gli zoccoli di un toro.

Adesso ci vado a parlare.

Lo sa che non è il momento giusto. Ha bevuto troppo, le parole agonizzano in bocca prima dell'ultima sillaba e tutti quei tic da stress gli fanno la faccia come un flipper.

E allora?

Io sono Fabrizio Montagnèr.

Dalla miriade di altoparlanti della discoteca arriva una canzone conosciuta.

Su di noi di Pupo è quel che ci vuole per scandire un momento come questo.

Si riassetta la camicia sperando che la macchia di sugo sia sparita (c'è), butta giù l'ultimo sorso di vodka anche se gli cala nella gola solo un cubetto di ghiaccio e, come faceva il Gladiatore quando stringeva in mano la sabbia prima di ogni duello, si tocca la cicatrice.

E parte.

I dieci metri che lo separano da Carlotta saranno la Via Crucis di Fabrizio Montagnèr.

48

Questa scopata sta costando a Umberto Barà quanto una crociera in Nuova Caledonia.

La stradina sterrata vicinissima al punto dove ha caricato in macchina l'antilope nigeriana è buia buia e la sterpaglia arriva fino all'altezza dei finestrini. La Ford Focus Vagon consente ampiezza di movimenti e posizioni variegate.

Karina è bella da fare impressione. Una pantera che si muove sulla preda inglobandola con dolcezza e temerarietà. La sua pelle di perla nera si staglia sul vestitino bianco che a sua volta si staglia sugli interni scuri dell'auto. Umberto è così eccitato che riesce ad articolare solo un suono: «Mggg». In realtà non riesce proprio a muovere la bocca.

Lo stanno facendo con lei sopra. Timidi raggi di luna attraversano il parabrezza e sbiancano le natiche di Karina. Due bocce di bowling messe a lucido. Si muove ora lenta ora veloce, come se tenesse alla vita uno di quei cerchi di legno che non devono cadere.

Umberto Barà ha la faccia spiaccicata in mezzo al duplice prodigio divino che sono le tette della giovane nigeriana. Lei ogni tanto gliele strizza sulle guance e quasi non vede più il tappetino ingelatinato che sono i capelli dello sciatore.

Mai lezione erotica fu tanto esemplare. In confronto Consuelo è una minorata sessuale.

Adesso con le sue gambe sode e chilometriche lo sta avvinghiando come un serpente boa e tutti i fluidi di Umberto stanno convergendo in un unico punto. Dopo le innumerevoli scariche di piacere che gli si sono abbattute contro, l'ex sciatore sente che la sua valvola di sfogo potrebbe avere la gittata di un cannone.

Ma torniamo indietro di un'oretta.

Appena salita in macchina Karina Amunici si è vista assalire da una mitragliata di strane domande.

«Scusa Karina, non per farmi i fatti tuoi... ma con Renato cos'è che ci hai fatto?»

«Tutto, amore», lo dice con quella bocca creata dalla natura per fare pompini indimenticabili e quelle ciglia infinite che sbattono sugli occhi verdi smeraldo (ha le lenti colorate).

La fine del mondo.

«Anche il sedere?»

«No quello no, non volevo perché mi faceva male. Lui grosso».

Merda! Ti pareva.

Un ferro da stiro in fronte gli avrebbe procurato meno fastidio.

«Hai fatto tutto con il preservativo?»

«Certo. Non faccio niente senza».

La luce.

«Scusa bellezza, ma io voglio farlo senza».

«Non se ne parla nemmeno».

«Mille euro e senza limiti di tempo».
«Va bene amore ma niente culo. Culo no».
«Sì culo sì. Mille e cinquecento!».
Un ulteriore conguaglio per ottenere persino i preziosissimi baci con la lingua di Karina Amunici e l'amplesso del secolo ebbe inizio.

49

Dopo i primi tre o quattro passi, Fabrizio ha come la sensazione di andarsi a sedere volontariamente sulla sedia elettrica.

Il miglio verde: l'ha pure visto al cinema.

È un suicidio. Che cazzo le dico? Parlarle ora di cose serie, davanti a tutti, è da dementi.

Eppure procede. Rallenta il passo per farsi venire in mente uno straccio di idea, ma continua a procedere.

Fermi tutti, un colpo di calore!

Non ci voleva. Si sente avvampare la faccia come se l'avessero grigliata sulla brace.

"Allucinazione psicosomatica evoluta in attacco di panico" diagnosticherebbe un qualsiasi psicoterapeuta. Ha bisogno di rinfrescarsi, così rischia di presentarsi a Carlotta come una torcia umana (è solo più pallido).

Sul lato ci sono i tavoli di quei finocchietti figli di papà che odia con tutte le sue forze. Un tavolino sembra vuoto, devono essere andati a ballare. In mezzo c'è un vassoio pieno di ghiaccio e frutta. L'uovo di Colombo!

È girata, lo faccio.

Ci infila il viso dentro e si asciuga con la manica della camicia. Tutto troppo rapido persino per la moviola.

Ok. Questa è andata. Non mi ha visto nessuno, tanto meno lei.

Almeno si sente più fresco, questo sì. Carlotta però è sempre più vicina. Non gli rimane che giocare d'astuzia, come sa fare lui.

Per iniziare, va bene pure una stronzatina.

Una delle sue, è sempre stato un maestro!

Vuoto cosmico siderale.

Se sterzo di scatto e volo verso la pista, mi salvo in corner.

Carlotta lo sta guardando, con l'aria un po' distratta di colei che si sta aspettando qualcosa. Senza grande interesse, a dire la verità. Di sicuro ha capito che Fabrizio vuole sparare qualche cartuccia.

Ormai si è buttato, deve solo sperare che si apra il paracadute. Ma non ha niente, assolutamente niente da dire.

Lo sapevo che facevo una figura di merda incredibile. Domani me ne torno a Marina di Stradella. Giusto così.

Da un gruppetto di persone che discutono carambola una parola: «Jackson». È il fatto di cronaca che negli ultimi giorni ha sconvolto il mondo intero. Ne sono tutti al corrente.

Una fiammella tremibonda gli fibrilla nella zucca. Si fa largo una soluzione. Raschiata sul fondo del barile, ma pur sempre una soluzione. D'altronde ormai Carlotta è proprio lì, davanti a lui, non ha alternative. Il convento passa questo. È il momento di dare una bella sforbiciata a ogni incertezza!

Ora o mai più.

Scosso nel fisico, povero di idee e con lo sguardo interrato tipico del becchino in forza al cimitero maggiore si rivolge a Carlotta Magonio per la prima volta nella sua vita (non virtuale): «Scusa ma… hai visto che è morto Michael Jackson?».

Senti questo che cazzata…

È talmente una cazzata che però le viene da ridere, ma non vuole dargli troppa soddisfazione. Va bene un sorriso. Una lama tenera che taglia il buio. Carlotta sa solo una cosa: Montagnèr è sempre più deficiente.

«Come fai ad avere le notizie così in anticipo?...», Totta lo sbeffeggia, facendo una smorfia che Fabrizio vorrebbe rivedere tutti i giorni della sua vita.

«Sono un tipo inserito. Ma scusa, che ci fai con tutti questi vip?». Fabrizio parte all'attacco, indicando il tavolo con la testa, e poi, soffocando la voce: «Sei veramente bellina Carlotta, ma questa me la paghi».

Carlotta è presa un po' in contropiede. L'ultima parola pensa di non averla capita bene... Guarda Fabrizio stranamente senza ironia. I suoi occhi sembrano due pozzi scuri in cui si specchia una luna lontanissima. È partito male, non c'è che dire.

«Primo: di quei vip che dici te non me ne frega niente, sono amica solo di Ginevra. E non è una vip. Secondo: grazie per il complimento ma sei sicuro che ci conosciamo? Ora, così, non mi ricordo...», sempre meglio porsi in una leggera posizione di superiorità, ritiene Carlotta.

Fatica sprecata, ha già vinto.

Un getto di luce bianca le illumina il viso. Montagnèr vede quello che ha sempre pensato: ha le guance da mordere, da strizzare, da prendere a pizzicotti per ore. Non per ore, per sempre. Le punte dei capelli le accarezzano le spalle e sbattono sul collo chiaro. L'aria distratta la rende pure più bella e, quando parla, esagera alcuni movimenti delle mani che la fanno sembrare una vera femminuccia! Il PR ormai pende da quelle labbra dolci e luccicose: nota la lingua rossa e intuisce il palato. Tenere sciocchezze gli fanno abbassare la guardia per un attimo.

Immagina darle un bacio! Un bacio di Carlotta deve essere come un frullato alla vaniglia (mentre frulla)! Dolce, dolcissimo, travolgente...

Riflette su questa ipotesi mentre riprende le fila del discorso intavolato con la cameriera più bella di Settimo Naviglio.

«Sì, dai... su Facebook, sul tuo profilo falso! Quello che

poi hai cancellato… abbiamo parlato un sacco di volte», rilancia intrepido.

Ma non troppo convinto, Carlotta se ne accorge.

Ti senti in soggezione adesso Montagnèr? Quasi glielo chiede sul serio con quel sorrisino che le disegna due curvette maliziose agli angoli della bocca. *Fai bene a esserlo! E comunque ti dovevi dare da fare quando potevi…*

«Ah boh… forse sì, ho capito. E perché sei sparito?», Carlotta si gira da un'altra parte, come per togliere peso alla domanda.

Questa è scema.

«Beh direi… perché ti sei cancellata e perché grazie a te…», si tocca con l'indice la cicatrice.

È pazzo, di che cavolo sta parlando?

«Scusa non ho capito». *Vaneggia, poverino.*

«No, sono io che non ho capito», ma Fabrizio non può andare oltre. Due buttafuori grandi e grossi lo stanno prendendo sottobraccio: «È lei che ha messo la faccia dentro il vassoio della frutta?»

«Sì, ma non per mangiarla».

Carlotta stavolta ride forte.

No vabbè, più scemo di lui non c'è nessuno!

Lo stanno accompagnando verso l'uscita e lui si lascia condurre, tranquillo e mansueto come una mucca della Val di Non. Non vuole altre grane.

Basta botte, ascoltiamo questi signori. Però che sfiga, sul più bello…

«Montagnèr!», è la voce di Carlotta. E mentre scandisce l'ultima sillaba pagherebbe oro affinché le tornasse in bocca come il boomerang di Scooby-Doo.

Nooo, l'ho chiamato per cognome! Meno male che facevo finta di non ricordarmi nulla. Che figura di…

Fabrizio Montagnèr chiude gli occhi e scoppia di gioia. Si

gira, senza fermarsi, con i due buttafuori che lo costringono ad accelerare il passo.

«Su FB sono segnata come Totta Magonio, così mi spieghi...»

«Sì è meglio, ora sarei di poche parole», e prosegue verso l'uscita, imbeccato dai due orango.

Non la vede, non la sente, eppure immagina che Carlotta stia sorridendo...

È quasi all'uscita, ma prima di sparire deve assolutamente avere una conferma, deve porre in atto un piccolo accorgimento di cui Guglielmo, il bagnino del Bagno Orizzonte, sarebbe stato orgoglioso.

«Se dopo che hai parlato con una donna te ne vai e lei continua a guardarti, vuol dire che è cotta. Non ci sono cazzi. Cento per cento. Fidatevi di me, basta girarsi di scatto dopo qualche metro!», così parlò il condottiero all'ombra delle cabine. Portava la canotta scolorita del salvataggio, i Sundek gialli e un paio di ciabatte dell'Arena, quelle blu con i disegni rosa fosforescenti. I Ray Ban calati un po' sul naso per guardare tutti negli occhi. Fabrizio e i suoi amici avevano circa quindici anni e non avrebbero mai più potuto scordare questo insegnamento.

Parole sante, ma per constatare il tutto, dovrei girarmi... e se mi giro lei lo nota e...

Montagnèr in questo istante si volterebbe anche se avesse la testa inchiodata sulla ghigliottina.

La tipa è messa di lato, in mezzo al suo gruppetto, ma ha il viso rivolto nella sua direzione. Da lontano gli occhi di Carlotta sembrano due ferite nere. Lo sta guardando. Più evidente di così non si può!

Non era mai stato così bello essere buttati fuori da un locale...

Marcello Paolinelli e Antonio Giani, i due responsabili della sicurezza del Cabiria Disco Club non sarebbero mai riusciti a capire, nel corso della loro vita, per quale motivo la notte del 30 giugno 2009 quello strano tipo li avesse abbracciati come se fossero stati i suoi genitori.

50

Nonostante la massiccia proliferazione di endorfine e la contrazione spasmodica di quasi tutte le fibre muscolari che si diramano in ogni direzione del suo corpo usurato, Umberto Barà riesce ad alzare gli occhi da quelle tette favolose in cui si stava perdendo come *Alice nel paese delle meraviglie.* Due occhi verdi da fata lo stanno ipnotizzando, languidissimi.

Karina allunga la lingua fino alla punta del naso di Umberto e poi più giù fino a titillare quella di colui che tutti riconoscono come il monumento nazionale allo sci alpino. Ormai Umberto non ce la fa più, sta per venire.

Lei dà gli ultimi colpi, più netti e profondi, come le esplosioni finali nei fuochi d'artificio.

Il sangue si è talmente riversato nella zona cruciale che sente tutto il corpo informicolito, quasi un inizio di paralisi.

Karina sto...

La pantera nera si alza appena prima che il vulcano faccia eruzione. Il piacere che Umberto Barà sta provando in questo momento non è esprimibile con le parole. E non finisce più.

Mamma mia, sto praticamente pisciando!

Karina Amunici impartisce l'ultima sapiente strizzatina di palle e comincia le operazioni di sgombero. Dieci minuti di siesta per riprendersi da uno degli orgasmi più favolosi della sua vita e Umberto Barà si alza dal sedile con i movimenti inceppati dello zombie che se ne esce dalla tomba. Quello che vede, ancora stralunato, non è un bello spettacolo. Ha fatto un disastro, pure l'orologio tridimensionale accanto al contachilometri è tutto imbrattato. Una rapida strofinata con uno dei fazzoletti offerti da Karina.

Le 3:35?

Ho perso la serata.

Sul telefonino campeggia il messaggio di Renato inviato alle 2:50: «Umbè dove cazzo sei? Consuelo, dovresti riaccompagnarla a casa te. Sbrigati».

51

Il centravanti più abbacchiato d'Italia, prima di eseguire il gesto meno nobile della sua vita, vuole mettere un po' di cose a posto.

Gli girano. Gli girano tantissimo. È nero. Più nero di un *vucumprà*. Ma quel che è giusto è giusto.

La storia con Consuelo Tanguenza è stata solo uno sfizio. Una farsa. Si sente un verme. Con Umberto non ci stava più insieme, è vero, ma lui l'amava ancora. Lo sapeva e se ne è sbattuto le palle.

Uomo di merda.

È arrivato il momento di agire da persone mature. Appoggia per l'ultima volta la sua manona sulla spalla di Consuelo, e attacca: «Scusa Consu, dobbiamo parlare...».

Dopo un'ora e tre quarti di «Perché?... ma allora... sì però... scusa ma i giornalisti?... e la storia d'amore dell'anno?... Almeno mettiamo su un mega gossip, una bomba pazzesca da stare un anno sulle copertine!... Tutto quello che vuoi Consu...», Renato Boriani e Consuelo Tanguenza si sono lasciati. Senza tante recriminazioni e con un sacco di progetti carini che nuotano già nella fantasia della bellissima star di Nettuno.

«Una solo cosa Rena, mi riporti a casa te?»
«Senti, ti faccio portare da Umberto, così magari parlate».
«Va bene».
Ma cosa mai gli dovrò ancora dire a Umberto Barà, quel povero coglione?
Consuelo già si vede ingolfata in ore e ore di spiegazioni, recriminazioni e incomprensioni varie. Da tagliarsi le vene.
Renato invece si sente un po' sollevato. Sistemata questa faccenda, può involarsi verso l'obiettivo. Nella sua testa è tutto chiaro: come, dove e perché. Si sente disposto a qualsiasi cosa, anche se non riesce a venire a patti con quella bruttissima parola!
La seguo con la macchina, aspetto che scenda, le invento una scusa per parlarle un po' in disparte e magari la "porto" giù sulla sponda di quel fosso. Se va bene, bene. E se non va bene...
È la prima volta che pensa a una roba simile. Si è sempre chiesto dove si possa trovare tanta vigliaccheria! Quella gente gli ha fatto sempre schifo. Ma adesso il meccanismo che può scattare nella testa di certi disperati è assolutamente chiaro.
Rifiuti, rifiuti, rifiuti. Magari senza un motivo. Solo e sempre "no"! Sputati in faccia con indifferenza, derisione e disprezzo.
Allora è comprensibile... anzi no, non è comprensibile, è giusto! È giusto che alla fine si arrivi addirittura a...
Nel suo caso poi, è la più crudele delle beffe. Per tutti è un mito, per lei è uno zero. E continua a volerla, sempre di più. Una malattia. Vuole solo lei, lei, lei.
Renato Boriani non riesce proprio a pronunciarla quella terribile parola. Persino i suoi pensieri si rifiutano di scandirla. In effetti fa una certa impressione ammettere che se le cose non andranno per il verso giusto, lui la violenterà.

Meglio secondi che ladri

52

Settimo Naviglio di notte cambia un pochino.

Soprattutto quando ti capita di fare un giro ai margini del piccolo centro del paese.

Qui le stradine sono ancora più silenziose e se devi percorrerle nottetempo puoi star sicuro che finirai per trovarti solo. La vegetazione è un po' più fitta che in centro e si insinua fra le costruzioni. L'unico suono è il ronzio delle auto che sfrecciano sulla Torino-Milano o sulla tangenziale ovest. Arriva affievolito dalla distanza ed è come se non ci fosse: gli abitanti sono talmente abituati che non lo sentono neanche più. Altri rumori non ce ne sono e quando ci sono ti prendono alla sprovvista.

Se poi decidi di spingerti ancora più in là, non puoi fare altro che trovare i campi. Si allungano fino a chissà dove e sono interrotti solo da qualche fabbrica, da alcune case coloniche e (a nord) dai campetti di calcio, calcetto e tennis dell'unione sportiva Settimo Naviglio.

La discoteca Cabiria si trova proprio fra le ultime strade del paese e quei campacci di sterpaglie.

È l'unica zona in cui di notte c'è una gran confusione. Ma verso le quattro del mattino, solo qualche decina di metri fuori dal locale, non c'è praticamente nessuno.

53

Simone e Ginevra stanno raggiungendo le rispettive auto per andare a dormire insieme nell'appartamento del ragazzone di Codogno Vicentino.

È da quel giorno che non l'ha più fatto, ma adesso si sente pronto. Vede un nuovo inizio. Sarebbe un po' come ricominciare a vivere. Una volta per tutte! Ma è dura. Lo sa fin troppo bene che appena il gioco delle parti gli imporrà di recitare il suo ruolo a letto con Ginevra, tutto quanto potrebbe tornargli in testa fino a travolgerlo. Resisterà la diga strenuamente eretta per proteggersi da quella gigantesca ondata di fango?

Chi lo sa!

Ma da qualche parte deve pur ripartire. E prima affronterà il problema, prima forse riuscirà a risolverlo.

È con questo spirito che Simone Vezzosi accende il quadro della sua Mini Cooper verde con la bandiera della Gran Bretagna disegnata sul tettino. I fari anteriori colorano le fronde basse dei platani che sfiorano il parabrezza.

Anche Sofia aveva un platano nel suo giardino.

54

Ginevra è rapita da tutt'altri pensieri mentre sta raggiungendo la sua Smart gialla canarino con la camminata impetuosa di chi è a cavallo della collera.

Il piazzale è illuminato e non lontano adocchia una Citroën vecchia di venti anni e lunga come un catamarano che, se la memoria non l'inganna, è proprio l'auto di…

…di quello lì.

La disturba anche solo ricordarsi il nome.

Ma come può quell'essere inutile essere capitato proprio a Settimo Naviglio?

Che poi abbia addirittura incontrato Carlotta è semplicemente il frutto di una congiura diabolica.

Sfiga, sfiga, sfiga!

Non ci crede ancora...

"San Giovanni non vuole inganni". È l'unica spiegazione che le viene in mente per giustificare l'ennesimo colpo basso del destino. Lo ripete sempre la sua sorellina da quando l'ha imparato all'asilo.

L'ha vista con i suoi occhi Carlotta insieme a quel coglione!

Si sono pure parlati, verrà tutto fuori. Sicuro al cento per cento.

A questo punto le conviene continuare a sparare balle a tutto spiano.

Il fesso non è andato nemmeno da Fabiano per torchiarlo di domande. E non ci piove che quel ragazzino, una volta messo alle strette, avrebbe vuotato il sacco! Magari riesco a farla franca. In fondo, è la sua parola contro la mia.

Ma non è per niente convinta. Questa storia è maledetta. Ci ha pensato troppo e alla fine se l'è gufata. Carlotta è brava, bella e buona ma se le pesti i piedi diventa una tigre.

Con quell'orgoglio morboso che si ritrova!

Ha un caratterino niente male e quando scoprirà questo casino non la farà passare più!

55

L'amicizia fra Ginevra e Carlotta, come spesso accade, ha trovato il suo equilibrio su una reciproca e rassicurante convinzione: entrambe si sentono superiori rispetto all'amica.

Tuttora, anche se il piccolo scivolone causato da Fabrizio ha creato falle profonde, si reputano entrambe migliori. E diverse. Non più immuni da ogni forma di competizione, ma diverse.

Carlotta considera lo sfavillante mondo in cui si è trovata a vivere Ginevra come qualcosa di grande, di unico, di incredibilmente stimolante. Ma questo clamore senza pari Carlotta non sa se valutarlo come una fortuna o una sfortuna. Per lei sarebbe un peso insostenibile, tutti i giorni sotto giudizio. No, il cambio con l'amica non lo farebbe proprio!

Ginevra ritiene invece che la differenza fra le loro condizioni di vita sia una voragine che Carlotta non potrà mai colmare e che la costringerà sempre su un piano di vita minore rispetto al suo. In fatto di uomini poi, hanno sempre manifestato gusti completamente differenti. Questione di target.

Ginevra, a causa di una deformazione professionale ereditaria, cerca (e trova) veri e propri personaggi da copertina, talenti maschili che in qualche modo hanno già prevalso nella giungla della vita, figure ambitissime dall'universo donna.

Carlotta invece è interessata ad altro, e anche se la selezione a cui sottopone il sesso forte è altrettanto dura, alla fine si inclina verso uomini che Ginevra terrebbe a stecchetto anche se ci si trovasse sola in un'isola deserta.

In buona sostanza, l'ipotesi di un colpo basso per accaparrarsi lo stesso uomo è veramente remota. E poi Ginevra si è data un codice di comportamento molto rigido: non può, non deve e non vuole concedere tempo a coloro che non reputa alla sua altezza. Non se li caga. Punto. Che si ammazzino pure di seghe pensando a lei! L'idea in fondo non le dispiace affatto. Certo, se uno di quei morti di fica si azzarda a fare il simpatico su Facebook, lo cancella sul colpo.

Per quanto riguarda Carlotta il discorso è diverso. Si è fatta sempre attaccare il bottone un po' da tutti: saluta, parla, ascolta, sta al gioco. Al telefono cinguetta le ore con gli amici come se fossero amiche. Sua mamma quando era piccina la chiamava "Parlotta", proprio perché la piccola Totta davvero non ce la faceva a starsene buona senza intrattenersi con chiunque le rivolgesse la parola o le facesse qualche faccia buffa!

Naturalmente anche Carlotta con il passare del tempo è stata costretta a tracciare confini invalicabili. Se qualcuno voleva di più, molto di più, se insomma qualcuno voleva farle la festa, allora era tutta un'altra storia. Cercava di essere sempre gentile ma i due di picche fioccavano come in una tempesta di neve sulle pendici della Marmolada.

E allora per quale motivo donne provenienti da mondi lontani anni luce e con caratteri così diversi hanno potuto stringere un'amicizia così intensa?

Perché in una gelida mattina d'inverno, mentre stavano aspettando di sostenere l'esame di Statistica, capirono che per molti aspetti erano veramente affini.

Si ricordano ancora come erano vestite: Carlotta rimpupazzata dentro un cappotto nero corto e Ginevra con il colletto del Moncler tirato su fino agli occhi. Tutte e due con gli stivaloni neri.

Un supersecchione era appena stato bocciato all'esame e Carlotta, sbigottita, pensò a voce alta: «Non c'è speranza: se buttano fuori lui, a me danno fuoco al libretto! Io sarei per telare».

Ginevra la sentì. Risero. E da lì cominciarono le simmetrie. Le stesse risate isteriche da stress preesame, lo stesso modo di analizzare le altre compagne di studio, le stesse malizie nell'affrontare l'interrogazione.

E poi erano belle tutte e due. Ma belle in modo diverso. Solo il fatto di essere una bionda e una mora le differenziava e quindi le univa in qualche modo.

Alla fine presero lo stesso voto (ventisette!) e ciò fu interpretato come un segno del destino. Iniziarono a frequentarsi sempre più assiduamente, conoscendo a poco a poco le sfumature più intime dei loro caratteri e confidandosi praticamente tutto. Avevano il loro piccolo mondo e questo bastava. Nessuna delle due era poi interessata a farsi largo nell'ambiente dell'amica.

Se non fosse stato per l'infelice uscita di Montagnèr nella fatidica chat di un anno prima, il rapporto simbiotico fra Ginevra e Carlotta non sarebbe cambiato di una virgola.

Invece la sparata del PR (Ginevra non può dimenticare) ebbe sull'amicizia fra le due ragazze lo stesso effetto del ciclone Catarina su una partita di Shangai. Ruppe l'equilibrio. E la biondina più ambita della "Milano che conta" fu fatta schiava di un sacco di bruttissimi complessi che non l'hanno più abbandonata.

Tornando a intrufolarsi fra i pensieri di Ginevra, mentre sta infilando la retro nel parcheggio del locale, il concetto si ripete ossessivo.

Tutta colpa tua, coglione!

Aggiusta lo specchietto retrovisore per guardarsi meglio.

Sì, occhei, sono fica. E allora perché quel gruppetto di pivellini al tavolo accanto guardavano di più Carlotta?

Ginevra non concede spazio ad altre riflessioni, mentre per la prima volta da quando ha conosciuto Simone rimarrà sola con lui un'intera notte.

56

Umberto Barà è l'essere più idiota sulla faccia della terra!

Ha fatto bene a piantarlo e a mettergli pure un casino di corna. È mezz'ora che lo sta aspettando lì, da sola, come una scema. Di fronte al cartello del Cabiria appena fuori dal parcheggio c'è solo lei. Sembra una baldracca di lusso. Quando passa una macchina Consuelo Tanguenza si gira dall'altra parte perché si vergogna come una ladra. Umberto le ha telefonato cinque minuti fa per giurarle che fra trenta secondi sarebbe stato lì.

E invece dove cazzo è?

Poteva chiedere un passaggio a chi le pareva e chiunque l'avrebbe riaccompagnata a casa. Avrebbero fatto la fila. Alla fine ha voluto dare retta a Renato, altro cretino numero uno. Sembrava che ci tenesse davvero a farla parlare con Umberto. E non poteva dirgli di no, non in quel momento. Avevano appena preso la decisione di studiare insieme il modo di fare esplodere lo scoop con il massimo clamore! Boriani andava assecondato…

Adesso però è l'ora di chiamare un taxi. Quel mentecatto l'ha stufata. Si è veramente rotta di stare ferma in quel punto sfortunato. Sul crocevia ci passano più macchine che sulla Fifth Avenue all'ora di punta. Può rientrare nel locale o fare due passi.

Facciamo due passi va.

Ha chiamato lo 026969 per prenotare la corsa e inizia a muovere le sue lunghe leve attraverso la via che costeggia il Cabiria e che, dopo una curva a gomito, prosegue verso il centro.

Consuelo ha le idee chiare.

Il fatto che abbia rotto ufficialmente con Renato le apre un prodigioso ventaglio di prospettive! Stavolta ci pianta il caso del secolo, roba da restare in prima pagina sei mesi sul «Corriere della Sera».

Faccio sparire pure la Canalis! La sparo su Media shopping, alle quattro di notte, a insegnare come si rassodano le chiappe alle nottambule ciccione. Lì deve stare quella cessa incredibile, altro che George Clooney!

Per la consacrazione finale gli manca solo di fare la madrina a Sanremo.

E a questo giro ci vado, è la volta buona, me lo merito.

Calcare quel palcoscenico sta diventando la sua ossessione. Ma oltre a questo, cosa passerà mai per la testa della nuova stella del firmamento televisivo?

Poco altro, in realtà.

Consuelo Tanguenza è una di quelle ragazze che milioni di italiani, ogni anno, vedono abbracciarsi, baciarsi, rincuorarsi, sorridere e piangere durante le finali di Miss Italia a Salsomaggiore Terme. Sono le stesse che nel momento in cui viene incoronata la miss più bella si mostrano più felici della fortunata vincitrice e fanno a gara per saltarle addosso estasiate. In realtà vorrebbero solamente tirarle una coltellata in mezzo alla schiena. E quando una concorrente viene eliminata fanno la faccia di coloro a cui è morto un parente ma dentro ci godono come nessuno.

Consuelo era una di loro e, come molte di loro, sarebbe precipitata nel dramma dell'anonimato più cupo se solo Umberto Barà non l'avesse portata in giro per gli ambienti giusti. Nel momento peggiore, quando ormai era stata scartata pure per la parte di aiuto cuoco nella serie televisiva *Elisa di Rivombrosa,* il campione le aveva arpionato il sedere come uno skilift e l'aveva trascinata sempre più in alto fino all'empireo del mondo che contava.

Ora, e solo ora, si può definire una donna realizzata (quasi realizzata, deve ancora conquistare Sanremo!).

Non che sia scema, tutt'altro! Le luci della ribalta l'hanno completamente stregata, questo è il punto. E se qualcuno si prendesse la briga di comunicare alla ragazza che colei ha appena vinto il premio Nobel per la fisica, che ha inventato il teletrasporto, o chissà cos'altro, Consuelo Tanguenza farebbe spallucce. Sarebbe solo un fallimento.

Il suo destino ormai è tracciato dai bagliori del jet-set.

Cosa potrà mai importarle di quei due faretti in fondo alla strada che si stanno avvicinando piano piano?

57

Umberto Barà è in dirittura d'arrivo. Non proprio in dirittura, quasi. Si è nuovamente infognato in una di quelle stradine inestricabili.

Ha preso un senso unico. Sta facendo manovra in un cortile di terriccio dove ha alzato una nuvola di polvere e svegliato una decina di polli.

È in ritardo, ma attraverso un angolo del parabrezza compare la scritta "Cabiria".

Miracolo!

No, il vero miracolo è un altro: a Umberto non gliene frega più niente se sta ritardando per l'ennesima volta a un appuntamento con Consuelo. Ha cancellato i file del passato e resettato tutto. La schiavitù è finita. Niente nella sua vita dipenderà più neanche lontanamente da quella brutta (bella) strega!

Fare l'amore con quella dea dalla pelle dipinta con sfumature d'ebano (*sarebbe ingiusto chiamarla scopata con una battona negra!*) è stato salvifico.

Lo ha sbloccato. Umberto ha finalmente capito che esiste un altro sentiero per arrivare alla felicità. Esistono altri mondi. Esistono altre donne. Altre donne che, senza tutti quegli insopportabili grilli per la testa, sanno regalarti le stesse emozioni. Il mondo non finisce con la straripante bellezza di Consuelo. C'è di meglio e di meno stronzo.

Godere di quell'orgasmo stratosferico è stato come tirare lo sciacquone una volta per tutte. Via tutto quello schifo! Si sente rinato. È tornato un uomo libero.

Non si ferma davanti all'insegna fuori del parcheggio dove aveva specificato più volte Consuelo, ma entra nel piazzale e prende posizione sotto la scritta "Cabiria" proprio all'ingresso del disco-club.

Ha capito così, mica è colpa sua.

58

Fabrizio è al settimo cielo.

Nel caso in cui il noto sociologo Renato Mannheimer lasciasse perdere un po' di sondaggi e si applicasse seriamente per imbastire una ricerca in tempo reale sugli ubriachi più felici della Lombardia, al primo posto ci sarebbe Fabrizio Montagnèr.

Sta canticchiando *Non voglio mica la luna* di Fiordaliso e cammina senza meta fra le stradine che si snodano intorno al locale.

Ogni tanto parte uno schiaffetto alle fronde degli alberi come per dar loro il cinque! Sono tutti amici. Le casette, i palazzoni in sottofondo, gli alberi, la luna tagliente e pure il caldo che ancora preme insopportabile.

Vuole godersi il trionfo.

Appena uscito dalla discoteca si è infilato in auto e, fermo al posteggio, si è ascoltato cinque volte di fila *Simply the Best*, tre volte *Fotoromanza* e una volta *Ricominciamo* di Adriano Pappalardo.

In estasi.

Poi è dovuto uscire per scaricare tutta l'energia che gli pompava dentro! Adesso non ci vuole nemmeno pensare allo scherzetto che lo stava per mandare all'altro mondo. È sicuro di una cosa: lei non c'entra niente. Anche se l'episodio, ormai, conta pochissimo. E conta poco persino l'idea (giusta, fra l'altro) che si è fatto Montagnèr su come siano andate veramente le cose.

Ora c'è quello sguardo! Quello sguardo che sorride irriverente. Che sia per lui o contro di lui non fa differenza! Va bene pure se Carlotta lo odia, basta essere nei suoi occhi. Senza pensare al resto: il morbido ovale del suo viso, le gambe tagliate al bacio, quel modo di fare... da gattina smorfiosa. Accentua apposta i movimenti della bocca e delle mani, come per farti vedere che è ancora più carina. E la faccia che diventa seria seria quando c'è qualcosa che non le torna. No, non può esistere nessun altro al mondo che vede Carlotta così spudoratamente bella!

Sembra fatta apposta per lui, per farlo sognare e per farlo morire. Deve stare attento, quella ragazza è pericolosissima.

Eppure non sarà facile nemmeno per te, Carlotta Magonio...

L'orgoglio, a Fabrizio Montagnèr, non è mai mancato!

Sta per imboccare via Trieste, la strada dove Consuelo Tanguenza incede leggiadra e pensierosa, quando il nostro PR lievitato di sogni entra in crisi di fame. Deve immediatamente tornare nel piazzale, davanti alla discoteca.

Destinazione: La lurida. Un baracchino che sforna panini imbottiti dalla mattina alla sera e la cui padrona indiscussa è Luciana Bardazzi, una signora più larga che lunga, con i capelli grigi arruffati come gomitoli di ferro e le gote gonfie e rosse. "La lurida", appunto. La leggenda vuole che abbia sempre le dita nel naso. Al posto del dito, un trapanino che fa piazza pulita in quelle enormi narici da scrofa. E dal naso al panino...

Ma è l'unica panineria aperta di notte a Settimo Naviglio e bisogna fare di necessità virtù. Se poi fai come Montagnèr, che nell'hamburger ci mette la scamorza affumicata, i funghi alla pizzaiola e la crema di tartufo, i panini sono buonissimi!

Quelli del Cabiria non ce la vogliono in fondo al piazzale, perché rovina l'immagine del locale. Ma c'è sempre stata e nessuno la sposterà mai.

Sta per dare il primo morso al panino già sbrodolato sulla camicia, quando una vocina: «Ciao, sono Aimè Gresset, non dovevi venirmi a prendere alla stazione?».

Ma porca puttana!

Tornava oggi da Parigi e gli aveva chiesto un passaggio. Aimè di sera non ci vede bene, guida mal volentieri e preferisce lasciare la macchina nella capitale francese. Dal momento che Fabrizio di sabato notte è sempre in giro, il commissario l'aveva buttata lì: «Mi passi a prendere te?»

«Nessun problema» fu la risposta, ma ora è tardissimo.

Male che vada, prenderà un taxi. Certo, è una brutta figura. Se però mi sbrigo forse lo trovo ancora lì!

Non ci spera per niente. Eppure, anche se fra una cosa e un'altra accumulerà un'ulteriore mezz'ora di ritardo, alla fine Montagnèr vedrà materializzarsi l'immagine dell'ex commissario che lo attende paziente di fronte alla stazione silenziosa. Una piccolissima e intermittente luce arancione vicino alla bocca (sta fumando la pipa) e una piccola valigia ai piedi.

La manona in aria, per salutarlo.

59

Tornando al presente, fra Simone e Ginevra non è andata per niente male. Simone respira ancora affannosamente. Hanno appena finito. Ginevra all'inizio era un po' distratta, poi ci ha messo impegno e tutta la sua proverbiale carica erotica. Non ha fatto pensare Simone nemmeno un secondo.

Anche per Ginevra è stato bello. Riuscire a dare piacere agli uomini la esalta come poco altro. La eccita. Più dell'atto fisico. Stavolta non era per niente facile, con tutte quelle incertezze che sventolavano nella camera da letto di Simone. Ora è finalmente soddisfatta e il pensiero angosciante del patatrac che ha combinato con Carlotta è fuggito chissà dove.

«Scusa Gine, vado in cucina a prendere una birra», con la voce ancora frantumata dalle ultime accelerazioni del respiro.

Ginevra si guarda intorno e vede l'arredamento spoglio della camera di Simone. Non c'è quasi niente: una piccola libreria, tre quadri di qualche cialtrone (sono veramente brutti), la televisione grande al plasma, due comodini con le luci da notte e poi qualche foto. I genitori con Simone da bambino. Simone mentre gioca a calcetto, mentre è al mare con gli amici, mentre...

Nessuna foto di Sofia.

Strano.

«Simone!», Ginevra lo chiama, un paio di volte.

Silenzio. Neanche il rumore del frigo che si apre e si chiude.

Non doveva prendere una birra?

È strano, tutte le sicurezze di Ginevra traballano a catena come birilli sfiorati da altri birilli. Sente il cuore che inizia a correre per conto suo e strani brividi, paralizzanti e sconosciuti, peggiorano la situazione.

Ha le mani fredde e sudate.

«Simone...», stavolta, sembra un'implorazione.

60

Forse è il taxi?

No, non è il taxi. Anche se i fari sono ancora lontani si capisce che è un'auto ordinaria. Sente il telefono squillare: è Umberto.

Col cavolo che gli rispondo a 'sto demente!

Anzi gli riattacca in faccia. Devono essere praticamente a pochi metri l'uno dall'altra, se lo sente.

Ma c'è un limite a tutto!

L'auto sta passando proprio ora a un paio di metri da Consuelo. Rallenta un pochino, come se volesse guardare la ragazza. Un secondo e accelera di nuovo. Consuelo è troppo distratta per vederlo in faccia.

D'accordo, Umberto è limitato... ma il taxi quando arriva?

Il problema è che sono troppo buona. Dovevo mandare subito a cagare Renato e i suoi pipponi da uomo pentito! Mica sono io la migliore amica di Umberto…

Nel frattempo ha fatto qualche altro metro. Sulla destra c'è un gruppo di case che sonnecchiano con le persiane chiuse mentre sulla sinistra c'è un campo di erba medica. Di giorno splende verdissimo. Da quel pezzo di terra fondo che muore nel buio arriva l'odore della campagna. È lo stesso di quando Consuelo abitava coi suoi genitori in quella casa sperduta ai margini di Nettuno.

Lo odia quell'odore.

Se restava laggiù solo un altro giorno ci moriva! Fuggire da quel posto senza speranza e provarci con la moda, la televisione e lo spettacolo è stata la sua salvezza.

Laggiù finivo drogata (le striscette bianche che gli offrono un giorno sì e l'altro pure non le considera nemmeno una sostanza stupefacente).

Questo brutto pensiero le evoca un altro brutto pensiero. Il buio che si mangia il campo di erba medica…

È sola, è notte ed è una ragazza. Una ragazza bellissima! Ha un vestitino che le copre a malapena il sedere.

Se mi saltano addosso hanno pure ragione!

Meglio tornare indietro verso il Cabiria, non si sa mai…

Prima ancora di voltarsi vede in lontananza un'altra auto venire verso di lei.

Questo sarà il taxi, cavolo!…

No, non è il taxi.

È l'auto che è passata poco prima.

61

Carlotta è raggiante. E stanca. Ma dopo una giornata così, la stanchezza si sente appena. Ormai è quasi a casa. Se Romeo è già nel letto bene, se invece si è appisolato sul divano se lo prende e se lo porta nel lettone.

Trova parcheggio un po' distante, ma chi se ne frega. Le dispiace quasi scendere dall'auto perché c'è *Dancing in the dark* di Bruce Springsteen che la gasa sempre un po'.

Si passa il dito su una palpebra che le pizzica da morire e si sbava tutto il trucco sullo zigomo.

Renato Boriani ha parcheggiato alla buona, sull'angolo della strada. La vede mentre scende dalla Ypsilon 10. E inizia a seguirla.

Se l'è cercata.

È stata troppo stronza con quei modi di fare da superiore e quei sorrisini gradassi. Avrà ancora l'espressione supponente dipinta sulla faccia dopo il trattamento che le vuole riservare Renato?

No!

Finalmente patirà anche lei. Quanto è vero il Dio. Non sta più nella pelle. È curioso di sentire come piange quella puttanella!

La vuole vedere sconfitta. Vuole vedere i suoi occhi sconfitti.

Non lo fa nemmeno per scoparsela. Lo fa per vederla soffrire.

Tutta quella sicurezza, quella spavalderia… lo hanno fatto incazzare (e innamorare?) fin dal primo giorno in cui l'ha conosciuta. Quella bastardina da strapazzo deve imparare ad abbassare la cresta, a prendere bastonate, ad avere rispetto. Cominciando da questa notte.

Vedremo se poi continuerà a trattare tutti come dei poveri stronzi!

Renato lo sa benissimo: se farà il carino, il simpatico, il dolce, se butterà per l'ennesima volta il cuore oltre l'ostacolo, il risultato sarà lo stesso. Lo rifiuterà come sempre. Cercando di non farglielo pesare, forse, ma lo rifiuterà.

È dal primo istante in cui Boriani ha preso questa infausta decisione che sta continuando a mentire. Non vuole provare a convincerla per l'ultima volta. Vuole solo costringerla. Non c'è più tempo per dirsi bugie; se urla la prenderà pure a sberle e le tapperà quella lingua tagliente dentro la bocca almeno per una volta. Dovrà completamente sentirsi sottomessa. Più il gioco sarà lungo e più lui ci godrà.

Ma per accaparrarsi il Jackpot, per sbancare il Gratta e Vinci, per rubare il mazzo una volta per tutte, deve farle il culo. Nel vero senso della parola. Conoscendola, il sederino è blindato. E lui sarebbe il primo.

Lì è vergine, parola di Renato.

Non sarà certo una passeggiata, ma già ce la vede con la faccia affondata nel terriccio del canale che mugola disperata. E lui che si gode lo spettacolo di quel sedere aperto in sua totale balìa. Per la prima volta sente Carlotta come una cosa sua, una cosa a cui può fare tutto ciò che vuole. La sua vita dipenderà unicamente da lui.

Sarà distante una quindicina di metri... Calcola il calciatore.

I casermoni sulla sinistra, dall'altra parte del fosso, gli sembrano diversi, più importanti, come se fossero spettatori di qualcosa di grande. Riconosce anche il palazzo color sabbia con le serrande verdi dove abita Carlotta. Una zona squallida, ha sempre pensato Renato. E povera.

Morta di fame!

Le case sono popolari, tappezzate di tende da sole che sembrano vele ammainate.

Sai che caldo fa di giorno.

Ha ragione, di giorno il sole scortica le facciate e soffoca tutto quello che c'è dietro.

Riconosce le finestre di Carlotta...

Una volta, insieme a Ginevra, c'era pure entrato in quella casa. Ricordi vaghi. Tante foto. Una gli torna in mente: le due amiche molto tempo fa, travestite da uomini, con i baffi, la cravatta, la coppola, tutto. Eppure si vedeva benissimo che Carlotta era una femmina.

Dal fiumiciattolo sale un odore denso e una litania che non sentiva da secoli: i ranocchi che gracchiano.

62

Anche Carlotta guarda nella stessa direzione, come al solito.

Si sporge verso il fondo del fosso, ma può vedere solo gli specchi argentati che la luna riflette sulla scia dello Zambre. I rospi devono essere in fondo alla sponda, coperti dai cespugli.

Mai una volta che riuscissi a vederli!

Quei ranocchi sono come Montagnèr. La fanno sempre sorridere, sono buffi, le suscitano tenerezza. Non che per Fabrizio provi tenerezza ovviamente... in fondo lo conosce appena, è un mezzo sconosciuto.

Eppure il principio è su per giù lo stesso.

Tutto il contrario di Simone Vezzosi, quell'essere viscido e pericoloso.

Deve chiamare assolutamente Ginevra, a costo di litigarci per un anno.

Figurati che stanotte resteranno soli... È pazza. La chiamo ora. Solo per dirle di fare attenzione! Solo due parole.

«...risponde la segreteria telefonica del numero...».

63

Ginevra è come se avesse troppi pensieri e quindi nessuno. Boccheggia, affogata nella paura. È una sensazione sconosciuta.

Perché sono stata così... vorrebbe dire incauta, irresponsabile, cretina!

Ha realizzato tutto in un secondo. Non c'è nemmeno una foto di Sofia... E cos'è questo silenzio gelido? Perché Simone non risponde?

L'unica è correre e scappare dalla porta, più veloce che può. Anche così, completamente nuda. Ma non ce la può fare. Si sente afferrata da uno di quegli incubi pazzeschi che aveva da bambina quando correva, correva e la prendevano lo stesso.

Si guarda intorno, gira gli occhi da ogni parte. Cerca una via d'uscita, qualcosa per difendersi. Lo sguardo si ferma di colpo come una giostra che si blocca all'improvviso.

Eccolo lì, alla porta. In mano non ha una birra. Ne ha due.

E sorride.

Ginevra si ritrova invasa da una felicità assoluta e fisica. Fa un respiro profondissimo... non si era accorta di essere in apnea chissà da quanto tempo!

«Ma dov'eri?»

«In bagno!».

«E non lo tiri lo sciacquone?»

«Ah già, vado!».

Ridono...

È tutto passato.

64

È ferma, col telefono all'orecchio, di spalle. La testa reclinata da una parte.

Sarebbe il momento giusto…

Se inizia a correre ora, Renato la può raggiungere in pochissimi secondi. Fra la strada e la sponda del fosso non c'è una barriera di sicurezza, un guardrail, niente che possa costituire un ostacolo. Il muretto che costeggia il fosso inizia qualche metro più in là. Può trascinarla giù in un attimo e sbatterla in mezzo a tutti quei cespugli bui. Non deve avere nessuna pietà. Come lei non ne ha avuta con lui.

Nel labirinto sconosciuto e imperscrutabile che è il cervello dell'uomo un pensiero che non c'entra niente si fa beffe del campione.

Federico Di Rosa è uno dei centravanti più famosi d'Italia. Con Renato Boriani si è instaurata fin dall'inizio un'acerrima ma composta rivalità. Al di fuori dei canali ufficiali e delle frasi fatte, Renato lo ha sempre odiato con tutte le sue forze.

Di Rosa gioca sporco.

Commette quei falletti odiosi che gli arbitri non possono vedere, si tuffa nell'area per cercare il rigore, segna sempre quando si trova in chiaro fuorigioco. Una domenica realizzò un gol di mano dopo aver dato una spinta al difensore. Lo avevano visto tutti! E ogni volta che i giornalisti incensano quel truffatore, che ne tessono le lodi di infallibile goleador dipingendolo come l'ultimo vero rapinatore dell'area di rigore, a Renato vengono gli attacchi di bile. Se ci pensa di notte non si addormenta. E per calmarsi deve prendere il Tavor.

Pietro, suo padre, oltre a un'enorme quantità di calci nel sedere per farlo correre nei campetti melmosi di Altopascio, gli aveva inculcato una regola fondamentale: nello sport, come nella vita, non si ruba. «Devi essere leale Renato, se non ce la fai vuol dire che il tuo avversario è più forte e devi stringergli la mano».

Era la prima cosa da imparare.

«Meglio arrivare secondi che fregare chi hai di fronte, capito Renato?»

«Sì, meglio secondi che ladri», sincopò il piccolo Boriani.

Forte di questo principio il nostro campione, in campo, si è sempre comportato correttamente, guadagnandosi la stima di molti colleghi. E un giorno, per tenere fede all'insegnamento, ci aveva perso pure uno scudetto quando giocava ancora nella Fiorentina! Un difensore lo sfiorò in area e lui decise di non buttarsi. L'arbitro avrebbe concesso il calcio di rigore, sicuro. Lui, però, non volle imbrogliare. Non ci teneva per niente a essere ricordato come un ladruncolo da due lire. Ed era restato in piedi.

Va bene, occhei, ma perché sto pensando a queste cazzate in un momento così?

Non lo sa, sa solo che è ancora più nervoso.

Maledetto Federico Di Rosa!

Carlotta intanto ha chiuso la telefonata.

Ora!

Inizia a correre a testa bassa, osservando le sue Nike nere che, neanche a farlo apposta, non fanno alcun rumore. Filano come se avessero il silenziatore. Ma basta un metro e il campione distratto si pianta sull'unico pino di Settimo Naviglio. Una botta in testa che propaga una leggera vibrazione lungo tutto il corpo allenato ed elastico del calciatore. Niente di trascendentale. È abituato a ben altro!

Riparte, mentre Carlotta continua a guardare chissà cosa nel fiumiciattolo. Stavolta lo scatto di Renato è determinato e furioso. Dieci metri, nove metri…

Quella troia è sempre più vicina. Meglio secondi che…

Otto metri, sette metri, sei metri…

Va un po' più piano, rallenta. È fermo.

Torna indietro e punta l'albero come se volesse buttarlo giù con un colpo di testa. Invece, appoggia le fronte sulla corteccia. Tiene la fronte appoggiata… e, alla fine, lo abbraccia.

Abbraccia quel pino come non ha mai abbracciato nessuno.

Un'ultima occhiata a Carlotta filtrata da una sottile lama d'acqua.

Carlotta ormai sta aprendo la porta di casa: è carina anche quando spinge il portone e aggrotta le sopracciglia per lo sforzo.

Meglio secondi che ladri. Non si ruba. Niente.

Quel pino non era mai stato abbracciato da nessuno. E nessuno gli aveva mai affidato le proprie lacrime.

Righe leggere di acqua salata si stemperano su un po' di resina.

65

Gli ha attaccato il telefono in faccia.

Peggio per lei! Questa, cara stronza, è l'ultima volta che ti chiamo.

E cancella pure il numero dal cellulare!

Umberto Barà è convinto di aver chiuso una volta per tutte con il passato.

(Qualche decina di meri più a sud).

Solo i tacchi di Consuelo contro il cemento e il motore della macchina che si sta avvicinando. Per un attimo si sono tappate la bocca persino le cicale. I fari dell'auto illuminano e ributtano nell'ombra uno per uno gli edifici, gli alberi, i cortili, il cielo che riempie i vuoti. Sente l'auto un po' più vicina, si gira d'istinto…

Sembra quella che è passata prima.

Continua a camminare, mentre dietro di lei cresce un rombo abnorme. L'auto sta accelerando paurosamente.

Una luce accecante che cambia direzione, viene verso di lei. L'auto poi frena. E si ferma. Silenzio improvviso, come quando deve succedere ancora qualcosa.

Sente aprire la portiera.

Che cosa sta…

Consuelo non si gira, preferisce accelerare il passo. Fra pochi metri c'è una curva e dopo potrà vedere la discoteca, il parcheggio, la gente, le auto, la fine…

Mentre cammina fa troppo rumore con i tacchi per riuscire a sentire qualcosa, per capire se qualcuno la sta seguendo. Dovrebbe fermarsi, ma non può perdere tempo.

Forse si è spaventata per nulla. Forse è qualcuno che si sta facendo i fatti suoi. Un ubriaco, un vecchio puttaniere che si è appartato con qualche prostituta.

Sulla sinistra c'è una casa ancora in costruzione. Le case in costruzione di notte sembrano case abbandonate e fanno paura.

Si gira appena sulla sua destra. Vede l'auto con la coda dell'occhio ferma quasi al centro della strada, ma non riesce a capire se il conducente è uscito oppure è ancora lì. Le luci dell'auto sono accese.

Ancora un'occhiata rapida e incompleta.

Dentro la macchina non c'è nessuno. Solo ora sente qualcosa. Sente che qualcuno è dietro di lei. È vicinissimo.

Un gemito soffocato che potrebbe essere un uomo che ride o che piange alle sue spalle.

Si butta verso un muretto dalla parte della casa in costruzione e finalmente si volta.

Non riesce a capire. Solo un particolare che non ricorderà

mai le fa gelare il sangue. Il vertiginoso flusso di adrenalina le squassa il ventre e le fa tremare da capo a piedi. C'è solo il tempo per farsi una domanda.

Anzi no, non c'è nemmeno quello.

Chi ha ucciso Laura Palmer?

66

Alla fine le cose accadono.

Anche a Settimo Naviglio!

Forse è accaduto troppo, ma è accaduto.

Il primo luglio 2009 gli abitanti si sono svegliati con una notizia che finalmente li riguardava da vicino.

Anche l'ombra è rovente e chi si trova fuori, all'aperto, ha un solo pensiero: rifugiarsi da qualche parte.

Tutto il paese si è fermato davanti al telegiornale delle tredici: una tragedia, una tragedia vera. Pure con il giallo. Quello che ti spara in orbita, ti piazza al centro del mondo, occupa intere trasmissioni televisive e riempie le prime pagine di tutti i giornali.

Ci sono già un sacco di giornalisti, ne arriveranno altri e fra poco la piazza, il bar, la chiesetta, le strade del posto entreranno nella memoria di milioni di italiani. Chi sarà intervistato, un giorno lo potrà raccontare ai nipoti!

I tremilanovantacinque abitanti di Settimo Naviglio, una volta appresa la notizia, sono rimasti increduli, attoniti e si sono dispiaciuti: «Povera ragazza, che sfortuna».

Eppure gli stessi tremilanovantacinque abitanti, sotto sotto, un pochino erano contenti. Non tanto, ma un pochino sì. Si sono sentiti più vivi. Niente di più.

La sorte, per una volta, aveva scelto il loro paesino inconcludente. In un luogo in cui la vita di tutti i giorni è qualcosa di molto vicino a una disgrazia, una disgrazia somiglia molto alla vita.

In fondo, nessuno di loro conosceva quella bellissima ragazza che aveva conquistato il mondo dello spettacolo e quindi, per molti, il mondo intero. Era una celebre sconosciuta.

E poi, quel genere di donne, quelle spregiudicate macchine da successo disposte a tutto pur di sfondare, non sono così simpatiche ai comuni mortali. Anzi.

La verità è che dalla mattina di quel giorno il vento caldo dell'estate si mischiò a una strana elettricità.

67

Stavolta non possono sbagliare.

Renato Boriani e Umberto Barà, per la prima volta nella vita, vogliono combinare qualcosa di utile. Insieme.

Ciò che è accaduto a Consuelo non può lasciarli inerti. Devono capire cosa è realmente successo e chi ha potuto commettere quello scempio. Si sentono uniti, stavolta sul serio.

Quando Umberto fu raggiunto dalla fatidica telefonata, era in bagno e si ritrovò pietrificato come un Bronzo di Riace accovacciato sul bidè. Rimase lì per ore con un vecchio Asterix in mano. Immobile. *Bastava arrivare puntuale... bastava arrivare puntuale... bastava...* Se lo sarà ripetuto cento volte.

Dolore. Senso di colpa. Frustrazione. Credeva che un periodo della sua vita si fosse finalmente chiuso e invece stava per ricominciare tutto da capo.

Non ne uscirò mai.

Un colpo tremendo.

Anche Renato ha dovuto fare i conti con le proprie responsabilità. Solo adesso il centravanti di Altopascio riesce a percepire la bellissima Consuelo non come una creatura da utilizzare per il proprio piacere, ma semplicemente come una creatura. E anche fra i due vecchi amici è cambiato qualcosa. Le incomprensioni, le bugie, i tradimenti ormai non contano più niente. Qui c'è da smascherare un criminale che si annida in questo luogo pieno di misteri che solo apparentemente si presenta come un tranquillo paese nella provincia di Milano.

Ma per risolvere un enigma così tragico, è necessario respirare l'aria in cui il crimine è stato perpetrato. Si sono sorbiti troppi casi del commissario Montalbano per trascurare questa regola fondamentale!

Hanno affittato un appartamento luminoso e confortevole nel cuore del paese, al primo piano di un palazzo in piazza del Mercato. Senza badare a spese. Da lì possono carpire la reale atmosfera del posto e osservare quei particolari che solo un investigatore dilettante potrebbe considerare insignificanti. Nella palazzina accanto c'è pure la caserma dei carabinieri.

«Tanto quelli non ce la faranno mai!», borbotta Umberto disincantato.

«È vero, troppe barzellette, ci sarà un motivo».

Devono pensarci loro due, come è giusto che sia.

Il giorno successivo alla tragedia i fuoriclasse si erano incontrati all'ora dell'aperitivo in un locale nel centro di Milano e, davanti a due Bellini, avevano celebrato un giuramento solenne: «Troveremo quel delinquente. Costi quel che costi. Fra noi non ci dovranno essere segreti».

Si erano studiati con aria seria e professionale, prima di formalizzare il tutto con un'energica stretta di mano.

Fu come se Sherlock Holmes e l'ispettore Derrik si fossero finalmente ritrovati per risolvere insieme l'ultimo decisivo giallo.

68

Prima di iniziare a lavorare insieme al caso, avevano deciso di prendersi qualche giorno per riflettere individualmente su ciò che era accaduto. L'isolamento poteva favorire il riaffiorare di elementi interessanti: ricordi perduti, incontri ambigui del passato, parole a cui non era stato dato il giusto peso, gesti privi di importanza ma che rianalizzati oggi…

Si sono spremuti le meningi fino all'esaurimento, arrivando a riempire, con il loro italiano impervio come un campo minato, pagine e pagine di appunti. Sovrapponendo, discostando, riallineando tempi e luoghi di importanza capitale.

Dopo tre giorni di confino nelle rispettive dimore sulle colline di Como e Varese, si sono presentati all'appuntamento esausti ma pronti per confrontare le loro conclusioni preliminari. Al termine di uno sforzo immane che neppure i due campioni ritenevano adatto alle proprie caratteristiche antropologiche, erano arrivati finalmente a un risultato.

Seduti al tavolo di cucina dell'enorme appartamento, hanno appena riferito le loro conclusioni: secondo Umberto è stato Renato e secondo Renato è stato Umberto. Si guardano con due facce allampadate che non possono essere descritte.

«OK. Dobbiamo riorganizzarci».

Tanto per cominciare fa troppo caldo. Sono le tre del pomeriggio e da qualche giorno un sole gigantesco ha ripreso possesso della sua postazione in mezzo al cielo.

«Così, ci lasciamo le penne».

Per Umberto e Renato, abituati a frescheggiare in villa con l'aria condizionata sempre sull'attenti, è già una piccola impresa presentarsi sul terrazzino e, liquefatti, tirare giù le tende con la manovella che sferraglia.

Salutano due bambini giù in piazza che hanno riconosciuto i campioni e tornano a confrontarsi sul caso di cronaca nera più importante della loro esistenza.

Deve passare un'altra oretta di discussione serrata prima che si arrivi a escludere un'ipotesi: comunque sia andata, non possono essere stati tutti e due. Rinunciano al brindisi solo perché hanno il frigo vuoto.

Ma sono pronti a ufficializzare un altro giuramento: nessuno di loro ha fatto del male a Consuelo Tanguenza.

Un abbraccio liberatore fuga tutti i dubbi.

«Umbè, mi pare che per oggi abbiamo lavorato abbastanza».

Il bar è dall'altra parte della piazza.

69

In via Freguglia, negli uffici della procura delle Repubblica di Milano, la notizia di reato fu trasmessa in tempo record.

Alle otto del mattino del primo giugno il giovane segretario Gianluca Mari dovette fare tre grossi respiri, prima di bussare alla porta del sostituto procuratore a cui sarebbe toccato il caso.

Perché proprio io?

Gianluca Mari, venticinque anni, proveniente dalla vicina Saronno, avrebbe dovuto rimanere a fare il commesso da Yamamay in corso Vercelli. Sarebbe stato tutto più semplice. Il negozio pullulava di belle fiche che, da mattino a sera, non facevano altro che provarsi gli accessori di intimo più disparati. E lui fantasticava di brutto. Pure i manichini, con tutto quel ben di Dio addosso, avevano un loro perché. Poi, l'idea infausta di quel concorso... si era incredibilmente incasinato la vita. Aveva dato retta alla mamma. E dalle mutandine di pizzo, perizomi, tanga, brasiliane, *culotte* e reggiseni push-up (questi ultimi lo mandavano in brodo di giuggiole) era passato alle parti di merda che i suoi superiori gli impartivano tutti i santi giorni.

Un incubo.

E quella mattina era spuntata un'altra grana.

I consigli della mamma portano sfiga. È l'ultima volta che la sto a sentire...

Era una giornata assolata, calda e tutto sommato allegra. I raggi di un sole ancora tiepido filtravano dalle tapparelle delle finestre disegnando centinaia di piccoli parallelogrammi sulle mura interne, nei corridoi e sulle scrivanie arruffate degli uffici.

Per via di un erroraccio di trasmissione degli atti da parte della cancelleria, la scabrosa vicenda era stata frettolosamente affidata a un magistrato di cinquantasette anni, alto, magro e con la faccia severa. Una specie di Charlton Heston, ma sempre incazzato.

Nell'ambiente era sempre stato considerato un ottimo professionista, duro ma giusto. Lavoratore metodico, intransigente e concreto. Un pit bull che non mollava l'osso neanche se lo prendevi a cinghiate e se l'osso ce l'avevi stretto in una mano, te la staccava di netto.

Trovarsi sulla sua strada nelle vesti di indagato o imputato significava farsi il segno della croce perché peggior cosa nella vita non ti poteva capitare.

A Gianluca Mari mancava solo di entrare nella stanza e lasciare sulla scrivania quel documento che spiegava tutto. Alla fine, nonostante l'umore sotto i tacchi, riuscì a trovare il coraggio.

Quando il sostituto procuratore iniziò a leggere l'atto dei carabinieri di Settimo Naviglio, fu imperturbabile. E lo fu anche quando prese coscienza dell'accaduto e posò lo sguardo sul nome della vittima, Consuelo Tanguenza.

A vederlo così, sembrava che stesse diligentemente esaminando un fatto nuovo su cui avrebbe iniziato a lavorare con tutta la tenacia di cui era capace.

L'impressione era che per il dottor Marco Tanguenza fosse tutto normale.

Ma era solo un'impressione. In quelle poche righe che camminavano per conto loro, a zig zag, montando una sull'altra e crollando all'improvviso, ci stavano il dolore e la paura più feroci.

Non poteva essere altrimenti, essendo suo padre.

Il famigerato cuore di pietra di Marco Tanguenza, dannazione dei criminali e angoscia degli innocenti, divenne un piccolo cuore di vetro.

70

Consuelo alla fine è stata fortunata.

Per come si erano messe le cose all'inizio, le sue condizioni sono tutto sommato confortanti.

Nel momento in cui l'ambulanza arrivò sul posto la conturbante showgirl era praticamente in fin di vita. Non era cosciente, aveva il volto sfigurato e respirava a fatica come chi potrebbe smettere di farlo da un momento all'altro. Una gamba, sotto il ginocchio, era quasi del tutto maciullata.

Trasportata al reparto di rianimazione, la giovane era entrata in un breve periodo di coma a causa delle lesioni alla testa, poi le emorragie interne si riassorbirono e Consuelo uscì dallo stato di incoscienza. Fu quello il momento più difficile.

Continuava a respirare con difficoltà (aveva cinque costole rotte che le avevano forato un polmone) e sentiva un dolore diffuso in tutto il corpo con fitte come coltellate alla gamba sinistra.

Consuelo mostrò una forza d'animo irriducibile e commovente. Le parole incoraggianti dei medici tradivano inquietudine, ma mamma Anna e papà Marco, con il quale non parlava ormai da due anni, le iniettarono amore e fiducia.

L'equipe di chirurghi decise di non amputare la gamba straziata. E da lì ebbe inizio il lento recupero.

Ma cos'era realmente accaduto quella notte?

Per quanto riguardava la ricostruzione del fatto, rimanevano molti punti oscuri.

Nel rapporto dei carabinieri risultava che i segni delle frenate erano poco marcati, come se il conducente avesse potuto frenare con più energia ed efficacia. Inoltre, la scia della macchina confermava la sua strana traiettoria: l'auto aveva inspiegabilmente sterzato per poi bloccarsi vicino al muro sul quale era stata inchiodata Consuelo. La cosa più strana era che su quel muro non erano state ritrovate tracce dell'auto!

Il conducente non aveva prestato soccorso e se l'era filata. Eppure un particolare incomprensibile ballava macabro nella mente di tutti. Qualcuno aveva suonato al campanello della casa di fronte a dove era stata ritrovata la ragazza.

L'anziana signora Isa Barozzi era rimasta sola a Settimo Naviglio perché figlio e nuora se ne erano andati a farsi un fine settimana a Santa Margherita Ligure. La moglie pigolava da giorni e Domenico Barozzi, per non rovinarsi la due giorni marittima, aveva tagliato la testa al toro: l'ingrato compito di restare a cuocersi nella bollente periferia milanese per badare alla casa spettava alla vecchia. Altrimenti l'appartamento sarebbe rimasto in balìa di se stesso!

Isa, richiamata dal suono del campanello, aveva notato quel corpo riverso sull'asfalto e si era attaccata al telefono per chiamare il 118.

Chi aveva suonato alla signora Barozzi?

Lui. Era stato lui.

Infine, secondo i medici che l'avevano curata, le ferite sul corpo della ragazza erano strane. Non tutte sembravano il risultato dell'urto con un'auto.

Secondo il professor Gregorio Pevis, primario del reparto di ortopedia dell'ospedale Niguarda dove la ragazza era ricoverata, Consuelo Tanguenza era stata presa a bastonate.

71

Roba da pazzi.

Pensa che l'avevo vista pochi minuti prima, e stavo pure per imboccare quella strada!

Alle quattro del pomeriggio, non appena si calò dal letto, Fabrizio apprese la notizia dello strano incidente capitato a Consuelo Tanguenza. Una decina di SMS provenienti dalla sorella, dalla mamma e da vari amici del bar lo destarono dal torpore in cui un mal di testa punitivo lo stava avviluppando, strizzandogli la cervice come una spugna.

Troppo bere.

In un batter d'occhio prese due Aulin per mandar via l'emicrania, una compressa di Maalox Plus per proteggere lo stomaco dall'Aulin e tre gocce di Guttalax per combattere l'azione costipante del Maalox.

Accese la TV, si infilò con difficoltà i jeans *(nooo!... sono ingrassato ancora?)* e si catapultò alla porta dell'ex commissario per saperne di più. Ma non era ancora tornato...

Aimè è una brava persona, ma quando serve non c'è mai.

Fabrizio aveva le idee chiare.

Gresset come professionista non si discuteva e Montagnèr per quel tipo di misteri c'era tagliato. Non per niente era stato lui a scoprire con tre puntate in anticipo chi aveva ucciso Laura Palmer. Insieme ad Aimè avrebbero risolto il caso in serata.

Pensa riuscire a beccare quel criminale per primo!

Sentì movimento al pianerottolo e il vecchio commissario fu suo. Non aveva ancora infilato la chiave nella toppa che...

«Aimè hai saputo?»

«Sì, certo».

«Mica possibile che sia stato un incidente, vero?»

«No, figurati. Senti Fabrizio stasera ci sei a cena? Andiamo a Milano?»

«Sì, ok. Ma chi è stato?»

«Te lo dico dopo».

Fabrizio ridacchiò e se ne tornò in casa.

Solo a quel punto si rese conto che il suo cervello era intasato da una melassa dolcissima che gli faceva vedere tutto giallo, rosa e arancione.

Di solito, il giorno seguente a una notte difficile, Montagnèr se ne sta zitto zitto tutto il tempo a smaltire le tossine, gonfiandosi di Coca-Cola, ruttando e guardando la televisione.

Quel pomeriggio invece sembrava nuotare in un barattolo di miele! Carlotta Magonio, ormai, era un gol a porta vuota.

Poche seghe.

Non era ancora successo nulla fra loro due, eppure Fabrizio vedeva evolversi favorevolmente la situazione.

Roba tua, Montagnèr.

Poi, mentre stava azionando il Vortex FK Deluxe, un ventilatore capace di spettinare l'intera Pianura padana, fu colpito a tradimento da una sberla di lucidità.

Sì ma... quando la rivedrò?

72

In certi casi bisogna piangere.

Carlotta e Ginevra stavano ricevendo un trattamento di

ossigenoterapia al Tropical, un centro estetico grande quanto un supermercato e attrezzato come un laboratorio di ricerca biomedica, quando la sconvolgente notizia le raggiunse.

Solo qualcosa di veramente robusto avrebbe potuto stanarle.

La bomba arrivò per vie traverse, tramite l'intercettazione di un dialogo fra due estetiste che parlavano concitate nella saletta accanto.

Ginevra conosceva un pochino Consuelo e scoppiare in un pianto dirotto fu l'unica soluzione possibile. Carlotta, dal canto suo, non se la sentì di lasciare sole le lacrime dell'amica e dopo pochi secondi si ritrovarono ad annaffiarsi reciprocamente le guance, il collo, le spalle, la schiena! Incollate come due figurine adesive e impiastricciate di crema al limone e cetriolo.

Ginevra sentì la mamma per ottenere tutte le informazioni necessarie e avvertì Simone dell'accaduto il quale pensò tre cose:

1. *Ti pareva...*
2. *Bene che vada penseranno che porto sfiga.*
3. *C'è qualcosa che non torna.*

Carlotta, nei giorni successivi, accompagnò Ginevra all'ospedale, si fece in quattro per essere sempre a disposizione, raccontò tutto quella che poteva essere utile alla caserma dei carabinieri di Settimo Naviglio ed esultò con l'amica quando seppe che Consuelo, ormai, era fuori pericolo.

Insieme decisero che non aveva senso restare lì ad aspettare chissà cosa e che il viaggio in Grecia si sarebbe comunque dovuto fare.

In fondo era andato tutto bene.

73

La gioia più inebriante nella vita di Marco Tanguenza è stata apprendere la notizia che sua figlia ce l'avrebbe fatta.

Adesso però sta venendo il difficile.

Nei momenti di massima concentrazione il magistrato è solito ritirarsi nella spaziosa terrazza del suo attico situato a poche decine di metri dalla villa padronale della famiglia De Amicis. Sua moglie ha sempre troppo da fare in casa e chiuso nello studiolo gli viene il blocco.

Il meglio di sé lo dà sprofondato su quello sdraio a righe verdi e arancioni, mentre pensa e ripensa con un vecchio Diabolik in mano. Un po' legge e un po' pensa. Quel fumetto lo ispira e gli allarga le vedute. Se al posto dell'ispettore Ginko ci fosse stato lui, Diabolik sarebbe ammuffito a San Vittore dall'albo numero uno. Questo è certo. Non a caso è stato lui a risolvere molti di quei casi impossibili che costringevano gli inquirenti più esperti a brancolare nel buio.

Il sostituto procuratore sta rimettendo insieme i cocci di questa sciagura.

La carriera di Consuelo può considerarsi conclusa. La gamba è ridotta male, ci vorranno interventi su interventi per ridarle un aspetto accettabile. E non potrà più tornare a camminare come prima. Di fatto resterà zoppa. Pure il viso non sarà quello di un tempo e anche il chirurgo plastico più in gamba del mondo non riuscirà a farla riappropriare di quella bellezza sconcertante che era croce e delizia della sua unica figlia.

Marco, più volte, si era ritrovato a pensare che se la sua Consuelo fosse stata meno bella, metà dei problemi, delle difficoltà, delle incomprensioni si sarebbero risolte da sole. Non aveva mai approvato la strada che Consuelo aveva intrapreso. Era una strada sporca e senza futuro. Uno squallido vicolo cieco.

Ma era il sogno di sua figlia.
Adesso l'unica ragione di vita di Marco Tanguenza è trovare chi l'ha ridotta in questo stato. La felicità del magistrato dipenderà unicamente dall'infelicità di quel vigliacco…
In realtà, se l'inconscio non giocasse quei brutti scherzi con cui è solito celare, trattenere ed espellere a suo piacimento le verità più difficili, il padre di Consuelo sarebbe già molto vicino a risolvere il mistero.

74

Fabrizio punta tutto sulla Sagra del Risotto.
Fra poche ore la festicciola del paese avrà inizio e, secondo i suoi calcoli, Carlotta dovrebbe esserci (novanta per cento). Anche solo per un'insana curiosità. Lei e le sue amiche sono il classico gruppo di stronzette snob, ma stavolta non potranno resistere al richiamo della foresta (televisiva). Un salto ce lo faranno di sicuro! Con tutti quei giornalisti, piazza del Mercato diventerà il *red carpet* della Notte degli Oscar.
E Fabrizio Montagnèr se la giocherà in casa. A Settimo Naviglio ormai è conosciuto da tutti, e anche se i fasti di Marina di Stradella sono solo un bagliore lontano, la Sagra del Risotto è il teatro ideale per giocarsi le proprie carte. L'atmosfera un po' magica da festa di paese, il profumo delle salsicce sul carbone, l'effetto confondente di litri e litri di vino, la musica dal vivo con la cover band di Vasco Rossi faranno il resto.
E poi le telecamere, pronte ad aggiungere bollicine alla serata e a richiamare tutti, proprio tutti, coloro che abitano nella zona.
Forza vecchio Fabrizio!
È come se lo urlassero migliaia di persone. Si è stancato di questi giochetti da bambini. Basta perdere tempo!

Qui il "tempo delle mele" finisce e comincio io.
Montagnèr, quando fa sul serio, tanto di cappello.

75

«Ha telefonato papà».

«Mamma, ti prego...».

Teresa Magonio e sua figlia Carlotta stanno appoggiate con i gomiti sulla ringhiera del balcone.

La mamma e il fratello sono andati a trovarla come quasi ogni settimana. Quando non vengono loro è Carlotta che torna a Pagliera di Lainate, portandosi dietro tutta quella roba impossibile da stirare!

Teresa e suo figlio Giacomo vivono ancora insieme. La mamma continua a fare la professoressa di italiano, latino e greco al liceo classico di Rho (quello dove aveva insegnato Roberto Vecchioni) e suo figlio studia ingegneria. Ma con calma. Se l'è presa comoda. A Pagliera di Lainate, nella villetta bifamiliare a tre piani, Giacomo ci sta come un pascià: il giardino, la tavernetta dove si può fare i fatti suoi e la mamma che spadella che è un piacere. Perché mai dovrebbe muoversi da lì?

Gli dispiace solo che Carlotta si sia trasferita nella casa dove abitava la nonna, ma la distanza irrisoria gli permette di vederla quando vuole.

C'è un po' di vento questa sera e il sole sembra avere finalmente esaurito le energie. Gli ultimi respiri sono deboli raggi rossi che ripassano il profilo dolce di Carlotta.

Certo che mia figlia è proprio belloccia...

«Senti Carlotta, stavolta ha detto che torna sul serio...».

«Basta con 'sta storia pietosa, mamma... Lo sai pure te che non è vero. Quello che ti fa più male è che se ne sia fregato così schifosamente di noi. Sappi che anche a noi non ce ne sbatte più nulla! Quindi diglielo! Così non dovrà più inventarsi quelle balle pietose. E anche tu potrai finalmente smettere di raccontarci le favole per non farci incazzare».

Quando Carlotta parla con la mamma di questa storia, deve guardare da un'altra parte. Deve nascondere gli occhi. Fanno brutti scherzi. Basta un attimo di distrazione ed è già troppo tardi! Perché tutto ciò che hai pensato, detto e fatto per anni e anni non vale più niente di fronte a quegli occhi rossi e lucidi che devi asciugarti veloce veloce.

Nell'appartamento accanto, un bambino urla a perdifiato perché vuole andare alla Sagra del Risotto ma la mamma gli dice che in questo momento in paese c'è un uomo che fa le cose cattive e ruba i bambini. Ora si distingue solo il rumore delle padelle che cozzano.

L'orizzonte, offuscato dai tagli rosa del sole tramontato, lascia intravedere il palazzo sbilenco, le onde azzurre del nuovo polo fieristico di Milano-Rho. Carlotta conosce un sacco di persone che ci lavorano. Finirà laggiù anche lei? Non le dispiacerebbe.

Magari per Expo 2015.

Troppo tempo. Sembra la vita di qualcun altro. Incredibilmente lontana per sentirla davvero sua.

«Mi ha detto poi che ti ha chiesto l'amicizia per quel robo... come si chiama?»

«Facebook, mamma!».

«Ecco sì, Facebook... dice che non gliel'hai concessa, ci è rimasto molto male».

«Rimasto maleee?... Scusa mamma oggi è stata una bella giornata, perché me la vuoi rovinare? Sono cinque anni che non mi vede e quello che gli viene in mente è chiedermi l'amicizia su quella stronzatina di Facebook! Digli che l'amicizia su FB se la può cacciare dove sa lui!».

Menomale che non le ne sbatteva più niente. Pensa mamma Teresa, cucendosi la bocca per non ferire Carlotta.

«Senti, non è che li hai tagliati troppo corti i capelli?»

«No no, sono legati e mi viene questa codina patetica, ma quando sono sciolti sono giusti, alle spalle», e poi, abbassando la voce «piuttosto mamma, la smetti di ingozzare Giacomo: avrà preso altri cinque chili!».

«No cara, lui è sempre fuori e poi ha ventisette anni, non so se te ne sei resa conto».

«Sarà...».

«Piuttosto il gatto, non lo vedi che è una palla?»

«Mamma è la razza, devono essere ciccioni, se sono magri vuol dire che sono malati. È la loro costituzione! Devono essere delle palle... un po' come te!».

E Carlotta, con gli occhi che finalmente le ridono, si appiccica alla mamma da dietro, le abbraccia tutta la pancia e la ricopre di baci sulle guance, le spalle, la nuca. Una marea di mega bacioni che si sentono dall'appartamento accanto.

«Basta Totta, vai da Giacomo!».

Allora Carlotta si presenta in piedi davanti al fratello stravaccato sul divano, che sta guardando il prepartita: «Ne vuoi anche te?», e lo dice con quel sorrisino furbo che ha sempre costretto Giacomo a chiedersi come facciano gli uomini a resistere alla sorellina più bella del mondo! Carlotta ci si siede sopra e gli fa lo stesso trattamento, poi Giacomo la ribalta, la immobilizza e le ordina di chiedere pietà.

È stato così fin da piccini, si sono sempre stropicciati. Baci e morsi. Per anni Giacomino era riuscito a gestire con relativa facilità la piccola Totta, bambina dolce e chiacchierona. Poi, con la fine dell'età puberale, Carlotta aveva preso decisamente in mano le redini del gioco. E si divertiva un mondo a stuzzicare in tutti i modi quel fratello pacioccone! Per ristabilire l'ordine costituito Giacomo era costretto a soggiogarla d'autorità, e allora Carlotta si divertiva ancora di più. Come adesso.

«Mamma, Giacomo mi fa male!», con tutta la voce piagnucolosa che sa tirare fuori. Suona il campanello.

Cavolo no, di già! Sono in ritardissimo.

Alla fine ce l'ha fatta a convincere le sue amiche a venire a questa benedetta festa del risotto: ci sarà pure Ginevra. È il giorno della verità.

76

La piazzetta è già stracolma di gente. Di ogni età. Sono le otto spaccate e a quest'ora le famiglie hanno preso posizione al gran completo. Tutti i tavoli di legno con le tovaglie a quadretti bianchi e rossi sono occupati, c'è solo lo spazio libero di fronte al palco.

Colonie di cicale si esibiscono prima del concerto e il fumo della brace appena accesa avvolge tutto. Si arrampica fino al primo piano del numero civico 5 di piazza del Mercato dove eccita i trasmettitori olfattivi di Umberto e Renato.

Eccoli lì sul terrazzo. Stanno giocando a briscola mentre fumano e biascicano parole che le sigarette agli angoli della bocca fanno zoppicare. Hanno fatto casino con i mazzi delle Modiano e ora si ritrovano all'ultima mano tutti e due con due assi di briscola.

«Umbè sei fottuto».

«Ihihih!», se la ghigna Umbè.

Ogni tanto guardano giù per vedere come butta la situazione.

In un altro momento storico, di fronte a questa scenetta patetica di allegro entusiasmo paesano, i due sportivi si sarebbero messi a piangere dalla disperazione. Ma adesso è un'altra storia: l'immagine che riempie la vista rievoca piacevoli frammenti di infanzia.

Umberto ripensa alla sera del 31 dicembre, notte della

"vecchia strina", quando doveva dormire con gli occhi chiusi perché sennò arrivava la vecchia strega e glieli bruciava.

Renato invece si ritrova per pochi attimi ad Altopascio, ai tempi in cui era un bambino gracile e si sentiva importante mentre portava i vassoi da una parte all'altra del campo sportivo durante l'indimenticabile sagra della polenta a palle.

«Renato chi è stato?»

«È troppo presto, le televisioni dicono che anche gli inquirenti sono lontani dalla verità. Si sa solo che non è stato un incidente».

«Vabbè, grazie al cazzo, fin qui c'ero arrivato anch'io. Comunque stavo pensando: noi due stiamo facendo il possibile, questo è sicuro. Ma i risultati sono quelli che sono. Dobbiamo dare una scrollata all'ambiente. Se ci facessimo aiutare da un investigatore privato?». Umberto non ne vuol proprio sapere di rassegnarsi.

«Come nei film?», Renato crede di sognare. Da qualche giorno gli pare di vivere all'interno di una comunità di Hobbit. Stanno accadendo cose fuori dalla sua immaginazione. Guarda in basso verso tutta quella gente. Se non sbaglia, la ragazza con la maglietta a quadri bianchi e neri che sta facendo la fila per il risotto è… non importa chi è. Ha giurato sul suo onore di non pensarci più.

«Esatto Renato, come nei film».

«Potrebbe essere un'idea *(di merda)*». Boriani alza gli occhi al cielo: «A proposito, Consuelo come sta?»

«Così così, ancora non capisce… la gamba è messa male e le cicatrici sul viso sono ancora coperte dalle bende, per fortuna». La mente di Umberto non riesce a elaborare un'immagine del volto di Consuelo anche solo leggermente diversa da quella che lo ha stregato per anni come in un incantesimo.

«Quindi?»

«Quindi Consuelo è finita».
«Secondo te... lui è qui stasera?»
«Sì».
Meglio distrarsi un attimo.
«Ascolta Umberto... che facciamo? C'è una serata tosta al Pineta di Milano Marittima, alcuni miei compagni di squadra hanno il tavolo al Twiga, in Versilia, e Max ci ha invitato a casa sua per un'orgetta con una quindicina di modelle ucraine e moldave. Poi dovrebbero arrivare pure un paio di vallette de *L'eredità*. Umbè, sono veramente bone. Te che dici?»
«Io dico Sagra del Risotto».
«Ok».
Anche solo per quel profumo di polletto alla griglia che arriva fin lassù, per stasera, è la scelta giusta.

77

Carlotta sembra distratta ma ascolta attenta, a cavalcioni su una panca vicino al palco.
Voleva mettersi sportiva, ma alla fine sono arrivate le sue amiche vestite come modelle di Armani e si è dovuta adeguare. Ha una magliettina elegante a quadri bianchi e neri praticamente senza maniche, con il colletto alla coreana. Jeans a pinocchietto che terminano con un bordo abbastanza vicino alla caviglia e sandali alti con il plateau.
Siamo messe troppo a fighettine! È una sagra. Che ci incastriamo vestite così?
Si è tenuta la codina alta e ha gli occhi truccatissimi.
C'è troppa gente... Da una certa ora sono arrivati ragazzi un po' da tutte le parti e le telecamere registrano alla rinfusa. La musica è bella e quando c'è la canzone giusta le amiche di Carlotta la prendono e la portano a ballare. Poi ritorna a

cavallo della panca. Davanti a sé, nella stessa posizione c'è Ginevra. Sulla difensiva.

Carlotta si guarda un po' intorno mentre segue seria seria i ragionamenti di Ginevra.

Ginevra non lo sa che la sua amica, la più brillante e agguerrita ragazza che conosce, ha già tratto le sue conclusioni.

Dopo qualche giorno da quella fatidica notte, Carlotta aveva ricevuto una mail privata su Facebook.

Non poteva che essere Montagnèr... lo sapeva che l'avrebbe cercata! Carlotta aveva sempre avvertito netto il potere sconfinato che esercitava su di lui. Anche quella sera mentre si stava ripassando la matita e spalmando profusamente il mascara pensava agli effetti che i suoi occhi supertruccati avrebbero provocato su Fabrizio (alla festa lo avrebbe incontrato sicuramente). Lo voleva abbagliare!

Quanto alla mail, se l'aspettava. Quello che non si aspettava era il contenuto: una storia assurda e crudele. Folle. Più folle persino di ciò che era capitato a Consuelo. L'aveva riletta tre volte per essere sicura di non trovarsi in un film. E alla fine non ci poteva credere lo stesso.

Il progetto iniziale di Fabrizio prevedeva di limitare il messaggio a due righe distratte. Un paio di cazzatine simpatiche con l'intento di farle capire che si ricordava l'indirizzo Facebook e che, nonostante tutto, le parole di "Totta Magonio" per lui erano importanti.

Senza scoprirsi troppo.

Poi si fece prendere la mano e il risultato fu una lettera documentale formato Dossier Mitrokhin. Roba pesa. Raccontò tutto quello che c'era da raccontare di quella vecchia storia, formulò una sua ipotesi sul movente del pestaggio e chiosò con mille paroline dolci tutte per Carlotta.

A fronte dell'enfasi epistolare alla Cyrano de Bergerac, la risposta tardò solo un paio di giorni e fu lapidaria: «Ho parlato con Ginevra, mi ha detto che l'hai importunata, molestata, picchiata. Non la facevi più vivere. Per questo ha chiesto aiuto a Fabiano Zucchelli che ha esagerato. Complimenti».

Montagnèr si sentì accerchiato dal gelo come se la sua camera da letto si fosse trasformata in un iglù.

Troia Bastarda Pazza Delinquente.

Il poker di imprecazioni riassumeva pienamente il pensiero di Fabrizio riguardo a Ginevra De Amicis. Schifato, rispose a sua volta con poche righe: «Chiedi a Ginevra di mostrarti anche solo una telefonata, un messaggio, un testimone, qualsiasi cosa che possa provare le puttanate che ti ha riportato».

«L'ho già fatto».

78

Non è stato facile.

Per niente!

Da una parte la storia brutale e scabrosa che le aveva raccontato Ginevra, dall'altra le troppe parole di Fabrizio, (quasi) perfetto sconosciuto. E poi Ginevra era la sua migliore amica, non le aveva mai mentito e quando aveva chiesto un consiglio, un aiuto, qualsiasi cosa, lei c'era.

Tre anni passati a sorridere, piangere, gioire e soffrire insieme avrebbero dovuto pur valere qualcosa!

Quindi Carlotta, dopo aver studiato i fatti con appassionata puntigliosità, riflettuto sulle sfumature più recondite, soppesato tutti gli elementi possibili e immaginabili, decise di credere a...

Montagnèr.

Proprio così. Troppe cose non tornavano, a cominciare dall'atteggiamento incolpevole di Fabrizio quella notte al

Cabiria, al fatto che Ginevra non le aveva mai raccontato niente del fattaccio, alla frettolosa cancellazione del profilo falso di Facebook come a impedirle nuovi contatti con il tipo.

E poi quella domanda subdola con cui aveva messo all'angolo Ginevra... era una richiesta semplice ma aveva un significato preciso: "Ginevra, non ci credo". Mentre concludeva la domanda già si sentiva male. Per l'amica. Avrebbe voluto che Ginevra le avesse risposto sicura, piena di rabbia, che le avesse sciorinato una serie infinita di prove a dimostrazione di quanto Carlotta si fosse sbagliata su quell'infame di Fabrizio Montagnèr!

E invece le cose erano andate diversamente e il tutto si era chiuso e deciso con poche, leggere, infide parole.

«Ginevra che bastardo... mi dispiace davvero. Senti, mi fai vedere che messaggi ti scriveva?»

«...li ho cancellati, non ci voglio più pensare a questa storia».

Carlotta guardava da un'altra parte. Ci stava male a pesare su quei lunghi occhi verdi insieme ai quali aveva visto il mondo per tre anni della sua vita. E che adesso stavano mentendo senza difese.

Dopo suo babbo (inarrivabile) questa era stata la delusione più grande di sempre. Carlotta stava per mettersi a piangere.

Per fortuna non si era sbagliata su Fabrizio. Magra consolazione. Però era vero: *quel buffoncello è proprio identico ai ranocchi dello Zambre!*

79

Bartolini, Ricci, Del Zanna, Ciaccia, Montagnèr e persino il commissario Gresset che non voleva assolutamente perdersi la serata, si muovono in fila indiana fra panche, tavoli, tovaglie inzuppate di vino, tappeti di bicchieri frantumati e un fiume di persone che sembrano farlo apposta a camminare sempre controcorrente.

Si sono imbottiti di risotto allo zafferano, salsicce e cosce di pollo. Più che camminare oscillano. La damigiana da quindici litri che ha portato il Ricci li sta prendendo per mano allo scopo di portarli in un mondo felice, fatto di sentimenti semplici e veraci, lontano anni luce dalle complicazioni di tutti i giorni.

«Fabrizio, dobbiamo girare ancora molto?», chiede Jacopo Bartolini, storico istruttore di pratica all'autoscuola Strizzi.

Jacopo, per anni, aveva svolto il suo lavoro con dedizione e puntigliosità. Poi si era rotto i coglioni e aveva iniziato a farsi le canne in auto mentre gli allievi imparavano a guidare.

Come se non bastasse gli era presa la fissa del *Porker*. Una droga. Si ritrovavano a casa del Ricci e giocavano a "poker" (una sera si aggregò anche Montagnèr che ne uscì pienamente soddisfatto). Il punto era che sul panno verde adagiato sopra il tavolo non c'erano le carte. C'erano solo le *fiches*. Che strano gioco era? Era strano ma si divertivano molto. Sotto il tavolo una escort mulinava come un'aspirapolvere impazzita. Ogni giocatore puntava su chi, a suo parere, stava ricevendo il servizio. Bluff e contro bluff. Una manna. Il brivido dell'azzardo e il godimento fisico allo stato brado.

Il Bartolini ne fu rapito e si fidelizzò al gioco. Era sempre il primo a presentarsi e l'ultimo a togliere le tende. Per mantenere il ritmo forsennato autoimpostosi fu costretto a sborsare un quantitativo di denaro a cui non riusciva più a fare fronte. Era un problema, doveva inventarsi nuove fonti di guadagno.

Un pomeriggio uno dei suoi allievi prese male la curva,

montò sul marciapiede e sfondò il cancello della segheria Falorsi SAS.

Dario Monechi aveva fatto qualche tiro dal cannone farcito con la migliore erba boliviana trovata sul mercato dall'istruttore e intorno al fattaccio si alzò un polverone che non finiva più. Per giustificarsi il ragazzo aveva raccontato tutto ai genitori, scatenando un pandemonio che aveva gettato l'attività sotto una pessima luce.

La verità è che quei due-tre tiri di canna non c'entravano niente. Dario Monechi, semplicemente, era un somaro, una chiavica, un ragazzino negato alla guida. E si sarebbe schiantato contro il cancello della segheria sia se quel pomeriggio si fosse fatto una pera sia se avesse degustato una tisana. Almeno così disse Jacopo Bartolini il quale poi, stufo della sfiducia che aleggiava intorno all'autoscuola dello zio, convinse quest'ultimo a impostare il discorso manageriale in modo differente.

Lo zio aveva idee antiche, obsolete: «Il mondo sta cambiando e non sta certo qui ad aspettare noi!». Era arrivato il momento di prendersi le proprie responsabilità e cambiare marcia. La globalizzazione imponeva una qualifica attraverso la quale distinguersi nel panorama auto-scolastico dell'hinterland milanese. I temibili signori Pompei, proprietari dell'omonima scuola guida di Cornaredo e acerrimi rivali da una vita, avevano aperto all'Oriente. Dovevano rispondere con una manovra altrettanto saggia. Fu così che l'autoscuola Strizzi mise la quinta e prese le sembianze che tuttora conserva: un porto sicuro dove cinesi, rumeni e peruviani possono comprarsi la patente a prezzi più che onesti.

Tutto questo per sottolineare un fatto: Jacopo Bartolini era l'amico più affidabile con cui Fabrizio aveva legato da quando operava su Milano.

«No no, tranquilli», rassicura il nostro PR in esilio «basta girare a vuoto! Arriviamo fino al palco e poi ci fermiamo».

Il gruppo compatto sbanda contro il tavolo dove Fabiano

Zucchelli e *company* stanno facendo un brindisi (Montagnèr non se ne accorge) e si sofferma di fronte ai due campioni che firmano autografi, seduti all'angolo di un'altra tavolata.

Strano, stranissimo, impossibile!

Incontrare Renato Boriani e Umberto Barà alla Sagra del Risotto di Settimo Naviglio è come incrociare Flavio Briatore sul pedalò a largo di Marina di Bibbona.

E comunque: perché bazzicano sempre in zona?

È un comportamento sospetto, deve assolutamente parlarne con Gresset. Intanto si fermano e fanno una foto insieme ai due campioni.

Stasera ci sono proprio tutti. Quasi tutti.

Dov'è Carlotta?

Montagnèr si sente un pochino in colpa. Lo sa bene che i "suoi ragazzi" non chiedono altro che farsi l'ultimo giro di grappa al bar e andare a collassare nella pista da ballo. Cantando, saltando, prendendo qualcuno sulle spalle da portare un po' a zonzo per la pista, rotolandosi in terra fino a che non finisce la benzina. Come da tradizione.

Anche per Fabrizio è più o meno lo stesso, solo che manca qualcosa. Ci aveva fatto la bocca. Gli sarebbe bastato anche solo vederla.

Mai una gioia...

La risposta di Carlotta («L'ho già fatto»), nell'ultimo disperato dialogo su Facebook, aveva rianimato il Re di Marina di Stradella come una scarica elettrica su un moribondo col cuore in fibrillazione.

Se Carlotta aveva davvero effettuato un controllo sulla fondatezza delle accuse dell'amica, la messa in scena era finalmente terminata!

Meglio ancora...

Adesso può giocarsi la carta della vittima e sperare nel sempre verde "effetto croce rossa".

Montagnèr guarda in su, ci sono tantissime stelle, così vicine e luminose che viene voglia di parlarci.

Fatemela vedere cazzo!

80

Ginevra sta confessando.

Spontaneamente.

Mentre arriva pure Simone. Si siede dietro di lei, l'abbraccia e le dà un bacio sul collo. Un'ape che l'avesse punta in un occhio le avrebbe procurato meno fastidio.

Non è aria, meglio andare a farsi un giro.

Simone si immerge nella folla seguito solo dall'obiettivo di una telecamera. Ginevra sta confessando e piangendo. Non è il posto giusto per fare discorsi seriosi e pesanti, in mezzo a quella confusione, sballottate dalla massa di gente ubriaca che urla e si diverte. Lo sa bene.

Il problema di Ginevra era che non ce la faceva più! Totta ormai aveva capito... La sua amica è sempre stata curiosa come una scimmia e quando si perdeva qualcosa la bersagliava di domande. Stavolta non ha praticamente proferito parola. Le ha posto quella domandina ambigua e poi più niente. Non era da lei. Carlotta doveva essere delusissima e continuare a barare non sarebbe servito a nulla.

Per tutte queste ragioni Ginevra De Amicis si sta liberando la coscienza, aiutata da tre limoncelli che le danno l'ultima spinta per sciogliere quel nodo di bugie.

«Senti Carlotta non so come dirtelo...», aveva iniziato così, per poi proseguire senza neanche dover ricorrere a troppe palle.

Non era vero che quello l'aveva importunata, non era vero niente! Erano tutte cazzate. Solo che un giorno il tipo le aveva detto una cosa brutta. Una cosa bruttissima e cattiva

(«Ti prego Totta non chiedermi quale!») che la fece stare male una settimana. Allora decise di mandare Fabiano a parlarci. Non si aspettava che quell'energumeno arrivasse a tal punto! Davvero non se lo aspettava.

«È stato l'errore più grande della mia vita. Mi sento la peggiore merda del mondo. Credimi Totta, credimi!». Lacrimoni rafforzativi le rigano le guance.

Adesso è lì, prostrata, che invoca una specie di impossibile perdono.

Carlotta non ha voglia di fare tante domande, di chiarire, di approfondire.

Chi non vuole restare in superficie e chiede di spingersi in profondità lo fa a suo rischio e pericolo, giusto?

Non si ricorda dove l'ha sentito, ma ha condiviso. Mette sotto la cenere la parte credulona di sé, quella che continuava a sperare di essersi sbagliata, prende per buona la parte del racconto su Fabiano e apprezza che Ginevra abbia avuto in qualche modo il coraggio di dirle (quasi) tutta la verità.

Per il resto però non cambia niente. Proprio niente. Rimane tutto quello schifo.

È il momento dell'abbraccio. In fondo per abbracciarsi non bisogna guardarsi negli occhi. Si tengono strette strette, guancia a guancia. Anche Carlotta si commuove un po' e le lacrime dell'una scivolano fino alle labbra dell'altra. Poi, con la sua magliettina a quadretti come un pugno nell'occhio, si alza che stanno ancora piangendo, prende per mano Ginevra e vede Montagnèr. Non le sembra più così importante incontrarlo questa sera.

È con quei tardoni del bar che vede sempre giocare a carte e bere aperitivi.

Ma cosa fanno nella vita? Cosa?

Carlotta manda via dalla guancia l'ultima traccia del breve pianto che, mescolata al rimmel, scende giù nera come una lacrima di Pierrot. Un'occhiata: Montagnèr sta scherzando con gli amici, del tutto ubriaco.

Tanto stasera… non conta più niente.

81

Fabrizio in certi casi ha un radar incorporato nel sistema oculare.

All'inizio nemmeno la riconosce con la maglietta "da carnevale" e la coda a fontanella. Prima pensa che quella ragazza sia carina da morire. Poi capisce che è Carlotta Magonio.

Se in questo preciso istante gli si presentasse davanti il papa, il presidente degli Stati Uniti, o la più grande figa della storia dell'umanità, Montagnèr saluterebbe tutti con una pacca sulle spalle e sparerebbe due cazzate. Ma davanti a quella ragazzina è tutto diverso. Non sa mai cosa diavolo fare.

Ha il cervello e il corpo completamente intrisi di vino eppure sente le gambe che gli tremano un po'. Un po' tanto. È lì a pochi metri, in mezzo a mille altre persone. Con la Stronza.

Mammina mia quant'è carogna quella!

Cosa potrebbe mai dire a Carlotta in questo momento? Niente!

Silenzio stampa…

Se proprio deve essere sincero, si sente felice così.

Per quest'estate sono a posto, ne riparliamo a settembre.

E poi, in fondo in fondo, cosa ci sarà mai di più bello nella vita che passare un paio di mesi sereni e appagati sapendo (o sperando?) che la donna dei tuoi sogni sta pensando proprio a te?

Il pareggio in certi casi basta e avanza!

Per Fabrizio Montagnèr si prospetta una signora estate.

Se solo Carlotta non si fosse girata proprio in questo istante, Fabrizio sarebbe sgattaiolato via felice e contento con un bel pareggione in tasca.

Invece si è girata. Si è girata e adesso lo sta guardando. Il viso dolce da sbaciucchiare e la solita espressione a presa in giro. Di più, lo saluta con la mano e le manda un bacio strafottente.

Perché l'ho fatto?

Questa se la poteva risparmiare. Non era il momento! Un dubbio amletico la mette in agitazione: *Non sarà mica così scemo da venire qui a dirmi qualcosa in presenza di Ginevra? No vero!? Avrà sì e no trentacinque anni: speriamo che capisca la situazione e non faccia cazzate.*

Chiedere a Fabrizio Montagnèr di andarsene a casa buono buono, con la coda fra le gambe, senza capire cosa avesse mai voluto dire Carlotta con quel bacio di sfida, sarebbe stato come chiedere a Cristoforo Colombo di non scoprire l'America.

82

Anche Ginevra si è accorta di tutto.

Si capisce lontano un miglio che non è un caso se Carlotta indugia così sfacciatamente su quel demente.

E poi come lo guarda...

Se la bacerebbe lei Carlotta, pur di fare incazzare quel fallito! Sì, anche con la lingua... a mali estremi, estremi rimedi.

Che pensassero pure che siamo due lesbiche! Va pure di moda.

Cosa darebbe per farlo soffrire, per umiliarlo come ha fatto con lei, per metterlo fuori gioco... Davvero, ci vorrebbe un bacio. Peccato che non può. Carlotta non lo ha mai dato un bacio con la lingua a una ragazza e non lo darà mai! E poi non è il momento di fare altre cazzate. Deve solo pensare a leccarsi le ferite. Eppure ogni volta che Ginevra vede Montagnèr le inizia a bollire il cervello.

Guardalo lì!

Con la maglietta a righe orizzontali verdi e blu (sbrodolata di vino) che non riesce nemmeno a coprire quella specie di buzzetta che si ritrova. La barba di una settimana e lo sguardo perso in chissà quali stronzate. Bianco come una scatola di polistirolo. I jeans troppo bassi fanno vedere pure un pezzettino delle mutande rosse!

Quanto è coglione. Cosa mai ci troverà Carlotta (perché ormai è evidente che qualcosa ci trova!) in quel pezzente?

Nel frattempo è stata trasportata nel mezzo della pista a ballare e cantare una canzone di Vasco Rossi che fra l'altro Montagnèr riconosce al volo.

E infatti Fabrizio e il suo gruppo, una nuvola di quarantenni sfatti che sta godendosi appieno i fasti dell'ennesima seconda giovinezza, si catapultano in pista come un Eurostar senza vagoni.

83

Cosa ci fa Marco Tanguenza in mezzo a quel campo?

È un posto strano.

La brezza rilascia profondi respiri. Lunghe onde si distendono sul prato spingendo avanti e indietro le punte dell'erba e i fiori viola spenti dal buio. Le case sono distanti, silenziose. Sembrano disabitate…

Sente quasi freddo, mentre vede brillare qualcosa fra le foglie di erba medica.

Se almeno per una notte Umberto e Renato hanno potuto concedersi il lusso di sospendere le indagini sul "Caso Consuelo Tanguenza" al fine di regalarsi una serata "vino, relax e salsicce", c'è chi invece non ci riesce proprio a distrarsi da questa brutta vicenda. Nemmeno per un secondo.

Il sostituto procuratore Marco Tanguenza praticamente non riesce più a dormire. E quando dorme fa incubi terribili. Poche notti prima era stato ghermito da un sogno che non faceva da quando aveva cinque anni: lo rapivano gli zingari.

In procura stanno cercando di aiutarlo in tutti i modi possibili. Per evitare problemi di incompatibilità il caso è stato affidato al dottor Massimo Nardoni, un magistrato coriaceo come uno spigolo di granito. Una specie di feldmaresciallo Rommel in giacca e cravatta che sbatterebbe volentieri in galera pure se stesso. Ma la sostanza non cambia: è Marco che ha in mano il timone.

I risultati, nonostante l'incredibile spiegamento di forze e il portento delle indagini, tardano ad arrivare. Qui non c'è niente. Non c'è una traccia di DNA (a parte un paio di capelli lunghi come spaghetti di quel buzzurro di Renato Boriani con il quale Consuelo aveva passato la serata), non c'è l'ombra di un testimone, non c'è un punto fermo da cui partire.

Tutte le persone anche solo ipoteticamente informate sui fatti sono state già sentite e non hanno fornito niente di interessante. L'unico che potrebbe avercela con Consuelo risulta il suo ex fidanzato, il grande sciatore Umberto Barà che però all'ora del fatto si trovava mezzo addormentato sul sedile della sua auto nel parcheggio del locale con un sorrisino soddisfatto (stava sognando Karina Amunici?). Avrà venti testimoni.

Sono state fatte indagini su migliaia di auto con ammaccature sulla parte anteriore ma non hanno sortito gli effetti desiderati.

E poi chi l'ha detto che l'auto deve essere ammaccata?

Sembra anzi che l'urto sia stato tutt'altro che violento e che il danno alla gamba sia dovuto non al colpo ma al trascinamento del corpo. Brutta storia. Per ora gli unici elementi certi sono due:

1. Consuelo, se è stata investita, è stata investita volontariamente.

2. Il conducente dopo essere sceso dall'auto l'ha presa a bastonate e l'ha sfregiata con qualcosa di molto tagliente.

Nel pomeriggio, come tutti i pomeriggi, il dottor Marco Tanguenza è passato a trovare Consuelo all'ospedale. Il quadro generale della ragazza sta migliorando ma quello che lo preoccupa è la testa. Parla poco e, quando lo fa, dice cose sconclusionate. I neurologi affermano che è normale, che migliorerà, ma più passa il tempo e più questa storia non gli piace per niente.

Dopo aver cenato con la moglie si è sentito montare la rabbia. Soprattutto contro se stesso. Non stava facendo abbastanza. Altro che starsene lì a rigirarsi nel letto e ad aspettare un sonno che non sarebbe mai arrivato!

Pedalare.

Non era mai stato a vedere il luogo dove si era consumato il fatto. È la notte giusta.

84

«Mi piaci tu, mi piaci tu, mi piaci solo tu… ma come te lo devo dire?», il ritornello lo cantano tutti, pure Carlotta e Ginevra abbracciate come gemelle siamesi.

Fabrizio se le è ritrovate davanti, non l'ha fatto apposta, davvero…

È il destino!

Qualcuno ci vuole unire, questo ormai è chiaro.

Montagnèr festeggia, mentre prende atto di quanto Carlotta stia bene anche con quella codina a fontana e quella ciocca di capelli che le casca morbidamente sul collo. Fra i jeans a vita bassa e la maglietta a scacchi si vedono quelle fossette sopra il sedere che fanno diventare pazzi gli uomini. Eppure proprio lo stesso destino che Fabrizio stava evocando un attimo prima, si diverte a giochicchiare con le parole e le persone, dando vita a un siparietto che si rivelerà una vera tagliola per il nostro PR stagionato.

«Scusa Gine ma qual è il titolo della canzone?», deve quasi urlare, non si sente niente.

«Non l'ho mai capito!».

«Mi piaci tu?», va a logica Carlotta.

Fabrizio lo sa che non è cosa, ma una vocina infrattata in chissà quale tugurio della memoria lo spinge in campo. È la voce del professor Keating de *L'attimo fuggente* (quel bellissimo film che ha segnato la sua giovinezza) e gli sta offrendo un suggerimento ben preciso: ogni momento è quello giusto.

«No Magonio, si intitola *Colpa del whisky*».

Lo conosce appena quel timbro vocale che arriva da dietro, ma sa che è lui.

No, non ci credo, non capisce proprio un... Possibile? Adesso, SENZA GIRARMI, senza dargli la minima importanza, prendo Ginevra e vado da un'altra parte, vado a cercare le altre ragazze, insomma vado.

Praticamente tiene fede a tutto. O quasi.

Mentre inizia a fare i primi passi... è più forte di lei. Fabrizio deve capire che lì davanti hanno sentito tutto, che è stato inopportuno. Un demente totale. Da sopra la spalla lo guarda negli occhi, come peggio non può: gli occhi sono un baratro e lo sguardo è un rasoio.

Sembra che succeda tutto al rallentatore...

Ora non esageriamo, poveretto!

Carlotta, dopo aver notato la faccia di Fabrizio, ci ripensa subito.

E mostrando le belle spalle agli occhi straniti di Montagnèr, gira l'indice parallelamente al suolo come un mulinello. Significa: "Un'altra volta".

Non perde neanche un secondo a osservare la sua reazione, pensa solo a non lasciargli il tempo di replicare.

Una cosa è certa: Carlotta non scorderà mai più il titolo di quella canzone.

85

Pensava fosse meno difficile.

Vedere questo posto gli sta procurando una strana impressione. Lo fa sentire solo. Non c'è niente di particolare intorno alla strada, sul muretto, sopra l'asfalto. Eppure di notte mette un po' paura, non se l'aspettava.

Solo una piccola lingua rossa che striscia lungo il cemento del muro dietro al quale c'è una villetta in costruzione. Quella striscia è il sangue di Consuelo.

Un tremore di rabbia gli arriccia la schiena.

Marco Tanguenza termina un giro all'interno di quell'inizio di casa ancora senza tetto, ma non trova niente di interessante. Esce e la prima cosa che vede è il campo di erba medica, sterminato, che sprofonda nel buio.

Da lì può arrivare qualsiasi cosa. Se tutti non fossero così sicuri che sua figlia sia stata investita da un'auto il dottor Tanguenza cercherebbe in quella direzione. Per questo si inoltra in mezzo all'erba alta e dopo pochi metri nota quel luccichio nella penombra.

È chinato sulle ginocchia e prende in mano un pezzo di vetro. È di una bottiglia di birra rotta.

Non può non aver capito…

C'è qualcosa di familiare in quella scheggia di vetro. Se solo avesse il coraggio di ricollegare un paio di cose, la storia sarebbe già al capolinea.

Forse...

L'inizio del pensiero muore sul nascere come un'alba senza coraggio. Sente intorno qualcosa. Come se ci fosse qualcuno molto vicino.

Basta poco per distrarre il dottor Marco Tanguenza dalla verità.

E poi fa di nuovo freddo...

Orme soffici dietro di lui.

86

Ci rinuncio.

Ho provato in tutti i modi, ma è una battaglia persa. Non è roba per me. Carlotta Magonio è una scemerella viziata. Gasatissima!

E non importa se adesso le sono venute pure le lentiggini. C'è una cosa che fa perdere completamente la testa a Fabrizio: quelle lentiggini incerte che spuntano d'estate alle ragazze con la pelle chiara.

"*Dimmi con chi stai e ti dirò chi sei*". *Bene, lei sta con gente di merda, quindi... Fine dei giochi!*

Montagnèr ha preso la sua decisione e sta girando a vuoto per la piazza. Pende imbambolato come se si fosse preso un cazzotto in testa da Bud Spencer. I suoi amici sono a ballare, ma lui non ha più la carica nervosa e ha perso la voglia. Se potesse, sbaraccherebbe un tavolo e ci si tufferebbe a dormire sopra.

Pure le luci dei lampioni hanno tre aureole di luce invece che una.

Brutto segno. Me ne vado a casa.

Per stasera ne ha (prese) abbastanza. Dà un'occhiata intorno tanto per vedere se trova Aimè Gresset, così ci torna a casa insieme. Mentre Fabrizio e i suoi ragazzi erano andati a ballare, il commissario aveva ripiegato al bar e da quel momento si erano persi di vista.

Ma dove cazzo gira anche lui? Ha settant'anni!

Se per questo ne ha settantadue, e infatti è seduto a un tavolino con l'ultimo cognac della serata che gli sta bruciando nella gola, mentre osserva proprio Montagnèr. Aimè si sta sbracciando da dieci minuti come uno sbandieratore, ma il giovane... niente! Non lo vede.

Fabrizio tira dritto ed entra nel bar Manaresi stracolmo di persone. Non si ricorda dov'è il bagno (a cose normali sarebbe impossibile). Chiede al primo signore che trova davanti dov'è la toilette. Ma il signore non risponde. Sta zitto e lo guarda fisso. Gli ci vogliono altri dieci secondi buoni per capire che è uno specchio.

Occhei, la faccio a casa.

Sta per uscire dalla festa e imboccare una delle quattro strade che fanno da tangenti alla piazza, quando, se la vista annebbiata non lo tradisce, scorge un ragazzotto piegato in due che sta vomitando l'anima sui gradini di un portone.

Quello è Fabiano Zucchelli.

Lo ha riconosciuto dalla cresta dietro.

Di solito, quando Montagnèr beve troppo diventa ancora più mite. Ride per delle boiate allucinanti, perde fluidità nella favella e incrementa esponenzialmente il gettito delle cazzate.

Niente di più.

In rari casi può diventare nostalgico e ci scappa la lacrimuccia. Questa notte, complice l'ennesima battuta d'arresto causata dalla spavaldissima Carlotta, un vento di vendetta sibila fra le cellule cerebrali di Montagnèr.

Eccoci alla resa dei conti!

Quel verme è messo peggio di lui, non si regge in piedi. Eppure vuole andare sul sicuro, ha bisogno di un'arma. Da una tavolata su cui sembra passato Attila coi suoi seguaci, raccatta una forchetta. Di plastica. Lo ha letto proprio ieri sulla «Gazzetta dello Sport». Intorno allo stadio Olimpico di Roma i tifosi si danno le… non si ricorda bene la parola… le…

Le pungolate forse. No no, macché pungolate… le puncicate!

Sì sì, le "puncicate". Piccole coltellate nel sedere. *En passant.* Di passaggio. Sembra che adesso siano di gran voga.

Quando Montagnèr ha letto l'articolo è rimasto molto impressionato. Non cagionano danni gravi e hanno scopo intimidatorio o punitivo.

Perfetto.

Proprio quello che ci vuole. Gli vuole dare una puncicata a quel bastardo. Se lo ricorda bene, con la faccia cattiva che spruzzava odio irriducibile. Nero e temibile come inchiostro velenoso. Se non fosse arrivato Aimè l'avrebbe ammazzato. Sicuro.

Si mette la forchetta in tasca e parte…

Solo dopo un paio di metri sente un braccio pesantissimo sulla spalla e poi, bonariamente, intorno al collo.

È il commissario Gresset.

«Senti Fabrizio, a pensarci bene mi è venuto in mente qualcosa su come può essere andata a quella povera ragazza, Consuelo Tanguenza…».

«Davvero?».

Dietrofront! Ritornano verso la piazza.

«Sì sì, ascolta… e scusa, a che ti serve quella forchetta? Buttala via, dai!».

«In effetti…».

E per la prima volta da quando lo ha conosciuto, Fabrizio si accorge che il commissario, senza quei baffi demodé, sarebbe proprio identico a Giampiero Galeazzi.

87

Il vento ha smesso si soffiare come se anch'esso stesse aspettando qualcosa, in apnea.

Marco Tanguenza si sta voltando, ma è sicuro. L'aria si sposta, vibra. L'erba alta attutisce lo scalpiccìo. C'è qualcuno vicino.

La luna fa sembrare il volto ancora più pallido mentre Marco completa il giro di trecentosessanta gradi e si alza in piedi.

Non c'è nessuno. Eppure li ha sentiti, erano dei passi. Silenziosi. Li ha sentiti!

Non è possibile.

E invece…

La paura è una brutta bestia.

Ti fa udire rumori immaginari, ti fa vedere cose che non ci sono… e ti fa dimenticare quelle che ci sono.

Sarà che l'estate vola via…

88

«Guarda guarda...».

Lo pensa a voce alta, fra sé e sé.

È un giovedì, siamo a metà novembre. Fa freddo ed è già buio.

Tira un po' di vento. Scompiglia i capelli delle donne che camminano sui marciapiedi di via Bergamo (l'unica strada un po' trafficata, vicino alla stazione) e conforta la scelta di Fabrizio: ha fatto bene a mettersi lo sciarpone. Il piumino sintetico è utile quanto un paio di infradito per un eschimese. Per fortuna sotto il giaccone si è tenuto il pile color sottobosco di casa!

È uscito solo per noleggiare *Altrimenti ci arrabbiamo*, un film che gli fa venire il buon umore come una scatola di Prozac.

Mica pensava di incontrare qualcuno!

89

Prima di affrontare uno dei momenti topici della nostra storia ci sarà utile rivivere qualche sprazzo del recente passato.

Per Carlotta e Ginevra è stata un'estate indimenticabile.

Ed è passata troppo in fretta. Un attimo! È durata un attimo: un attimo pieno di cose.

A cominciare dalla vacanza in Grecia, tanto sospirata.

Il gruppetto promotore della vacanza si era via via allargato e alla fine erano partiti in una decina.

Destinazione: Mykonos.

Per Carlotta e Ginevra si era rivelata una vacanza fantastica. Il mare cristallino. Le casette bianche. I vicolini. Le spiagge infuocate con uno stuolo di ragazzi che le riempivano di attenzioni da mattina a sera. E le calette appartate, per rilassarsi in topless, con l'iPod al massimo.

Il bello, poi, veniva di notte. Si sballavano nel tripudio generale, conoscevano gente nuova e, tirando mattina, si spingevano fin dove non avrebbero mai osato nel loro esclusivo contesto milanese.

Lontane mille miglia da ogni preoccupazione. Lasciandosi dietro tutto il resto come se non fosse mai esistito e come se non potesse esistere ancora.

Negli ultimi giorni, dopo che anche Simone era sbarcato sull'isola greca, Ginevra si era data una calmata.

Fino a quel momento, la biondina più sofisticata dell'isola aveva riscoperto la vocazione di insaziabile mangiatrice di uomini che albergava nel suo Io più autentico. O di vera mignotta, come lei stessa affermava con aria giuliva.

Porte aperte a un dee-jay di Civitavecchia, a un piastrellista di Brescia sedicente superdotato, a un attore che aveva fatto la comparsa in una puntata di *Centovetrine* e a un fotomodello greco gay che non disdegnava ribaltamenti di fronte.

Una volta sbarcato Simone, la signorina De Amicis si era buttata su un'altra tipologia di vacanza. Da Mykonos a Medjugorje. In pochi minuti. Un colpo di spugna al recente passato per riassumere le vesti di Maria Teresa Goretti ed erano tornati i baci, i bacini, le paroline sussurrate dentro le orecchie, le notti romantiche rubate al resto del mondo.

Quanto a Carlotta, l'amore si era manifestato. Più o meno. La bella cameriera part-time non aveva dovuto guardarsi troppo intorno per trovare ciò che cercava.

Lorenzo Bignazzi era uno di quei ragazzi di Milano che si erano aggiunti alla spedizione e le prime scintille zampillarono già all'aeroporto della Malpensa. Le manovre seduttive durarono poco perché Carlotta non voleva perdere tempo.

Gli era piaciuto sin dall'inizio: il volto pulito da ragazzo per bene, il fisico sportivo, l'abbigliamento impeccabile (forse troppo), il sorriso rigenerante, i modi delicati. Da non buttare via neppure la decisa propensione agli studi economici che stavano consentendo al giovane di svolgere brillantemente il ruolo di ricercatore presso l'Università Statale di Milano.

E poi era un ragazzo intelligente, semplice e simpatico. Insomma un tipo gestibile, senza tante cazzate per la testa.

Il primo bacio scoccò in una caletta nascosta, vestiti di sabbia e sale, seduti sull'asciugamano che Giacomone aveva prestato a Carlotta per la vacanza. Il cielo frastagliato di rosa, ultimo dono di un sole moribondo, fece il resto.

Sapore di sale, sapore di mare.

Ne era seguita una lunga nottata, fra romantici bagni lunari, baci proibiti e indecisioni più o meno simulate. Perduti di fronte a un mare sempre più galeotto.

L'imbarazzo preliminare stava però andando per le lunghe e pure Carlotta si stava spazientendo. Fino a quando, poco prima che persino l'alba (in)sorgesse, avevano fatto l'amore. Stabilendo tacitamente che non sarebbe stata l'ultima volta.

Per Carlotta era stato il terzo uomo con cui aveva fatto sesso in modo completo.

La sera successiva al bar del Cavo Paradiso, la discoteca

più in voga dell'isola greca, Totta aveva offerto da bere alle amiche e svelato di aver impresso il sigillo numero tre.

Anche il rapporto fra Carlotta e Ginevra era tornato a essere bello e spontaneo come prima. Nella vita si può sbagliare, l'importante è non ripetere gli stessi errori. E far finta di niente. Così, quella storia infausta fu definitivamente messa da parte.

Lo stesso Simone Vezzosi, stigmatizzato e temuto, si rivelò una bella sorpresa e Carlotta, una volta tanto, ammise di aver sbagliato giudizio.

Alla fine, per le due ragazze, era stata la vacanza perfetta. Avevano trovato quello che cercavano e anche molto di più! Sarebbero volute restare lì per sempre, a fare quello che volevano, ubriacate di luce nell'immensa estate ellenica.

Per quale motivo allora, mentre l'Airbus AZ3452 dell'Alitalia stava iniziando le manovre di atterraggio, Carlotta Magonio, tenendo gli occhi chiusi e la testa appoggiata sull'incavo della capiente spalla di Lorenzo, era un pochino contenta di rientrare a Settimo Naviglio?

90

L'estate è un sentimento.

E ognuno lo vive a modo suo.

Accidenti a me che ho accettato questo caso merdoso.

L'investigatore privato David Cramp vorrebbe essere ovunque, ma non lì. Non lì, il giorno di Ferragosto, in quella stanzetta della procura di Milano con un ufficiale delle SS travestito da procuratore della Repubblica italiana che lo sta trattando come se gli avesse scopato la madre.

Accidenti a me che ho accettato questo caso e mi sono trasferito in questo cesso di paese.

Le parolacce non fanno parte del suo rigoroso stile *bri-*

tish ma stavolta non ha alternative. Cosa sono tutte queste domande? Cosa vogliono da lui? Perché non se ne vanno a fan...

Il dottor Massimo Nardoni, seduto dalla parte opposta del tavolo, lo sta scrutando con l'occhio clinico attraverso il quale Alessandro Cecchi Paone analizzerebbe le abitudini alimentari di un criceto tibetano.

Mentre un signore distinto col culo stretto si aggira per la stanza spostando fascicoli su fascicoli, quasi fosse lì per caso. Si vede lontano un miglio che è proprio quest'ultimo a dirigere le operazioni.

I due idioti, il centravanti e il discesista, lo hanno incastrato in una faccenda pericolosa come la merda di cane per un pedone che sta ammirando le stelle.

«Senta signor Cramp, a nostro parere, lei è un cialtrone. Della peggior specie. Un rubagalline da quattro soldi, un'ommemmerda, come si dice al mio paese. Ma finché si limita a spillare denaro a una manica di disperati, la cosa non ci riguarda, fatti suoi e fatti loro. Quello che ci fa veramente incazzare è altro: si sta immischiando in questa storia in modo poco chiaro. Per quale motivo si è messo a pedinare il maresciallo Pinzauti?».

L'investigatore privato David Cramp sta realmente sforzandosi di ricordare, con l'espressione sbigottita di colui che l'ha appena fatta nel cesso della stazione e si è accorto che è finita la carta igienica.

Pinzauti... Pinzauti... Pinzauti... Mai sentito.

Sballonzola sulla sedia come se gli fossero spuntate le emorroidi.

«Pinzauti, della caserma dei carabinieri di Settimo Naviglio», il magistrato sembra leggergli nel pensiero. E lo fissa con il muso famelico da mastino napoletano, mentre picchietta il foglio con una penna disegnando tanti puntini blu.

A David Cramp viene una voglia matta di unire tutti quei

puntini come è solito fare sulla «Settimana Enigmistica». È l'unica idea che gli passa seriamente per la testa.

A Settimo Naviglio c'era finito una volta sola, per dare un'occhiata al luogo del misfatto. Una breve fermata all'edicola davanti alla stazione per comprare quel giornalino provvidenziale che allegava *L'uomo dal pennello d'oro* con Edwige Fenech. Tutto qua. Ah sì, aveva chiesto pure un'indicazione stradale a un uomo seduto sulla panchina. Ma era francese e ne sapeva meno di lui.

Nessun pedinamento, nessun maresciallo Pinzauti. È stato un caso. Il solito colpo di "sculo" che tante volte in passato lo ha fatto riflettere sull'ipotesi di abbandonare questa ingrata professione.

«Scusate, non conosco il maresciallo e non ho pedinato nessuno. Se adesso posso andare, vi ringrazio».

Stavolta interviene il tipo segaligno, che poi è Marco Tanguenza: «Senta, faccia pure il suo lavoro ma non interferisca. E se viene a conoscenza di qualche elemento utile, ma ne dubito, è tenuto a riferire».

«Bah, questo è tutto da vedere, comunque se volete sapere come la penso su questa storia...».

Senza sua figlia di mezzo, il dottor Marco Tanguenza avrebbe messo alla porta il ciarlatano con un treno di calci nel sedere. Ma ora è tutto differente. Più importante. Le sue viscere si infuocano al pensiero di Consuelo.

«Ci dica signor... come si chiama? Abbiamo da fare».

«Signor Cramp. David Cramp. Lo impari questo nome, potrebbe esserle utile. La mia idea è che in questa faccenda ci siano di mezzo i fantasmi».

Lo dice con occhi assenti, senza ironia.

«Senta imbecille, qui non c'è niente da ridere. Se ne vada».

Mentre il signor Cramp apre la porta per andarsene da quel luogo di sciatti miscredenti, pronuncia un'ultima frase, guardando negli occhi prima l'uno e poi l'altro: «I fantasmi del passato».

91

Renato Boriani e Umberto Barà non appena si erano attaccati al campanello "David Cramp, Investigatore dei sogni", al numero 7 di via Morigi in Milano, ci avevano ripensato.

La scelta era avvenuta attraverso una spulciatina delle pagine gialle, folgorati da quella qualifica geniale. Era un simpatico emulatore. Un uomo che sapeva prendere alla leggera il suo lavoro. Ingaggiarlo sarebbe stato l'ennesimo colpo di scena all'altezza della loro nomea!

Il problema è che avevano dovuto penare troppo per trovare parcheggio e si erano fatti un chilometro a piedi sconfitti dall'arsura. Il palazzo dove l'investigatore svolgeva la sua attività appariva desolante. Ai nostri campioni stava passando la poesia.

Questione di pochi secondi... non appena i tre ebbero il primo approccio visivo incrociato, fu amore a prima vista.

L'investigatore, tanto per cominciare, si fece trovare nel suo studio (era solito ricevere nel salotto di casa) intento a completare un puzzle raffigurante la nave Magica della Costa Crociere. Era un tipo giovane, sulla trentacinquina, alto e magro, vestito in modo molto simile al personaggio che imitava. Giacca nera, camicia rossa, jeans. Le mitiche Clarks chiare sostituite da un paio di ciabatte da doccia. Ma per il resto, non c'erano dubbi. Aveva la faccia scavata e i capelli scuri sulla fronte.

CAZZO, DYLAN DOG!

Renato Boriani e Umberto Barà pensarono esattamente le stesse parole e nello stesso momento. Uno schianto di riso trattenuto con la forza della disperazione come a scuola di fronte all'insegnante.

I poster di film horror e gruppi heavy metal, distribuiti un po' ovunque, aggiungevano il tocco di cupezza necessario e conferivano a Cramp quell'aria da detective maledetto che ricercava con tanto impegno.

In poche parole l'investigatore britannico sembrava essere stato evocato da una beffarda seduta spiritica. Ma la messa in scena era da dieci e lode.

Anche i due sportivi facevano sul serio. Abbronzatissimi. Occhiali da sole e magliette con il cuore rosso della Sweet Year. Jeans firmati Roberto Cavalli. Uno biondo e uno moro, come due veline.

David Cramp, inizialmente, aveva pensato a uno scherzo.

Poi li riconobbe e stette ad ascoltare le loro ragioni. Erano imbottiti di soldi e ci tenevano sul serio a svelare il mistero che li riguardava tanto da vicino. Ideali, come polli da spennare.

Dopo aver deciso di darsi del "tu", il dialogo ebbe inizio con questo scambio di parole: «Lo conosci il giallo di Settimo Naviglio? Quello in cui è stata quasi ammazzata Consuelo Tanguenza, una nostra carissima amica?», chiese Umberto conoscendo già la risposta.

«Più o meno», e l'investigatore assunse quella posizione del corpo che tante volte i due amici avevano notato nel fumetto.

Al termine della chiacchierata, i tre si congedarono in questo modo: «Sinceramente, Dylan… cioè David, pensi di riuscire a trovare l'assassino?»

«No. Perché non è un assassino. L'ha voluta lasciare in vita».

«Quindi?»

«Quindi non ha sparso segni o tracce di alcun genere, per

il semplice motivo che forse deve ancora concludere qualcosa...».

«Un serial killer?». Indagò Renato tutto eccitato, attento a non perdersi neanche l'impercettibile palpito di un sopracciglio del professionista britannico.

«No. Nessun serial killer. Sembra più una questione privata».

«Ma Consuelo non aveva nessuno che potesse...».

«Consuelo non c'entra».

«Insomma accetti il caso?»

«Sì, ma ricopritemi di soldi».

92

Tutto questo per comprendere che se il giallo di Settimo Naviglio sembrava insabbiarsi giorno dopo giorno (perdendo, come effetto collaterale, buona parte del suo *appeal* mediatico), nella realtà delle cose le indagini proseguivano massicce e multidirezionali.

Una volta che il fatto di cronaca si era evoluto in un mistero a tutti gli effetti, la popolazione del paesino si sentì chiamata a offrire risposte investigative. Lo stesso Montagnèr non si tirò fuori e prese a stremare il vecchio commissario con una miriade di domande sempre uguali.

«Lo prenderanno?»

«Ora no. Magari in futuro».

«Tu, su chi indagheresti?»

«Su qualcuno che la ragazza conosce, o almeno su qualcuno che è legato a lei per qualche motivo!».

«E la storia che ha suonato alla vecchietta? Dammi retta Aimè, c'è qualcosa che non torna...».

«Bah, potrebbe averci ripensato, forse voleva lasciarla vivere».

«E allora, dimmi chi è stato! Sarebbe la svolta!».

Marzullo. Se sveli il mistero finisci diretto da Gigi Marzullo.

L'intervista a *Sottovoce* era uno dei grandi sogni di Fabrizio Montagnèr.

«Devi arrivarci da te, così sarebbe troppo facile», e se la rideva.

Quello che proprio non riusciva a capire Fabrizio era la ragione per cui, nonostante i mezzi impiegati (prove del DNA, celle telefoniche, telecamere ecc.) non fossero riusciti a venire a capo di niente. E il commissario rispondeva sempre alla stessa maniera, cercando di far capire al giovane che le tecniche di indagine erano cambiate, che tutto si basava su rilievi scientifici e che, per questo, le cose si complicavano invece di semplificarsi.

«Parlando in generale», soggiungeva «è assolutamente inutile cercare di vedere la realtà, perché la realtà al massimo la si può sentire».

«E comunque Fabrizio, la verità, quasi sempre, ce l'hai davanti agli occhi», era la consueta conclusione di Aimè Gresset.

Se la morsa mediatica col passare del tempo si era allentata fisiologicamente, l'enigma poliziesco continuava a solleticare la curiosità e la fantasia di tutti.

Ed era giusto così.

Consuelo non si riprendeva.

I migliori ortopedici avevano operato la gamba martoriata, ricostruendola e cercando di limitare i danni estetici. Come temeva suo padre, il problema era altrove.

La ragazza sembrava imbambolata, non seguiva i discorsi e rispondeva per i fatti suoi. Marco Tanguenza, in un paio di occasioni, si era ritrovato a pensare che quello strazio fosse, in fondo, un benevolo accorgimento del destino per non farle sapere che la sua vita era cambiata per sempre.

Consuelo non avrebbe mai ricordato quell'estate, così

come non avrebbe mai ricordato la persona che ogni sera passava in ospedale, lasciandole un bigliettino sempre diverso.

93

Fabrizio Montagnèr si innamora ogni sette anni.

Non sono discorsi, è matematica. Lo aveva calcolato con le dita per vedere se tornavano i conti. E i conti più o meno tornavano.

Si ritrovò a prendere atto di questa nuova situazione circa un mese dopo lo sfortunato incontro con Carlotta. La sognava tutte le notti e se faceva un sonnellino dopo pranzo la sognava anche di pomeriggio. La sua bocca rossa che sfavillava sul viso da bambina dolce. Era il suo sogno ricorrente. Le labbra si avvicinavano sempre di più, sempre di più e alla fine... alla fine ci stava! Scattava il bacio. Con la lingua. Fantastico. Semplicemente fantastico. Superiore! Quando si risvegliava, però, aveva sempre il morale azzoppato, perché non era vero nulla. Possibile subire una tortura così beffarda e crudele?

Non l'aveva mai presa una sbandata di questo tenore, escludendo Alice Cesarini della seconda B, ai tempi del liceo. Ma era un'altra cosa, un'infatuazione giovanile, anche se bruciante e stracolma di passione.

Stavolta era diverso. Per Carlotta Magonio, il nostro studente con una marcia in meno avrebbe capovolto l'universo! Si sentiva pronto a darle qualsiasi cosa.

Se la sarebbe sposata? Subito.

Figli? Anche domani.

Ci aveva pensato seriamente: un maschio e una femmina. Il maschio uguale a lui e la femmina spiccicata a lei. Un piccolo Poncharello e una bambina dolce dolce con la codina sopra la testa. Già ce li vedeva due marmocchi che alzavano gli occhioni verso il cielo e si ritrovavano la mamma più bella del mondo piegata su di loro.

E poi (ed era l'aspetto più preoccupante) le perdonava tutto. Si faceva sbatacchiare l'amor proprio come non aveva permesso a nessuno. L'odio era enorme ma durava troppo poco! E non capiva perché. Alla fine si era dato una risposta credibile: quella ragazza, sotto sotto, gli faceva tenerezza. Sì, è così, gli faceva tenerezza.

Gli facevano tenerezza le belle tette fatte apposta per fare perdere il filo pure agli uomini più carenti di testosterone, il sedere perfetto, burroso, né troppo grande né troppo piccolo, le gambe affusolate con la caviglia sottile.

Assurdo!

Non se la voleva nemmeno scopare, non gliene fregava niente. Si divertiva più a incrociare lo sguardo di Carlotta che ad andare a letto con Angelina Jolie (questo però si sarebbe dovuto verificare)!

Perché è sempre tutto così complicato? Si interrogava Montagnèr, imbrigliato nei retaggi dell'incomunicabilità umana. In un mondo più giusto sarebbero già fidanzati.

C'era rimasto malissimo per come l'aveva trattato. Il modo di fare incoerente, freddo, liquidatorio... Quando ci pensava gli veniva voglia di andare sotto casa della sua bella (senz'anima) per dirgliene di tutti i colori! *A proposito, dove abitava?*

Il problema era che ci pensava sempre. Il furore vendicativo lo tenne a galla per un bel po' di tempo ma quando svanì si ritrovò solo e disarmato. Ne approfittò per fare una bella rimpatriata. A Marina di Stradella. Prendersi una pausa da quell'ambiente insalubre che lo stava abbrutendo, rappresentava la soluzione ideale. Dopo tanto tempo avrebbe passato uno scorcio d'estate con i suoi e avrebbe rivisto i vecchi amici.

Fu una pausa rigenerante, salutare come una settimana alle Seychelles per un forzato siberiano.

Piano piano il pensiero di Carlotta si fece meno pressante e il buon umore tornò a regnare incontrastato.

Sulle ali dell'entusiasmo, in presenza di tutta la famiglia e di un paio di zii venuti da Sarzana, Montagnèr giurò che il supplizio universitario avrebbe finalmente avuto fine. Presto avrebbe raggiunto lo storico obiettivo. Del resto come lui stesso affermò prima che la famiglia scoppiasse in un boato liberatore: «Il cavallo buono si vede all'arrivo!».

Per iniettarsi ulteriore carica positiva, staccò il poster di Karate Kid, compagno di mille battaglie, e se lo portò a Settimo Naviglio. Era giunto il momento di appenderlo sopra il letto accanto a quello di Samantha Fox.

Quanto a Carlotta, Fabrizio si rese conto che se non la vedeva, se non doveva fare i conti con i suoi occhi pieni di lame e di stelle, le cose si mettevano decisamente meglio.

Il trucco stava nell'astinenza. Alla lunga bastava non incocciare quel viso zuccheroso che si divertiva a infilarsi nella sua anima come il burro.

Una parola...

Settimo Naviglio sono tre case messe in croce. La sera stessa in cui tornò dalla vacanza disintossicante nel suo paesino d'origine fra il mar Tirreno e le Alpi Apuane, un fugace incontro ricollocò Montagnèr sul braciere ardente.

Dal quale, in fondo, non si era mai spostato.

94

18 settembre, l'estate stava finendo.

C'era un'aria di passaggio nella temperatura incostante, nei raggi irresoluti del sole, nell'abbigliamento vacillante delle ragazze.

Ai tavolini rotondi del bar, in piazza del Mercato, si confrontavano due gruppi ben distinti: i ragazzi di Montagnèr e gli amici di Carlotta.

Sotto gli ombrelloni a spicchi bianchi e rossi della Peroni, gli uni si stavano giocando pizza e birra in un'aspra sfida a scopone scientifico, gli altri gozzovigliano alla rinfusa, ridacchiando e buttando giù aperitivi.

Non avevano punti di contatto.

Eccetto quell'uomo che si avvicinava lentamente, con il quotidiano gratuito «Metro» davanti alla faccia.

Fabrizio Montagnèr se la stava prendendo comoda, intento a leggere le ultime mirabolanti peripezie di Renato Boriani. Il campione di Altopascio, dopo aver saltato il ritiro a piè pari, aveva smesso pure di allenarsi.

Il pallone di un bambinetto che giocava lì intorno con la maglia di Del Piero finì tra i piedi del nostro PR distratto. Lo restituì con un calcione senza smettere di leggere il giornale. Calibrò male e la palla superò il chioschino delle bibite, fece il pelo a un piccione e finì sulla strada.

Piedi a banana. Ce l'ho sempre avuti.

Il solito bambino gli indirizzò un "tiè" fugace mentre correva verso la strada dove l'impatto con le ruote di una Yaris turchese metallizzato aveva sparato la palla ancora più lontano.

Tutto ciò all'interno del campo visivo di sei occhi sospesi sul terrazzino al primo piano del palazzo dietro le spalle di Fabrizio.

Non erano più in due. Erano in tre. C'era pure David Cramp, l'investigatore dei sogni.

Tutti più o meno nella stessa posizione, inalterabili come in una lunga fotografia.

Stavano appoggiati alla ringhiera, fumavano e chissà a cosa pensavano. Umberto stava forse ritornando in picchiata sulle magiche tette di Karina Amunici? E Renato, stava riflettendo su come avesse mai potuto quel ragazzo sparare il pallone fuori dalla piazza con il bambino lì a tre metri?

Infine David, quando riconobbe il ragazzone biondo seduto al tavolo dall'altra parte della piazza, non avrà mica pensato che le coincidenze, in fondo in fondo, sono bestie molto rare?

95

«E buttalo questo cazzo di asso!».

Fabrizio da dietro aveva afferrato dalle mani del Ricci l'asso di picche per abbatterlo sul tavolo con tutta la forza che possedeva. La tavolata si era infiammata. Risate, saluti, mani che si davano il cinque, insulti e applausi a Montagnèr, il quale non si era minimamente accorto del valore intrinseco racchiuso nel gruppetto di giovani seduti di fronte a lui.

Fu meglio così.

Se l'avesse adocchiata, da subito avrebbe iniziato a smaniare, a improvvisare qualche siparietto infelice, a perdere in spontaneità. E alla fine si sarebbe spento come un robottino in corto circuito.

Dalla radio dentro al bar giungeva affievolito il suono di una musica mixata che a occhio e croce poteva essere qualcosa di Bob Sinclair.

Carlotta ce lo aveva davanti. I suoi amici erano scoppiati in una risata per una battuta di qualcuno e anche lei si era messa a ridere, ma non per lo stesso motivo. Teneva una gamba sopra quella del suo nuovo "love", Lorenzo, e beveva un frappè in un bicchierone che reggeva con le due mani. C'era pure Ginevra in collo a Simone.

Ora che tutte e due avevano il fidanzato era ancora più semplice: un'altra esperienza da condividere da complici, un altro argomento comune che le avrebbe unite.

La biondina si era schiarita ancora un pochino i capelli. La pelle abbronzata del viso e gli occhi verdissimi risaltavano ancora di più. Il segno bianco del costume si intravedeva appena dietro al collo che Simone stava accarezzando da tempo immemore. Un vestitino cortissimo verde smeraldo aumentava ulteriormente la lunghezza delle gambe già slanciate dai tacchi vertiginosi del grande stilista Manolo Blahnik.

Una grossa farfalla piena di colori sormontata dalla scritta "I'm crazy for me", tatuata sulla caviglia.

Eccolo il bastardo!

Era messo peggio del solito. Insieme a quel branco di poveracci falliti offriva la sua reale dimensione.

Sì guardò le gambe e osservò i suoi amici. Belli, giovani, curati, con un futuro radioso davanti. E poi squadrò Montagnèr da capo a piedi: un vero perdente.

Possibile che...

Un'idea da ultima spiaggia le deflagrò in testa come una bomba atomica. Sarebbe il colpo di grazia. Per tutti, ma anche per lui. Ci doveva pensare bene...

Se solo Ginevra fosse stata pienamente consapevole delle enormi e pericolose potenzialità annidate nel suo ego smisurato sarebbe giunta alla conclusione che quella fantasia, prima o poi, si sarebbe trasformata in realtà.

Dalla contentezza prese la faccia di Simone fra le mani e gli dette un bacio entusiasta, tirando fuori tutta la lingua che aveva a disposizione.

96

Sopra l'orlo del bicchiere macchiato di rossetto gli occhi ridenti di Carlotta erano tutti presi a godersi la scenetta.

Sorrideva fra sé e sé, curiosissima di vedere la reazione di Fabrizio. Quale espressione sarebbe balenata sul volto da buffoncello di Montagnèr nel momento in cui l'avesse riconosciuta?

Nel frattempo Carlotta aveva tolto la gamba da quella del suo ragazzo.

97

«Fabrizio, ti sei reso conto che nell'altro tavolino sono tutte fighe?».

Domenico Del Zanna (impiegato all'ATM di Milano come autista sulla linea rossa, quella che va da Sesto Primo Maggio fino a Bisceglie o Rho Fieramilano e viceversa) volle rendere partecipe Fabrizio della fortunata congiuntura statistica.

«Fighe qui a Settimo Naviglio non si sono mai viste».

Montagnèr alzò gli occhi dal tavolino proprio mentre un tizio stava baciando sulla bocca Carlotta.

Scacco matto.

Rabbia. Delusione. Vago sentimento di gioia. La giustificazione servita su un piatto d'argento per chiudere una volta per tutte questo sfortunato capitolo.

Ma soprattutto odio. Odio vero. Odio fondo. Quello che quando c'è non può essere mai solo.

E poi guarda che fighettino ridicolo le piace! Va bene zoccola, con questa è finita.

Grazie a un provvidenziale colpo di reni degno del grande Dino Zoff, decise di girare attorno al tavolino e darle le spalle. Senza guardarla un secondo, come se non esistesse. Continuando a scherzare con gli amici.

L'aveva vista solo per un attimo. Più carina di sempre, con

quella magliettina viola di raso con i bordi dorati sulle maniche corte.

Carlotta fece finta di niente, ma la prese un po' così. Non se l'aspettava. A quel punto iniziò a sperare solamente che Fabrizio l'avesse vista mentre si baciava con Lorenzo.

Se si gira solo un attimo mi attacco a Lore per dieci minuti!

Lo voleva fare morire di gelosia quello scemerello.

Perché Carlotta? Che te ne frega! Niente, così. Perché, perché, perché…

Quando alla fine lei e il suo gruppetto si erano alzati, non ce la fece proprio a non voltarsi un'ultima volta. Ci aveva puntato molto su quello sguardo in extremis che poteva sovvertire tutto e farla stare tranquilla. Ma fu inutile: quello si stava facendo i fatti suoi.

«Carlotta tutto bene?», le chiese Lorenzo che sarà stato pure un fighettino, va bene, ma che riusciva a intercettare a perfezione le mosse interiori di una ragazza.

«Sì sì, tutto a posto».

Si era già messa gli occhiali da sole, e i suoi occhi restarono nel buio.

98

L'estate si trascinò ancora per poco, sostituita da un autunno striminzito che rimase in carica appena il tempo per far scrosciare le foglie scricchiolanti sui bordi delle strade.

Per ufficializzare il cambio di stagione si sarebbe dovuto attendere la fine di dicembre, ma era un imbroglio! Tutti sapevano che l'inverno era già arrivato.

99

Solo ora possiamo dirci pronti a tornare in via Trieste, dove Fabrizio Montagnèr stava passeggiando tranquillo prima di notare che...

Sfida all'O.K. Corral. Se non fosse per il freddo che fa stringere le spalle strette strette e paralizza le labbra, potrebbe sembrare una resa dei conti di fronte a qualche saloon del Far West.

Carlotta sente ancora più freddo perché porta solamente il cappotto e il colletto non la ripara bene dal vento che le schiaffeggia la gola.

C'è un aria natalizia anche se il 25 dicembre è ancora lontano. Manca la neve ma le previsioni dicono che è questione di giorni.

Sta venendo verso di lei. Stessa strada, stesso marciapiede. Non si scappa. Carlotta si ferma davanti alla vetrina di una merceria. Potrebbe essere di qualsiasi negozio, tanto non la sta guardando. Non sta guardando niente. Nemmeno la sua immagine riflessa sul vetro. Si riavvia i capelli col pilota automatico.

Se solo le venisse in soccorso l'idea di entrare nel negozio...

Carlotta Magonio non sa bene cosa fare, che aria assumere. Si sente impreparata.

Proprio come Fabrizio! Che però non ha niente da perdere. Considera chiusa la partita, vuole solamente togliersi un ultimo sfizio. Lui ormai è deluso, delusissimo. Clark Gable sfiancato da quella capricciosa di Rossella O'Hara. A Montagnèr, ormai, sono cadute le palle. Sarà forse per questo motivo che è più tranquillo del solito. I colpi che ha subìto lo rendono sicuro. Anche se il freddo, il vento, le luci, la gente non ci sono più...

C'è solo lei che adesso lo sta guardando negli occhi.
Implora se stesso.
Montagnèr, per favore, non ti cagare addosso ora.

Mi telefoni o no, mi telefoni o no

100

Chissà chi vincerà...

La tensione si taglia a fette con una sega elettrica.

In fondo in fondo potrebbe essere un incontro normale. Due giovani quasi sconosciuti di sesso opposto che si salutano, scambiano tre parole messe in croce e alla fine si risalutano. È vero: la partenza è stata fuori dalla grazia di Dio, ma tutto, successivamente, è rientrato nei ranghi.

Non scambiano una parola da mesi. Quattro mesi. Si sono visti a fine estate e si sono ignorati. Poi più niente. Di solito basta pochissimo per far perdere il filo a queste storielle senza logica e fondamenta. Anche se... dipende dal filo.

Camminano uno verso (contro) l'altra. Ogni metro che accorcia la distanza è un pensiero in meno, uno spazio vuoto in più nella mente che sembra sgonfiarsi come un palloncino. Tutte le sicurezze stanno tagliando la corda come disertori.

Perché la posta in gioco è così alta? Carlotta ha fatto le sue scelte e Fabrizio ha smesso di sognare.

Il fatto è che questa non è una normale schermaglia d'amore: questa è una battaglia all'ultimo sangue.

Sono uno di fronte all'altra.

È una gara a non sembrare agitati, emozionati. Carlotta non sa dove guardare: alla fine, la metà della mano che esce dalla manica del cappotto fa lampeggiare un saluto.

«Guarda chi c'è, Carlotta Magonio... hai smesso di farmi picchiare?».

Carlotta si ferma e ride: «Mi pare tu riesca a prenderle anche da solo! La faccia nel ghiaccio della frutta... Poverino, avevi fame?». Una luce trionfante nello sguardo per avergli risposto a tono. È raffreddata, ha il naso un po' rosso e la voce esce leggermente diversa, più roca. Ha solo un pochino di trucco sugli occhi e un velo di lucidalabbra.

Lo stesso viso dai lineamenti caramellosi e le faville negli occhi irridenti.

Fabrizio così da vicino, con calma, non l'aveva mai vista.

Una piccolissima cicatrice appena sopra le labbra luccicose. Gli piace. Gli piace un sacco. Gli piace da starci male. Con la punta del naso arrossata, la voce raffreddata e i capelli buttati un po' all'indietro. Scandisce nettamente alcune parole, quelle che ritiene più importanti. Le vocali un pochino aperte. Da prenderla e baciarla sul colpo.

Non c'è tempo per fare i duri.

«Senti, ti accompagno...», Montagnèr non può che calarsi le mutande.

«Sto andando a casa, così scopri dove abito», una punta di scherno per annacquare il "sì" che gli ha appena concesso.

«Ah, dici che se non lo scopro ti muoio qui davanti?»

«Beh, direi di sì. Dopo tutto quello che mi hai scritto...», e gli occhi radiosi tornano a schernirlo, insieme a un sorriso dolce e abbagliante.

«Beh, direi che se ti ricordi tutto quello che scrivo», Montagnèr fa quel che può e ci piazza pure un'espressione da sciupafemmine alla Gigi Rizzi, il suo play-boy di riferimento.

«Mi ricordo bene, perché quelle cose sei l'unico che me le scrive...», con orgoglio, per buttarlo un po' giù.

Fabrizio pensa ad alta voce: «Ti senti bella con me, vero Totta? Non c'è nessuno che ti fa sentire così, è questo il problema...», lo dice piano, come ragionando fra sé e sé. In realtà vuole che senta. Carlotta, colta di sorpresa, sussulta senza farlo vedere. In mezzo a tanti giochini e giochetti Fabrizio ha detto la verità.

È vero. La fa sentire bella, bellissima, irraggiungibile. Di più, la fa sentire preziosa. E unica. Non si era mai sentita così irresistibile.

Ed è questa una delle ragioni (non la sola ragione) per la quale sta facendo la strada di casa insieme a un uomo che conosce unicamente per via delle buffonate che le sparava su Facebook.

Mentre cammina lo guarda. Dovrebbe farci caso Fabrizio a quello sguardo, perché non è la solita occhiata a presa in giro.

«A ogni modo, bellezza, mi sembra il minimo che tu ti faccia accompagnare… dopo tutto quello che mi hai fatto!».

Carlotta alza il sopracciglio e fa una smorfia. Non gli risponde nemmeno. La luce trasversale di un lampione le fa brillare la curva delle ciglia.

101

Cammina sicura nonostante gli stivali alti e guida Fabrizio in via Tagliamento. Passano lungo il fiumiciattolo scuro, macchiato da mille riflessi di luce, superano una fila di palazzoni popolari che il buio rende più uguali di sempre e sfiorano il "pino di Renato Boriani".

«Ah sì, dimenticavo… Scusa Carlotta, ma l'ultima volta che ti ho visto eri in buona compagnia, complimenti!», una pagliuzza di ironia e una trave di rabbia.

«Stai tranquillo, è finita».

Se solo Montagnèr sapesse il motivo, si tufferebbe nello Zambre dalla felicità. Ma non lo saprà mai. Carlotta non gli concederebbe questa soddisfazione nemmeno sotto tortura.

Mica può raccontare a Fabrizio che la storia con Lorenzo è finita perché, come si dice in questi casi, mancava qualcosa. Perché non la faceva ridere solo a guardarlo, perché non le scriveva cose sceme e fantastiche su Facebook, perché anche quando stava con lui pensava che avrebbe dovuto essere con Montagnèr a dirsi le cazzatine.

102

Via Tagliamento, 3.

Sono arrivati.

Di già?! E adesso cosa m'invento?

Fabrizio non se l'aspettava che Carlotta abitasse in un posto così. Così simile al suo. Chissà cosa credeva! È quasi identico al casermone dove sta lui (e anche molto vicino, in linea d'aria sarà un chilometro).

Sembra tutto strano, come se fosse ubriaco. I palazzoni ostili, il canale blando in piena, i brillantini di ombretto che sono finiti sugli zigomi e la guance di Carlotta. È un'immagine unica, confusa. Se la ricorderà sempre così.

«Comunque Fabrizio, è inutile che continui ad addossarmi assurde responsabilità per quello che è successo: lo sai benissimo che è colpa...».

«Del whisky! Sì Carlotta, è colpa del whisky...».

Carlotta scoppia a ridere e lo guarda con gli occhi riconoscenti, come se volesse ringraziarlo per quella risata.

Montagnèr sente il vento in poppa, come quando faceva il galletto davanti alla Standa di Marina di Stradella e le ragazzine lo stavano a sentire strabiliate.

È il momento di provare a giocarsi il "2" del Ponte a Mensola in trasferta al Santiago Bernabeu.

«Via Carlotta, a questo punto salgo!».

L'oggetto del desiderio più ambito di Settimo Naviglio gli ridacchia in faccia, più strafottente che può.

«Seee, ciao. Ma figuratiii! E poi stasera c'è mio fratello».

Sente Fabrizio pendere dalle sue labbra, da quello che sta per dire ora. È sul filo del rasoio, alla sua mercé. Se lo saluta finisce tutto qui. Lo meriterebbe visto che non l'ha mai corteggiata come avrebbe dovuto.

(Il tipo le ha fatto chiaramente capire il suo interesse, d'accordo, ma sempre con quel modo di scherzare nel mezzo che la faceva divertire e irritare da pazzi. In fondo non si era mai esposto con qualche proposta seria, considerabile. Sempre attento a non prestare il fianco a un rifiuto. Fifone di un Montagnèr! Troppo poco per meritarsi una ragazza sveglia e concreta che fa girare la testa tutti gli uomini del creato)

Lo guarda con due occhi divertiti.

«Senti...», Carlotta parla lentamente, sembra che lo faccia apposta «su in casa ho qualche birra, se vuoi le porto qui, però devi aspettare un pochino perché devo dare da mangiare al gatto».

Goooooooooooooooooooooooooooooooool!

Si può essere felici poche volte nella vita, come adesso è felice Fabrizio Montagnèr.

103

Monica De Amicis sta conducendo magistralmente l'ennesima puntata di *Giallo Cinque*, una delle trasmissioni televisive più seguite del paese.

L'argomento della puntata, dopo qualche mese di latitanza, è il mistero di Settimo Naviglio.

Se il mitico "Meter" (l'apparecchio necessario per rilevare l'indice di ascolto televisivo) fosse stato messo in dotazione agli abitanti del nostro paesino, segnalerebbe che proprio in questo istante tutti gli utenti sono sintonizzati sul canale in cui va in onda questo programma TV.

Fra gli spettatori più attenti: Umberto Barà, Renato Boriani e David Cramp, assiepati sul divano di pelle bordeaux nell'appartamento in piazza del Mercato; l'ex commissario Gresset che, in attesa di Montagnèr, ha appena addentato una coscia di chicken Tandoori ordinato al take-away indiano Salaam Bombay; e Giacomo Magonio che sta aspettando sua sorella per chiamare Speedy Pizza, con Romeo sulla pancia.

Simone Vezzosi, no, non sta guardando *Giallo Cinque*, perché è ospite in studio. Un ambiente ampio, reso ancora più imponente dal gioco di telecamere e luci che la regia orchestra sapientemente fra il salotto di scena dominato dalla bella conduttrice, la gradinata zeppa di un pubblico colorato e i video wall in cui si può riconoscere il volto provato del procuratore Marco Tanguenza.

Il talk show di approfondimento ha preso la piega che tutti si aspettavano. Le indagini si sono arenate come un transatlantico in una risaia. Di chi è la colpa?

Il criminologo Natale Bruni, lo psichiatra Andrea Verruzzi e Cristina Lodetti, l'inviata speciale più arrivista del mondo, hanno le idee chiare: il clima omertoso, insinuatosi inspiegabilmente fra la gente del posto, l'ha fatta da padrone. E tutte le ricerche condotte dagli inquirenti e dalle forze di polizia sono state vanificate.

A onor del vero le case intorno al luogo dell'aggressione, quella notte, erano disabitate oppure troppo distanti per richiamare l'attenzione degli inquilini.

La famiglia Barozzi si era fiondata al mare e l'anziana signora a cui l'aggressore aveva suonato il campanello si era data da fare per quel che poteva; il fabbricato proprio di fronte al punto del misfatto era ancora in costruzione.

Cinquanta metri più in là, una trentina di famiglie assopite all'interno di una catena di palazzi a schiera non potevano certo essersi allarmate per quella lieve frenata notturna!

Nella discussione si intrufola anche il mitico scrittore Filippo Primerano, vessillo imputrescibile del genere adolescenziale tanto caro alla conduttrice.

In collegamento da Roma, l'autore è finalmente riuscito a dire la sua: il mistero meritava l'appellativo di vero "giallo da romanzo" e da questa terribile vicenda presto ne avrebbe tratto il suo prossimo libro.

104

Monica De Amicis si sta irritando.

Lo stallo dialettico in cui ristagna lo show rischia di ammosciare l'interesse anche del telespettatore più infoiato. Deve dare una scossa a questo piattume. Se la dormono tutti alla grande. Non sono opinionisti, sono ghiri.

Rincoglioniti maledetti!

«Scusi dottor Tanguenza, prima che ci lasci per l'impegno di cui ci ha parlato... si può almeno ipotizzare un movente per questa violenza ai danni di sua figlia?».

David Cramp, intento a insultare autori e conduttrice del programma sin dalla prima panoramica dello studio, si risveglia dal turpiloquio e ascolta.

Monica De Amicis, dal canto suo, aspetta questa risposta con l'ansia fideistica del pellegrino stanco ma pregno di speranza che attende il miracolo dalla Madonnina di Lourdes.

Pensaci tu, Marco Tanguenza!

«Al momento non ci sono ragioni per pensare che Consuelo potesse avere nemici o comunque persone determinate a farle del male. Riteniamo quindi che l'identità di mia figlia sia stata irrilevante al momento del fatto; probabilmente l'aggressore avrebbe mosso violenza contro chiunque».

Bella risposta del cazzo.

La presentatrice più amata dagli italiani vorrebbe mandare a cagare in diretta il dottor Marco Tanguenza. A questo punto non sa più cosa inventarsi. Una domanda telecomandata a Simone Vezzosi, tanto per riempire il tempo.

«Simone, dando per scontata la tua totale estraneità all'accaduto, volevo chiederti: questo nuovo fatto di sangue proprio nel luogo in cui ti sei trasferito, ha riportato a galla qualche brutta sensazione?».

Un fiotto di rabbia sale fino alla gola di David Cramp, come un riflusso gastrico.

«Ragazzi, devo telefonare in diretta. Datemi il numero di questi mafiosi».

Mentre Simone si sta arrabattando per dare una risposta il meno scontata possibile, Monica annuncia l'arrivo in studio di una telefonata da parte di un investigatore privato non bene identificato.

Speriamo dica qualche mega stronzata o almeno offenda qualcuno…

La conduttrice confida in un fulmine dal cielo che rianimi questo funerale.

«Buonasera a tutti, sono David Cramp».

«Buonasera… ma scusi signore, innanzitutto, ci può dire per chi lavora… chi lo ha assunto per occuparsi di questo caso?»

«Figuriamoci, non posso dare questa informazione. Volevo fare solo una domanda…».

«Ci dica, anche se lei aveva comunicato al centralino che aveva da raccontare qualcosa di utile per le indagini».

«Sì sì, dopo. Prima volevo sapere se Simone Vezzosi è stato invitato nel suo programma per raccontarci finalmente cosa accadde quella notte in cui Sofia fu massacrata», e chiude la comunicazione.

Ciò che il lapidario intervento dell'investigatore inglese sta per scatenare tutto intorno, porta un nome ben preciso: APOTEOSI.

105

Lassù qualcuno mi ama.

Monica De Amicis stava sentendosi morire al pensiero di dover affrontare la riunione con gli autori e i produttori del programma, l'indomani. Respirava a pieni polmoni l'aria che si respira nel bottino di un cassonetto dell'AMSA.

Quando una stella cometa...

Chi era quell'arcangelo? Chi lo aveva mandato? Come poteva sapere che con il suo intervento l'avrebbe estratta da quel pattume infernale?

Monica tira un profondo respiro e, travestita da madre siciliana davanti ai cui occhi è stato appena fatto fuori il pargoletto, inizia a inveire contro l'investigatore con tutta la virulenza retorica acquisita in anni e anni di esperienza sugli avamposti televisivi.

«SI VERGOGNI!», gli occhi a pochi centimetri dalla telecamera sembrano voler bucare il televisore e schizzare nei salotti degli italiani. È solo l'incipit di una valanga di improperi che l'anchorwoman scaricherà sul suo "angelo custode", con l'effetto di mandare in estasi il pubblico in studio e innescare segnali di assenso fra gli ospiti scandalizzati.

Come aveva potuto quell'essere spregevole e vigliacco insinuare dubbi così orribili nei confronti di un ragazzo che aveva già sofferto abbastanza per quella irreparabile tragedia?

Che la telefonata venisse rintracciata e si procedesse giudizialmente!

Nelle case dei nostri protagonisti la situazione si è evoluta in modo diverso. Appena l'investigatore britannico ha concluso il suo breve intervento, Umberto e Renato hanno dato il cinque a David e sbocciato un bottiglia di Berlucchi; il fratello di Carlotta ha iniziato ad applaudire con veemenza inusitata, come se fra le mani tenesse nascosto un petardo; il commissario Gresset ha sorriso.

106

David Cramp si sta quasi pentendo.

A osservare senza preconcetti lo sguardo smarrito di Simone Vezzosi che implora solidarietà in qualche volto amico, sembra di assistere all'esecuzione di un innocente.

Non è mai stato gratificante per l'investigatore londinese vedere una persona avvilita, sconfitta, indifesa. Anche il nemico più acerrimo e vile, messo alle corde (le pochissime volte che gli era capitato, a dire il vero), ha sempre suscitato nel cuore di David solamente pena.

Ma chi ci pensava agli occhi perduti di Sofia negli ultimi istanti della sua vita?

No, aveva fatto la cosa giusta. E poi il suo intervento a gamba tesa ha avuto l'effetto di una vera e propria liberazione. La diga è saltata e un fiume di particolari remoti si sta riversando nella testa del detective. A questo punto deve pazientemente attendere i tempi che gli esperti di neuroscienze chiamano modellazione sinaptica, affinché il dettaglio giusto affiori in superficie.

Non ci credeva più. Non c'era alcuna speranza di consegnare alla giustizia il colpevole.

E invece, come in tutti i gialli che si rispettino, la sensazione di avere trascurato qualcosa di molto importante si sta insinuando nella testa dell'investigatore. Il tipico pensiero sfocato e irraggiungibile che il protagonista riesce a mettere a fuoco solo negli ultimi istanti della vicenda.

Se è vero che all'interno dell'encefalo di David la codifica delle informazioni poteva considerarsi senz'altro avvenuta, così come il loro immagazzinamento, il momento della "sollecitazione" non si è ancora compiuto e non tutte le notizie erano state recuperate. Quella che gli studiosi di neuroscienze definiscono la fase mnemonica del "richiamo" e che la gente comune riassume con "ce l'ho sulla punta della lingua!" resta ancora in bilico.

Insomma, quale decisivo particolare sta sfuggendo a David Cramp, da ricondurre al sopralluogo che lo vide protagonista in quell'anonima, ma ormai famigerata, stradina di paese?

Dobbiamo fare un piccolo sforzo e ripiombare ancora una volta in quella torrida estate.

Renato, Umberto e David erano tre macchinine a scontro bloccate in un angolo della pista. Cozzavano fra di loro e non riuscivano ad andare né avanti né indietro.

L'investigatore si era dato da fare: aveva provato ad analizzare il profilo psicologico delle persone coinvolte; scomposto e ricomposto con certosina pazienza fatti, orari, alibi e dichiarazioni inerenti; segato e incollato come Geppetto ogni meandro della vicenda.

Ma il rompicapo restava impenetrabile.

Se David avesse potuto contare sulle sagge imbeccate del grande psichiatra Paolo Crepet avrebbe fatto luce sui recessi più imperscrutabili del mistero attribuendogli le giuste implicazioni psicologiche. Ma Crepet non era con lui. *A proposito, dove cazzo era?* Era da un po' che non lo vedeva a *Porta a Porta* e la cosa non gli tornava. Fu a questo punto che l'investigatore capì che si stava intortando per colpa di

Crepet. Riprese aderenza e si guardò intorno con l'aria di chi mai e poi mai non avrebbe risolto quel caso scabroso.

Nell'appartamento dell'investigatore l'atmosfera non poteva essere più adatta per svelare misteri, scoprire mostri e risolvere gialli impossibili.

Eppure nessuno in quella casa ci stava capendo niente.

«Ragazzi, è molto importante... vi ricordate se Consuelo avesse, non dico dei nemici, ma qualcuno che le potesse volere male? Che ne so... piccole antipatie, invidie, vecchi conti in sospeso...».

La mummia di Tutankhamon sarebbe risultata maggiormente comunicativa.

Cos'era quell'impaccio?

Poi Umbero Barà parlò con franchezza.

«L'unico che poteva avercela con Consuelo ero io».

«Ma non sei stato tu, giusto?»

«Direi di no. Ti avrei assunto per incastrarmi! Va bene essere coglioni». Non faceva una piega.

«Scusate ma Simone Vezzosi? Dove si trova lui accade sempre qualcosa di tremendo. È uno scherzo o cosa?»

«Pare un caso. Quando il fatto è successo era a letto con una mia amica, Ginevra De Amicis, la figlia della conduttrice. Lui stavolta non c'entra, lo sanno tutti». Renato è sicuro di quel che dice.

"Stavolta"...

David scosse la testa come un terranova appena uscito dall'acqua: «Bene, l'unica cosa che posso fare è andare a dare un'occhiata in via...».

«Via Trieste».

«Ok, il posto tanto lo trovo perché ci saranno dei fiori...».

«Mica è morta», obiettò Renato.

«Of course».

"Di corsa"? Perché "di corsa"? Renato Boriani deve decidersi a imparare l'inglese una volta per tutte.

Su queste basi, solide come la pasta sfoglia di un saccottino, l'investigatore David Cramp, la mattina successiva, si presentò fiducioso sul luogo del misfatto. Alle undici del mattino faceva già troppo caldo. Si mise la giacca nera in spalla e restò con una camicia rosso fuoco che aprì fino al penultimo bottone. Ricalcò inconsapevolmente il percorso del procuratore Tanguenza.

Dopo un breve giro di ricognizione, dette un'occhiata all'edificio in allestimento dove non riscontrò niente di significativo.

Si fece una bella passeggiata in quel pratone di erba verde pieno di fiori viola che il sole sorprendeva uno per uno.

Fu qui che David sentì la sua vescica gonfia come un gavettone a Ferragosto. Sorse un dubbio. Doveva trattenerla o lasciar andare quella superpisciata in mezzo al prato? Si guardò intorno. Non c'era nessuno. Si ricordò di non essere un novizio alle prime armi e in una frazione di secondo prese la giusta decisione. In quel brevissimo istante infatti gli tornò tutto in mente: appena uscito dalla casa della sua prima fidanzatina che pochi secondi prima lo aveva lasciato, fu colpito da un attacco isterico di diarrea. Ormai era nell'ascensore e non ce la faceva più. Si tirò giù mutande e pantaloni e la fece a spruzzo. David non seppe più niente ma la colpa fu poi attribuita dai condomini riuniti in assemblea speciale al cane di una vecchietta cieca del condominio. Il cane fu eliminato e sostituito da un goldenretriever che quasi sbranò la vecchia.

Adesso, come poteva David Cramp comparare quel ricordo struggente a due gocce di pipì all'aria aperta? Un uomo che sta affogando nella merda non può pensare alle caccole. Fece tre passi nel prato di erba medica e con la cerniera sbottonata, le mani sui fianchi, lo sguardo perso nel cielo dove una nuvola era identica, ma proprio identica all'Orso Balù, sorrise e dette vita alla pisciata più importante della sua vita.

La fece proprio su quella bottiglia di birra frantumata, e i cocci iniziarono a scintillare come pepite d'oro.

Erano pochi pezzi di vetro.

Chiese informazioni agli abitanti delle case e dei palazzi intorno, ma poi stava iniziando a fare troppo caldo e se ne tornò a casa. Sicuro che il caso sarebbe rimasto insoluto.

Almeno fino a che... fino a che non fosse accaduto qualcosa di nuovo!

Sarebbe stato troppo tardi comunque e il detective avrebbe collezionato l'ennesima figura da investigatore fallito quale in fondo si sentiva di essere.

Adesso, per David Cramp, tutto è cambiato.

È questo il motivo che lo costringe a perseverare nell'espressione assorta che emula da anni, mentre i due sportivi gli rifilano una pacca sulla spalla per ogni gozzata di spumante.

Non ci deve pensare. Se ci pensa è impossibile che gli venga in mente. Un classico. È una verità piccola, troppo piccola, e continua a scivolargli via come quando da bambino cercava di acchiappare i pesci con le mani.

Deve solo distrarsi e attendere...

107

Carlotta sta salendo le scale, accerchiata da un girotondo di pensieri confusissimi.

A ogni piano del palazzo c'è qualcuno che urla. Le mura, le porte, le barriere non servono assolutamente a niente. Fin dal primo scalino si sente ogni cosa e quando attraversi i pianerottoli emergono suoni e verità talmente limpide che se non acceleri il passo ti sembra di essere uno spione. I televisori accesi rimbombano come se negli appartamenti fossero tutti sordi.

La ragazza deve riordinare le idee e attribuire il giusto peso alle impressioni!

Cerca di schematizzare mentalmente come fa con i libri di testo quando i concetti sono ingarbugliati:

1. Fabrizio, fisicamente, è quello che è. Del resto da un anatroccolo non si può tirare fuori un cigno. Però la barbetta curata di tre giorni funziona. E funziona pure... pure... pure cosa? Boh, basta. Funziona la barbetta.

2. Il tipo non sta sulla difensiva. Fa le battutine, mette in discussione, non è scemo come vuol fare credere.

3. È cotto, ma orgoglioso. Non si arrende, continua a sfidare anche se palesemente sconfitto.

Carlotta vuole la resa incondizionata. Perché si diverte così tanto a tenere sulle spine quell'uomo (per lei è un uomo, non un ragazzo)?

La bella Totta non è mai stata uno sbarco facile. Tutt'altro. Brillante nella disputa e refrattaria alla remissione. Alla fine dei giochi, però, ha sempre cercato di prenderla con filosofia, venendo a patti con i limiti delle persone e accontentandosi di ciò che esse potevano offrire. Con transigenza e senza false illusioni. Carlotta insomma non è il tipo di donna che si aspetta mari e monti da chi può offrire stagni e collinette.

Ma con Fabrizio è diverso. Non si accontenta. E ha fretta. L'impulso invincibile di ferirlo la spintona costantemente, quasi avesse paura, una paura tremenda che possa essere lui a ferirla per primo! Brutto segno. Se in qualche modo il tipo è nelle condizioni di farla soffrire significa che...

Niente, non significa niente!

Pensa tutto questo mentre apre la porta e vede subito Giacomo con Romeo e il televisore acceso. Anzi accesissimo, stanno urlando come pazzi: «Totta ma sei rincoglionita? Ti stai perdendo la puntata del secolo!».

«Ma non potevi registrarmela?», e fila diretta in bagno per ricapitolare il make up.

«Guarda che Sky ce l'abbiamo a Pagliera».
«Appunto e la mamma?»
«Figurati se riesce a registrare!».
«Senti Giacomo, io devo scappare. Poi ti spiego». È davanti allo specchio, si ripassa il lucidalabbra e fa qualche smorfia con la bocca.
Forse, sto meglio con la coda.
«Scusa Totta, ma la smetti di frequentare questa gente? E poi c'è il gatto che ha fame», Giacomo si rimette in collo Romeo e alza il volume ancora un pochino.
«Macché Giacomo, non li conosci. Quanto al gatto, ora gli do da mangiare, se aspetto te…».
Il micio adesso è servito. Carlotta può finalmente andare, anche se rallenta il passo e strascica lo sguardo per osservare il profilo buio di Simone Vezzosi nello studio televisivo. Quando ormai è alla porta si gira verso il fratello: «Come sto?»
«Il solito cesso».
Carlotta sente tintinnare le birre mentre si lascia andare dietro la porta, con il sorriso esultante di chi è sicurissima che non può essere vero.

108

Fabrizio Montagnèr è seduto su un muricciolo lungo lo Zambre e attende che si accenda la luce delle scale nel palazzo di Carlotta, dall'altra parte della strada.
Ma quanto ci sta? Quella lucina non si accende mai, mai mai!
Da quando Fabrizio ha avvertito l'ex commissario che, per cause di forza maggiore, sarebbe stato costretto a dargli buca, non ha fatto altro che guardare quel portone a vetri.
«Aimè, come sta andando il programma?»
«Roba grossa».
Fu il breve dialogo. Lo sapeva che si stava perdendo l'ap-

puntamento con la storia... Ma quella luce al neon che fra poco dovrà accendersi per forza è più importante del sole e della luna messi assieme!

Il freddo tagliente e il vento che sembra prendere velocità quando sferza il fiumiciattolo non sono cose che lo riguardano. È già strafelice così, ma non basta.

Non è ancora finita.

CABEZA, CORAZON Y COJONES.

Ci vogliono le tre "C".

Cervello, cuore e coglioni. Soprattutto "coglioni", a questo punto.

Deve pensare a come gestire questo momento di importanza capitale.

Montagnèr ha dovuto affrontare gli snodi cruciali della sua vita senza conoscere la loro reale importanza. Come spesso accade. Ma stavolta è del tutto consapevole. Lo sa! Lo sa che non può sbagliare. Esattamente come lo sapeva Leonardo da Vinci quando stava per spennellare il sorriso della Gioconda, Clint Eastwood al momento di sparare l'ultimo colpo di pistola e Andreas Brehme mentre si avvicinava al dischetto per tirare il calcio di rigore nella finale di Italia '90. Era tutta gente che non poteva fallire. E che non fallì.

Il problema è proprio questo. Quando Montagnèr avverte quella maledetta pressione che gli pompa dentro si arrotola come un tappeto.

Come non ricordare la finale del torneo di ping pong al bagno Attilio di Levante? Bastava un punto, uno solo, un puntcino piccolo piccolo per aggiudicarsi il trofeo che sognava di vincere da tre estati e grazie al quale avrebbe finalmente fatto il giro dello stabilimento balneare in trionfo, quando un terrore paralizzante gli afferrò la testa, il braccio, la mano e gli fece perdere la partita (non conta se poi si portò via l'enorme coppa del primo premio perché era uno degli organizzatori del torneo)!

È più forte di lui. Quando il gioco si fa duro, Fabrizio smette di giocare.

E con le donne che contano è lo stesso: gli viene il blocco delle idee e ripete cose noiose e patetiche. La spavalderia si trasforma in timidezza e quando una donna se ne accorge non c'è cosa peggiore.

Il "timidone innamorato" funziona solo nei film di Leonardo Pieraccioni. Montagnèr lo sa benissimo, potrebbe scriverci una tesi.

Eccoci!

La luce delle scale si è accesa. Un brividino atteso gli rompe il respiro. Eclissi totale della fantasia.

Ovvio...

Prova a riesumare figure positive del suo passato. Qualche consiglio prezioso, uno spunto ossigenante. Niente. Su come tenere testa alla ragazza del tuo cuore, Guglielmo, il bagnino del Bagno Orizzonte, non ha vociferato.

Non importa, andrà tutto benone.

Carlotta apre il portone, con le birre in mano.

Fabrizio alza il braccio per farle capire che è un po' più in là, dove inizia il muretto. Un tornado di idee, intuizioni, colpi di genio dell'ultimo secondo centrifuga nella testa di Montagnèr e gli consente di partorire questo pensiero.

Si è fatta la coda.

109

Carlotta è seduta davanti a lui, a cavalcioni del muretto e lo guarda negli occhi per un attimo. Le ginocchia si sfiorano e le gambe formano una specie di rombo sul piano del muricciolo.

Sta benissimo anche con la coda. Ha la gola bianca, scoperta. Gli occhi e la bocca che brillano sempre di più.

«Carlotta vuoi la sciarpa? Per te mi prendo pure il mal di gola...».

Lei sorride e scuote la testa.

«Ti faccio venire il mal di gola, ti faccio picchiare, ti faccio stare male quando mi vedi con un ragazzo... Cioè dico, ti rendi conto? Sei sicuro di volere andare avanti?».

Scandisce più forte alcune parole premendo la lingua sulle sillabe, e ogni tanto lo guarda con quegli occhi ridenti che Fabrizio vorrebbe avere a un centimetro.

«Che io stia male quando ti vedo con un ragazzo lo dici tu... magari è una tua speranza!», risponde Montagnèr, inatterrabile come Cassius Clay. «E comunque, sbaglio o ti sei rifatta il trucco?».

Carlotta non gli dà alcuna soddisfazione, si volta verso il ruscello come se non avesse neanche sentito, e struscia il tappo della birra sull'angolo del muretto, senza successo però.

«Via Carlotta non è roba per te...».

Montagnèr ridacchia, le prende la bottiglia dalle mani e la stappa in un secondo.

«Da questo momento potrai finalmente chiamarmi col mio vero nome: le Roy!».

«Seee... le Roy!», Totta ride e lo prende in giro.

È questo l'inizio della più grande sfida che i due ragazzi avrebbero mai dovuto sostenere nelle rispettive dispute sentimentali. Con Fabrizio che pensa unicamente a quanto sarebbe giusto e carino tenerle la coda da bambina dolce e baciarle il collo, le guance, la bocca, così tutta raffreddata e con Carlotta, invece, che vorrebbe semplicemente dire qualcosa in più rispetto a quello che continua a ripetere.

Parlarono un'infinità di tempo che a loro sembrò pochi minuti. Affrontarono tutti gli argomenti possibili e immaginabili, ripercorsero quello che era accaduto fra loro, compreso il fattaccio iniziale, si scambiarono i numeri di telefono e Carlotta ne approfittò per bombardarlo di domande sulla questione "vita lavorativa di Montagnèr", curiosa di vederlo difendersi su un punto che supponeva essere debole e imbarazzante. Anche lì venne colta in contropiede. Fabrizio fu sincero e le disse che ora che stavano insieme la sua vita lavorativa sarebbe stata in discesa. Carlotta se la rideva a ogni minchiata che sparava Fabrizio, fino a che, mentre stavano emettendo il loro verdetto sul giallo di Settimo Naviglio, Montagnèr cambiò improvvisamente discorso: «Senti Carlotta, la verità è che mi fai perdere completamente la testa, non mi era mai capitato. Mi fai tenerezza anche quando mi sfotti, sotto il tuo sguardo non capisco più niente, ti penso troppo, hai delle guance super, un tuo bacio deve essere come un frullato alla vaniglia», guardando un po' lei e un po' i riflessi liquidi che si muovevano e luccicavano dal buco della bottiglia.

E ora che ti dico Montagnèr? Cosa ti aspetti? Ti conosco appena.

Carlotta lo guarda seria seria, gli occhi come lame di luce nella penombra.

Per Fabrizio è pronta la solita tiritera che la corteggiatissima Carlotta Magonio ha recitato decine di volte agli spasimanti del momento. Solo che adesso quelle parole sempre uguali, conservate nella scheda della memoria, non le sembrano per niente vere.

«Senti Fabrizio, ci conosciamo appena, capisco quello che mi hai detto ma io la vedo in un'altra maniera, non provo le stesse cose che provi tu. Però mi sei simpatico, possiamo sentirci come amici...», e altre frasi di servizio. Recita con una voce piatta e troppo drammatica.

«Non ti preoccupare. È una cosa mia, volevo solo che la sapessi. E poi mentre parlavo mi sono reso conto se quello che ti dicevo era vero o no». Montagnèr si alza sorridente e tranquillo e la dà un bacio sulla guancia, uno solo.

«Insomma quello che mi hai detto era vero o no?».

Che domanda del cavolo Carlotta. Svegliati! Si rende immediatamente conto che la richiesta di delucidazioni è un harakiri, ma le è uscita da sola. *Cosa me ne frega se è vero o no? Gli ho detto un attimo fa che lo vedevo come possibile amico!*

Fabrizio non risponde e la saluta strattonandole finalmente la coda. È morbida.

«Ciao Carlotta, sei carina anche con la coda».

E se ne va canticchiando, tutto contento.

Aveva ragione Ramazzotti.

«Eeee ci seeeiii... adesso tuuu... a dare un senso ai giorni miei...».

Mai canzone era stata così in tinta con i suoi pensieri.

110

Carlotta resta un po' lì.

A cavallo di quel muricciolo che ha guardato mille volte senza dargli la minima attenzione e che invece adesso...

Inizia a sentire un po' di freddo.

È metà felice e metà perplessa. Ha un'espressione incredula e combattuta. Persino gli occhi non luccicano più di sfida. Sente il fiumiciattolo più rumoroso per le spinte del vento.

E i ranocchi? Non ci sono più, quelli ci sono d'estate, anzi quelli sono l'estate!

Forse ha sbagliato a segargli le gambe così. Fabrizio non ha reagito, se ne è andato buono buono come se alla ferma reazione di Carlotta non ci avesse creduto neanche un secondo.

Ma cosa potevo fare? Si aspettava che gli saltassi al collo? Per chi mi ha preso! Se gli fossi veramente interessata avrebbe dovuto fare molto, ma molto di più.

(Non è convinta, questo è il problema).
Ma molto di più cosa? Si è praticamente dichiarato. E poi com'era il bacio? Un frullato alla... alla vaniglia! Quanto è scemo da uno a dieci!?
Sorride, scuotendo leggermente la testa. Ecco Giacomo che esce dal portone... lo chiama e gli va incontro.
«No Giacomo resta, stanotte resta. Tanto c'è il lettone. E poi ti devo raccontare una cosa».

111

Il giorno seguente.
Carlotta e Fabrizio sono a letto tutti e due con il raffreddore e il mal di gola.
A Carlotta è venuta la febbre alta e ha mandato Giacomo in farmacia a prendere l'antibiotico e la Tachipirina, ma non in supposta perché senza la mamma non è abituata. Da sola non ce la faceva e chiedere aiuto a Giacomo (divertitissimo all'idea) era fuori discussione.
Montagnèr, preparato ai momenti cupi, ha già tutto in casa e sta affrontando il trentasette e quattro di temperatura corporea con grande professionalità. Nella nottata aveva fatto dei sogni febbricitanti, ma tutti belli.
Non era mai stato così sereno, soddisfatto e in pace con il mondo.
Solo fra qualche tempo, passata la mareggiata influenzale, avrebbe pensato se e come farsi vivo. Ma l'idea dominante è quella di aspettare una mossa della ragazzina. Ha detto tutto quello che c'era da dire, le ha passato la patata bollente. Adesso toccava a lei. Soprattutto dopo che Carlotta era stata così chiara e spietata.
Io non cedo per primo, pischella che non deve chiedere mai!

Sono passati diversi giorni e lui nulla.

Perché non chiama?

Carlotta controlla ogni squillo del telefono, ogni messaggio, ogni notifica su Facebook con l'attesa e la curiosità con cui un bimbo scarta i regali di Babbo Natale.

Eppure niente! Neanche una parola…

Le sta venendo la paranoia. Non sa con chi parlarne. Certo non con Ginevra.

Suo fratello Giacomo le ha intimato di non fare una mossa perché tocca a lui: «Quello, una come te, la rivede in cartolina!».

Le amiche le suggeriscono di pazientare, si farà vivo lui. Sicuro.

Intanto il tempo passa.

Che cosa aspetta quel deficiente?

Anche oggi ci avranno provato in dieci a buttargli l'amo. Ma lei non li vede nemmeno. Ripensa solo alle parole sceme di Montagnèr.

Una fregatura pazzesca.

112

Marco Tanguenza non ha nessuna idea di come venire a capo del caso investigativo più importante della sua vita. Da sbattere la testa contro il muro.

Se solo sua figlia desse qualche segno di miglioramento forse riuscirebbe ad affrontare le indagini con il giusto equilibrio professionale e a ottenere qualche risultato decente. Ma Consuelo continua a vivere nel suo mondo di silenzi, frasi cieche, ricordi che non sono ricordi. Uno strazio.

Eppure, proprio oggi, si è aperto un piccolo spiraglio.

Questa mattina il portiere della pensione Marisella di Rho si è presentato alla caserma dei carabinieri di Settimo Naviglio. Ha ricordato qualcosa.

Il dottor Marco Tanguenza non sta più nella pelle. Deve sapere. Subito, subitissimo, prima.

Sta raggiungendo la sala riunioni della procura per una seduta di coordinamento con tutti i professionisti che si sono occupati del caso. Ci sono anche il maresciallo dei carabinieri di Settimo Naviglio Tiziano Pinzauti, l'anatomopatologa Valentina Pucci e il criminologo Natale Bruni.

Quando apre la porta sono già tutti lì, seduti come scolaretti. Il procuratore aggiunto Massimo Nardoni si strappa letteralmente via l'auricolare. Stava ascoltando il *Ballo di Simone,* perso nei ricordi.

Un brevissimo giro di saluti e il maresciallo Tiziano Pinzauti riporta la deposizione del testimone. Andrea Ganugi, un uomo normodotato di quarantadue anni, la mattina del primo luglio 2009, si trovava a pescare sulle sponde dell'Olona (un fiume che nasce nel parco regionale Campo dei fiori e penetra nelle viscere di Milano settantuno chilometri dopo. Celebre per le cascate di Valganna e per essere stato in un periodo della sua esistenza il fiume più inquinato d'Italia) all'altezza di Pero. Non si sa bene cosa Andrea Ganugi stesse pescando, vista la miseria dell'ittofauna d'acqua dolce in quella tratta del fiume, ma stava pescando.

Udì passare un'auto alle sue spalle ma non ci fece caso perché un pesce o qualcosa di simile stava abboccando. Poi sentì la canna da pesca farsi leggera leggera e capì che per l'ennesima volta gli era andata buca. Ne approfittò per guardare a monte, dove a circa cento metri una sagoma, che poteva essere un ragazzo, un uomo oppure anche una donna («Oppure anche un bambino?», chiese l'appuntato. «No un bambino, direi di no», rispose il pescatore dopo averci ragionato su bene) gettò qualcosa nel fiume.

Silenzio nella sala riunioni.

La quiete prima della tempesta. Potrebbe essere la svolta.

Il maresciallo dei carabinieri della caserma di Settimo Naviglio viene ghermito dai presenti e imprigionato dentro a un fuoco di sbarramento fatto di domande sempre più incalzanti.

Ma è inutile. Non c'è altro da raccontare. Eppure il maresciallo Tiziano Pinzauti non ci riesce. Proprio non ci riesce a trasmettere il suo pensiero alla massa di ultrà nascosta sotto le false spoglie di professionisti dell'investigazione: il pescatore Andrea Ganugi aveva detto solo questo. Solo e sempre questo. A ogni altra domanda postagli dai carabinieri della caserma, il portiere d'albergo con l'hobby della pesca aveva continuato a scuotere il capo. Dispiaciuto di non essere di maggiore utilità.

Questo è. E questo il maresciallo dei carabinieri Tiziano Pinzauti sa.

«Se volete, interrogatelo voi».

In realtà avrebbero potuto metterlo sotto torchio per giorni, minacciarlo, torturarlo. Ma Andrea Ganugi non sarebbe stato in grado di aggiungere una parola in più.

Quel fatidico giorno per il portiere d'albergo era stato semplicemente glorioso. Nel pomeriggio, all'interno del salonc pirotecnico della palestra One Top Club era riuscito in un vero e proprio miracolo: aveva vinto la gara virtuale di spinning.

Non era mai accaduto. Sudava le famigerate sette camice, pigiava come Pantani sulla salita del Pordoi, stringeva i denti fino a scheggiarseli. Alla fine però arrivava sempre ultimo.

Per quale motivo Walter Palladini, l'istruttore più competitivo del mondo, aveva trasformato quella normale seduta di allenamento in una gara feroce e snervante (e mortificante per chi, come lui, era sempre l'ultimo della coda)? Per torturarlo?

Un diabolico software collegato ai PC delle biciclette disegnava le sagome dei corridori sullo schermo gigante alle spalle dell'istruttore e ne riproduceva l'andatura, dalla partenza fino al rigoroso ordine d'arrivo.

Dannazione.

Vinceva sempre lui, il Piranha. E il Piranha era Fabiano Zucchelli. L'istruttore aveva la mania dei soprannomi (in questo periodo prediligeva attingere somiglianze dal panorama ittico) e ad Andrea Ganugi era toccato il nome in codice Palombo. Si sentiva umiliato e deriso. La bandana, gli occhiali da sole, le pose plastiche da ciclista consumato non davano i risultati sperati. Per questo lo prendevano tutti per il culo. Non riusciva nemmeno a dimagrire. L'estate si avvicinava e anche stavolta le spiagge di Lignano Sabbiadoro sarebbero state la sua rovina. I quattro anni di psicoterapia in cui era riuscito a trovare quel po' di fiducia in se stesso se ne stavano andando a puttane.

Ma quel giorno l'istruttore Walter Palladini commise un grave errore. Quando ormai gli allievi erano giunti allo sprint finale, al posto del solito tappeto di musica techno che trascinava il gruppo e ammosciava definitivamente il portiere d'albergo, Palladini sparò a mille la sigla di Ufo Robot.

Andrea Ganugi ci era nato e cresciuto con quella canzone. E soprattutto sulle note dell'insuperabile pezzo aveva dato il suo primo bacio. A Claudia Scatarzi, durante la festicciola del compagno di classe Pietro Romiti, nascosti sotto il letto al riparo dagli spioni. Probabilmente fu il momento più bello della sua vita, non avevano il diritto di infangargli anche quel ricordo.

Una mistura a base di nandrolone, metenelone, ossandrolone, stanozololo e anfetamine avrebbe instillato nel portiere della pensione Marisella minor furore agonistico.

Si guardò intorno, e nel buio, seppur accecato da un fascio di luce violetta che gli perforava la cornea, riconobbe indietro di una fila il ghigno famelico del Piranha. Dietro di lui, lei. La Gnocca. Pedalava forsennata e voleva lasciarlo ultimo come sempre.

All'inizio si era preso una cotta tremenda per quella biondina dagli occhi verdi e taglienti come pezzi di bottiglia. Un giorno di primavera si fece coraggio e provò un debole approccio mentre lei rassodava l'interno coscia aprendo e chiudendo le gambe, seduta sulla macchina per gli adduttori. Lo squadrava senza espressione mentre Andrea affondava nella sua timidezza. Ginevra se ne andò a metà del discorso. Doveva leggere immediatamente una notifica di Facebook! Lo lasciò lì, intorpidito dalla delusione, che quasi si stava strozzando con la barretta energetica al cocco andata di traverso e si impastava le mani imbarazzate. Ebbe la forza di riflettersi in uno dei mille specchi della palestra: lampeggiava rosso come un catarifrangente. In seguito la biondina smise persino di salutarlo. Era chiaro: Andrea era solo una piccola merda da scansare. Forse neppure quella.

Appunto.

Era arrivato il momento di dimostrare al mondo intero che Andrea Ganugi c'era. Esisteva. E che se lo facevano incazzare faceva il culo a tutti.

Ma non era facile. No, non era facile trasformare l'Orso Yoghi nell'Incredibile Hulk.

Guardò lo schermo dietro all'istruttore e realizzò per la prima volta che la biciclettina verde dietro a tutte le altre che filavano come schegge non era solo un disegno computerizzato. Era lui. E lui, con Ufo Robot che sgorgava dal cuore, pompava nelle vene e irrorava i muscoli di una forza nuova e squassante, era diventato Goldrake. Tirò via la tenda di sudore che gli schermava la vista, rimontò metro dopo metro, si alzò sui pedali sprintando e vinse in volata, braccia al cielo.

In culo merdeeeeeeeeeeeeeeeeeeeeeeeeee!

Lanciò dietro di sé (senza guardare) la bandana pregna di sudore e prese Ginevra in piena faccia.

La notte fece le ore piccole, si ubriacò come non succedeva da anni e andò a mignotte. Felice e rintronato concluse la serata a pescare seduto sui lividi argini dell'Olona.

Ecco spiegato il motivo per cui Andrea Ganugi ha offerto alla nostra storia un aiuto così modesto.

C'è un grande scuotere di teste nella tetra sala riunioni della procura.

La collocazione temporale calza a pennello ma non trapela alcun elemento capace di restringere il campo delle indagini anche solo di un centimetro quadrato.

Potrebbe essere verosimile: l'aggressore si è sbarazzato del cellulare di Consuelo, del bastone e dell'arma con cui ha martoriato la fronte e tutto il lato sinistro del viso della ragazza, proprio in quel luogo desolato.

È l'opinione di tutti.

E allora?

E allora niente. Ne sanno quanto prima.

Saranno fatte ricerche approfondite sul letto del canale che verrà dragato con i nuovissimi macchinari in dotazione. Ma campa cavallo che l'erba cresce.

«Bene, possiamo iniziare a escludere i bambini dal ventaglio degli indagati», Massimo Nardoni parla fra il serio e il faceto mentre viene freddato da un'occhiataccia del dottor Tanguenza.

Non rimane che ascoltare l'ennesima ricostruzione dell'accaduto grazie alle relazioni congiunte del criminologo Natale Bruni e della stagionata anatomopatologa Valentina Pucci.

Parla la dottoressa Pucci. Sgranocchia le parole con quei denti storti e sporadici come se glieli avessero lanciati in bocca. Lisca, erre moscia e balbuzie combattuta, ma mai sconfitta.

In ogni modo: «L'agg*r*e*ff*o*r*e ha *f*eguito Con*f*uelo con la macchina, ha accele*r*ato all'imp*r*ovvi*f*o e poi ha f*r*enato q-q-qualche met*r*o p*r*ima di impatta*r*e la *r*agazza. È *f*eso dalla macchina e l'ha p*r*e*f*a a ba*ft*onate. L'av*r*ebbe potuta uccide*r*e. Ma non l'ha fatto. *F*i è limitato a *fr*egia*r*la con un'a*r*ma molto ta-ta-tagliente e netta. Nel co*rf*o della violenza doveva e*ff*e*rf*i pentito, tanto da p*r*ende*rf*i la b*r*iga di *f*uona*r*e il campanello della ca*f*a più vicina. Una volta *r*i*f*alito *f*ull'auto *f*i è t*r*ovato la *ft*r*ada *f*ba*rr*ata dal co*r*po della *r*agazza. È pa*ff*ato di lato, ma ha agganciato la gamba, t*r*a*f*inandola per qualche met*r*o. Cono*f*eva la vittima e aveva un m-m-m-m-m-m-m (*Parla troia!* Il dottor Massimo Nardoni ha fretta. Deve tornare a casa per vedere *I soliti ignoti* su Rai Uno. È un vero mago nello scovare l'identità professionale dei personaggi in studio) m-m-motivo per odia*r*la».

Questa è l'analisi fattuale e psicologica degli specialisti.

Insomma è stato buono...

Marco Tanguenza, allegro come il Dottor Zivago, li vorrebbe manganellare tutti.

Un pescatore orbo e coglione *(bisogna essere coglioni per andare a pescare in quella zona dell'Olona)* era il loro asso nella manica.

Adesso basta.

Si guarda intorno nella stanza illuminata dalla luce artificiale e prende coscienza della reale natura dei suoi collaboratori: sono asini. Li sente ragliare. Fanno una confusione pazzesca, hanno pure i campanacci.

Devo pensarci io. Solo io. È mia figlia.

Se non erano riusciti a cavare un ragno dal buco la colpa era anche sua. Anzi era soprattutto sua! Anna piange sempre e lo carica di responsabilità pesanti come macigni: «Marco non è possibile. Avete risolto casi impossibili e adesso che c'è di mezzo nostra figlia...».

Deve ricominciare da capo e ripartire sulla base di elementi oggettivi. È l'ora di finirla con queste indagini con il fioretto, adesso serve la clava. Bisogna tornare alle vecchie abitudini.

Proprio in questo momento il procuratore originario di Nettuno comprende che tutto quanto forse è miracolosamente più semplice.

E con una voce che sembra passata sopra la carta vetrata: «Ci aggiorniamo: grazie, siete stati tutti utili».

Non agì solo quel vigliacco. Sono stati in due a massacrarla.

La realtà e l'immaginazione. Quello che è, e quello che vorremmo che fosse.

113

Se alla riunione di investigatori e specialisti avesse partecipato David Cramp, ne avremmo viste delle belle.

In questo periodo David è scatenato.

«VINCI LA SETE E RIPARTI DI SLANCIO!», era il mitico slogan di una vecchia pubblicità della Gatorade.

Ebbene, David Cramp aveva vinto l'aurea fallimentare che gli tarpava ostinatamente le ali ed era ripartito. Di slancio.

Proprio quella notte l'investigatore aveva fatto un sogno stranissimo. Qualche detrito dimenticato nella cantina dell'inconscio era risalito scalino dopo scalino fino alla superficie. Forse un vecchio film, un ricordo, una paura, un'illuminazione, non si sa. Sappiamo solo che si era ritrovato in uno stanzone gigantesco di un vecchio palazzo abbandonato in qualche zona di periferia. Il pavimento era costituito da un letto di cocci di bottiglie, di pezzi di vetro, alto dieci centimetri. Una piccola finestra giallognola nel muro più lontano era l'unico spiraglio.

David stava camminando verso una bambina, un ragazzina forse. Una ragazzina impaurita.

Lui le sorrideva e stava andando verso di lei per proteggerla da quell'ambiente tetro che metteva i brividi. Ma a ogni passo la bambina lo guardava con maggiore angoscia e si spingeva contro al muro scrostato come se volesse passargli attraverso.

Solo quando era a pochi metri da lei si rese conto di avere in mano il collo di una bottiglia rotta. I bordi taglienti impastati di sangue.

David fu risvegliato da una schitarrata degli Skiantos impegnati nel finale di *Largo all'avanguardia*, come se la chitarra gliela avessero tirata in fronte.

Prese aria dai polmoni.

Cazzo, lo stereo acceso!

Si era dimenticato di spengerlo, come tutte le notti. Doveva aver fatto un bruttissimo sogno. Un sogno che David Cramp, l'investigatore dei sogni, non avrebbe ricordato. Anche se mai come in quella tarda mattina di fine novembre David ebbe la sensazione di sentirsi finalmente vicino a qualcosa di risolutivo.

114

Niente trucchi stasera

È l'inizio di dicembre, c'è la nebbia e ancora un po' di neve. Bianco su bianco.

La nevicata di pochi giorni prima resiste sui marciapiedi, sui tetti delle auto, sulle ringhiere dei balconi.

A camminare, bisogna stare attentissimi. Ombre invisibili di ghiaccio lastricano il cemento e prendono tutti alla sprovvista.

Come ha fatto a scordarsi i fari dell'auto accesi? Ha provato a metterla in moto, ma la Ypsilon 10 non è riuscita nemmeno a fare un singhiozzo. Morta stecchita.

Davanti alla fermata Bonola della metropolitana, Carlotta si guarda intorno piena di sfiducia. Le auto slittano sulle curve melmose ed è meglio sostare nei pratini dietro al guardrail.

Dopo la disgrazia accaduta alla star della televisione, Carlotta ha preso ad attraversare la strada quando non ci sono veicoli all'orizzonte oppure sottoponendosi a giri immensi nei tunnel della metro.

In mezzo alla nebbia intravede la rotonda, una schiera di palazzi grigi alti e stretti che sembrano grattacieli nani, qualche alberello qua e là. Per fortuna ci sono i festoni di Natale che cambiano tutto.

È entrata nel centro commerciale con l'intento di farsi un giretto prima di pranzo e arraffare qualche idea per i regali. È uscita quattro ore dopo senza aver comprato neanche un paio di calze. E ora la batteria…

Una raffica di gelo le punge le guance.

Mamma mia che freddo! Si stringe nel cappottino. Quasi quasi rientra nel centro commerciale. Una lista di possibili soccorritori le sfila davanti agli occhi, ma non segnala niente di incoraggiante.

Prova a fare qualche telefonata senza speranza. Per muovere le dita sul touch screen deve sfilarsi i guantini di lana. Le mani si arrossano e poi impallidiscono per il freddo.

Lo sa benissimo che la mamma ha il consiglio di classe, che suo fratello è agli allenamenti di calcio a sette, che Ginevra lavora allo studio televisivo, che Stefania, Lucrezia e Nicoletta stanno seguendo la lezione di Diritto privato.

Per un attimo pensa anche a suo papà. Ma lui è giustificato, è in Australia. Quasi si mette a ridere da sola, poi gonfia le guance come se dovesse frenare un conato di vomito.

Le tocca aspettare.

Due palle.

Va bene. Lo faccio. Un SMS, *come tanti.*

«Sono a Bonola, alla fermata della metro. Ho la macchina ferma perché mi si è scaricata la batteria. Tu per caso ce l'hai i cavetti? Carlotta (Giulia Rossi)».

Il cuore tutto in gola.

115

Fabrizio Montagnèr e Aimè Gresset si stanno addormentando davanti alla televisione, cullati dalle voci composte e rassicuranti dei conduttori de *L'Italia sul due.* Il PR in siesta è sotto al plaid.

Chiedere a Fabrizio di alzarsi da quel divano calduccio, impregnato di torpore, e raggiungere il telefonino sul tavolo per leggere l'SMS sarebbe stato come chiedere a un orso polare di uscire dal letargo e ballare la macarena.

Missione impossibile.

Il Mel Gibson di *Braveheart* avrebbe fatto finta di niente e si sarebbe schiantato a dormire sotto al plaid. Là sotto si sta troppo bene.

Eppure, grazie a un rigurgito energetico impossibile da pronosticare, Montagnèr riesce a sradicarsi dall'ovatta e a raggiungere il cellulare. Adesso sta leggendo il messaggio con occhi cisposi. Pochi istanti per capire la portata dell'evento e un secchio di felicità gli si rovescia in testa. Freddo però!

In un paio di secondi il cervello del PR è costretto a riscuotersi. Riprende piena attività di manovra e svolge un lavoro di analisi, sintesi e programmazione che a cose normali potrebbe occupargli l'intero pomeriggio.

1. Carlotta è allo stremo. Giusto così, mi ha fatto patire troppo.

2. Devo rispondere al messaggio rapidamente e prendere un pochino di tempo per andare a casa e cambiarmi. Sono ancora in pigiama…

3. Urge che qualcuno mi presti i cavetti (Si ricorda appena come sono fatti e non ha la minima idea di come utilizzarli). *Mi presenterò all'appuntamento con quella macchina da poveraccio… devo almeno tentare di non fare altre figure di merda. Ci vogliono i cavetti.*

La fortuna per una volta venne in soccorso a Fabrizio: il commissario teneva i cavetti in uno scatolone dimenticato e con voce impastata gli spiegò il funzionamento. Montagnèr non ci capì niente e fuggì a cambiarsi.

Nel mentre, si lavò alla buona piedi, ascelle e riuscì a imbastire un SMS di risposta che diceva più o meno questo: «Scusa sono un attimo impegnato, ma se aspetti mezz'oretta arrivo. Certo che se hai chiamato proprio me, vuol dire che è fatta :-)».

Si coprì con un piumino troppo gonfio che lo faceva sembrare un piccione e si scagliò verso l'auto.

Tazio Nuvolari, sistemato al posto di guida sulla Citroën "Squalo" di Fabrizio, avrebbe percorso il tragitto che va da via Lodi a largo Paolo Valera in un tempo inferiore di qualche centesimo di secondo rispetto a Montagnèr. Forse.

Il termometro segna -2 gradi centigradi, ma non importa. Montagnèr arriva col braccio fuori dal finestrino per fare il disinvolto.

Eccola! La vede. È tutta infagottata dentro a uno di quei giacchetti che vanno di moda ora. *Wool… wool… boh!* Un giacchetto di media lunghezza, con un disegno scozzese colorato. Bordi delle maniche e colletto pelosissimi. Ha la gonna. Cammina sul prato con gli stivali, i tacchi affondano nell'erba e parla al telefonino. Ma è tanto per darsi un tono.

A noi due, Carlotta Magonio!

116

L'incontro, nella sua parte iniziale, filò come la mozzarella in una padella di spinaci. Il tutto si amalgamava che era un piacere.

Riuscirono a far ripartire l'auto grazie all'aiuto di due sconosciuti, presero un aperitivo al bar Pappagallo di Pero in cui Fabrizio ridendo e scherzando le fece notare che ormai era cotta di lui (Carlotta si limitò ad alzare il sopracciglio, scuotere la testa e improvvisare quelle smorfie da femminuccia che erano la rovina di Montagnèr) poi, mentre stavano raggiungendo le auto sotto la notte gelida che incombeva, il vecchio re di Marina di Stradella capì che era arrivato il momento del break.

«Sono due anni che mi fai cose tremende ed è chiaro che ti interesso», risatina di Montagnèr con fugace occhiata al viso perplesso di Carlotta per sondare il terreno. «Potremmo mangiare insieme… tipo da me. Però io non so cucinare».

Carlotta lo guardò con i soliti occhi pieni di beffe e scintille.

In mezzo a quei palazzi bui e tristi, ai lampioni che coloravano la nebbia di giallo, al freddo scandito dai cumuli di neve, sembrava davvero che avesse il viso pieno di stelle.

«Va bene, ti faccio l'amatriciana. Sono una forza».

Gli spiegò che un'amatriciana così non l'avrebbe mai mangiata in vita sua e che bisognava passare dal supermercato per comprare tutto l'occorrente.

117

Renato Boriani guida piano piano la sua Porsche Turbo Cabriolet sull'autostrada dei Laghi.

La carreggiata è sgombra dalla neve che brilla d'argento lungo i lati bui della strada. L'asfalto però resta ingannevole e la nebbia si alza e si abbassa quando meno te l'aspetti.

Il nostro bomber, a essere sinceri, manterrebbe la stessa andatura anche se in mezzo al cielo fiammeggiasse il solleone. In auto è sempre andato piano. Di macchine, macchinoni, cilindrate, cromature, accelerazioni intermedie e trazioni integrali con frizioni multidisco a gestione elettronica PTM non gliene è mai fregato un cazzo. L'unica cosa che è sempre stata a cuore al centravanti di sfondamento è porre il suo sedere su un mezzo di locomozione che lo rappresenti come uomo di successo.

Anche la musica segue il ritmo lento della fuoriserie. Generalmente quando Renato Boriani si porta a spasso qualche fighetta meritevole di attenzioni inserisce canzoni giuste, motivetti modaioli, compilation all'ultimo grido. Ma quando è solo, ascolta Sergio Cammariere. Non c'è partita. Lo trova troppo più vicino alle sue frequenze interiori e lo rilassa come nessuno.

Dopo la spaventosa scuffia per Carlotta e gli echi suggestivi del dramma di Consuelo, il campione è tornato lentamente alle vecchie abitudini. Vive così, serata per serata.

Sotto un pacco di fogliacci (contratti milionari stipulati con le società per le campagne pubblicitarie) aveva ritrovato persino la sua famosa lista delle fighe da castigare. Via via depennava con un pennarello rosso le donne che si portava a letto, alla Uma Thurman in Kill Bill.

Solo nell'ultimo mese erano entrate a far parte del suo impareggiabile pedigree: quattro Veline (due more e due bionde), tre ex Miss Italia, due concorrenti del *Grande Fratello* poi rivelatesi lesbiche, una vecchia conduttrice baldracca (fantasia erotica di quando era ragazzino), una scalpitante giornalista e persino Clarissa Panari la giovane scrittrice campionessa di incassi.

In questi giorni si trastulla assiduamente con la vulcanica tronista Paola Freghiero di Somma Vesuviana.

Non c'è più l'entusiasmo di una volta, ma la vita va avanti: il braccio di ferro con la società si è concluso da tempo, ormai ha ripreso ad allenarsi regolarmente e a spadroneggiare nelle aree di rigore per la gioia dei suoi tifosi. Si sta avvicinando alle colline di Como per fare una sorpresa a Umberto Barà che non vede da un bel po' di tempo. Ha con sé pure un regalo: l'ultimo giochino della Playstation sullo sci alpino.

Una vera bomba.

Varcato il cancello automatico del vialetto comune al complesso delle cinque ville che di fatto occupano l'intera collina, Renato si ritrova sotto un tunnel di betulle, castagni e abeti lungo come il traforo del San Bernardo. Parcheggia il bolide proprio nel giardino di fronte all'abitazione. Si dirige verso la porta, quando passa da una finestra illuminata. Dall'interno proviene una luce calda.

Chi sono quei due che scopano sul divano del salotto?

Un particolare lo trattiene.

In un qualsiasi altro momento della sua vita Renato avrebbe fatto dietrofront e se ne sarebbe filato via senza far rumore. Non lo incuriosisce vedere scopare, lui vuole scopare.

Aguzza la vista.

Uno dei due non può che essere Umberto (anche se quasi non riesce a distinguerlo, così risucchiato dal divano e coperto da quella bellissima schiena vellutata che fluttua come un'onda scura) e l'altra... l'altra... è una ragazza di colore.

Naomi Campbell!...

Tanto di cappello, quando è giusto è giusto.

Ma cosa ci incastra Naomi Campbell con Umberto Barà? No, non può essere lei. Però le assomiglia. È una ragazza di colore che assomiglia a Naomi Campbell. E che Renato conosce bene!

Prende coscienza.

Quella è la mia fid... cioè la mia don... cioè la mia troia!

È Karina Amunici, la sua mignotta preferita.

Assurdo.

Con tutte le bagasce del mondo proprio lei è andato a pescare! E a casa di Renato, è bene ricordarlo, quella zozza non c'è mai voluta andare.

Bastardi tutti e due!

Poi ripensa a tutto quello che ha combinato lui a Umberto e...

L'avevo sentita quella voce allo Stelvio. Poteva essere di Umbè. Meglio andarsene va'...

Sul tavolino di cristallo Swarovski situato al centro del gazebo intravede una macchia bianca. Fogli...

Renato Boriani è refrattario alla carta stampata come un porcellino a un forno a legna. Eppure il tocco mellifluo della curiosità (fine a se stessa) lo spinge verso quei fogli bianchi che sembrano galleggiare nel buio. Ne prende uno in mano e...

Perché non me l'ha detto? Avevamo fatto un giuramento.

Decide di mettersi uno di quei fogli in tasca, tanto è una brutta copia. Quel traditore deve essere punito in qualche modo!

Anch'io sono stato un traditore, ma poi avevamo giurato.

Prima vuole dargli un'ultima occhiata, per essere sicuro...

Questo è...

è...

Come dice la pubblicità? La pubblicità della Findus...

...that's amore!

Ecco, ecco sì: that's amore!

Umberto non è un traditore, è solo un coglione!
Mentre lascia il foglio planare sul tavolino.

La mattina successiva, quando Umberto passerà dal giardino per scendere a valle e comprare i cornetti caldi con la crema per la sua statuaria pantera, si fermerà sotto il gazebo. E sopra il tavolino, appoggiato sui fogli scribacchiati, troverà una scatolina colorata. L'ultimo favoloso gioco sullo sci alpino della Playstation.

118

Sono brilli.
Fabrizio più di Carlotta.
Seduti uno di fronte all'altro, intorno al tavolino nel cucinotto del bilocale di Montagnèr.
Due piatti di amatriciana appena iniziati. Hanno il viso sporco di sugo. Fabrizio, dal mento fino a un ciuffetto sulla fronte pensato per mimetizzare l'inizio di stempiatura. Carlotta è imbrattata sulla bocca e tutto intorno, come se avesse giocato col rossetto.
In qualsiasi modo si possa conciare, è sempre più carina.

Quando la dolce e battagliera ragazza di Mocciano ebbe ammesso la sua colpa (non per quello che era successo a Fabrizio la sera del pestaggio ma perché lo aveva preso in giro con il falso profilo di Facebook, tenne a specificare) Montagnèr l'aveva sfidata: «Paga con la giusta penitenza e non ne parliamo più!».
Nella mente di Fabrizio, inondata da un litro e mezzo di Morellino di Scansano e quattro gin lemon senza ghiaccio, iniziò a navigare l'idea di quale potesse essere la punizione adeguata.

Montagnèr sei un genio.

Carlotta, per riparare a tutta la sofferenza che aveva procurato a Montagnèr, avrebbe dovuto mangiare i bucatini senza forchetta. E senza mani.

L'aveva sperimentato di persona durante una libera uscita mentre svolgeva il militare presso il secondo reggimento del corpo dei bersaglieri. Si era divertito e gli pareva una grande idea.

Lei sgranò gli occhi inarcando le ciglia e mise su un sorrisino sbruffone che eclissò persino le luci dell'alberino di Natale che con i suoi festoni rosso oro campeggiava accanto al televisore.

«Per quel che ti conosco non lo farai mai…», fu l'incentivo del PR ubriaco.

«Ok, lo faccio. Ma solo se lo fai anche tu».

Fabrizio Montagnèr, che avrebbe vissuto tranquillamente all'Hotel Burj al-'Arab di Dubai come in un porcile di una cascina a Bellinzago, affondò la faccia nel piatto di bucatini all'amatriciana più buoni che avesse mangiato in vita sua.

Non può essere così maiale e deficiente!

Carlotta lo guardò fra il divertito e lo schifato. Poi si legò i capelli improvvisando una crocchia con una penna, si mise il tovagliolo sopra il golfino grigio scuro con le spalle di pellicciotto corte che lasciavano le braccia completamente nude e dette un morso alla cupola di bucatini.

Montagnèr, riconosciuta la tempra della ragazza, le dette subito partita vinta per evitare ulteriori spargimenti di sangue (sugo)!

Ridono e si ripuliscono con i tovagliolini di carta che Carlotta ha trovato in qualche cassetto che Fabrizio non apriva da anni.

La colonna sonora, offerta da MTV e preferita da Montagnèr a un tornado di cd anni Ottanta-Novanta (*magari a*

Carlotta non piacciono), propone un vecchio pezzo dei Berlin: *Take my breath away*.

Il Dio dei deejay gli è propizio.

Non sarà il grande Julio Iglesias, ma è comunque un brano di grande atmosfera e infonde fiducia a Montagnèr. Come fa a non sentirsi Tom Cruise? Incancellabili i ricordi di quando portava il giubbottino dell'Avirex con tutti gli stemmi cuciti sopra, a cavalcioni del suo Sì Piaggio che pilotava sullo stradone del lungomare come se fosse stato un aereo di *Top Gun*.

«Senti Carlotta... perché scappi sempre?»

«Veramente non scappo mai...». Si guardano negli occhi per un secondo di troppo.

Non si può tornare indietro!

Totta si alza, fa il giro del tavolo e si mette in piedi appiccicata al lato della sedia di Fabrizio.

Con un dito gli manda via uno sbaffo di sugo sulla guancia. Quella cicatrice accanto all'occhio... Comunque la si voglia mettere, lei c'entra. Capisce che anche solo per questo motivo dovrebbe volergli bene. Gli vuole bene.

Piega la testa verso il basso per guardarlo, con gli occhi che luccicano furbetti. I lineamenti fondenti e un sorrisino sulle labbra che brilla di pomodoro e burro di cacao.

Vedendola così, da questa angolazione, Fabrizio da a Cesare quel che è di Cesare. È proprio vero: *i nostri bambini, alzando gli occhi, vedrebbero la mamma più bella dell'universo!*

Totta butta giù la saliva con un po' di difficoltà...

È il segnale.

Anche lei è un pochino emozionata o qualcosa del genere?

Se mi alzo mi trovo faccia a faccia, guancia a guancia, bocca a...

Mi alzo.

Anche se Montagnèr non è affatto basso, Carlotta ha i tacchi e sono alti uguali. Fabrizio le tocca una spalla e di lato appiccica il suo viso a quello di Carlotta. È morbido e caldo.

«...*take my breath away... my love, take my breath away...*».

Sta finendo la canzone e...

No cazzooo! La Ta-tan-gelo! Hanno messo Anna Tatangelo. Ora è dura. Musichetta isterica, non vado da nessuna parte. Va a finire che cambia idea, devo stringere i tempi.

Le dà un bacio sulla guancia. Un altro. Lei fa lo stesso sulla guancia di Fabrizio, lasciando l'ombra arrossata delle labbra sulla barbetta.

Se non fossero così attenti a non cedere, tremerebbero tutti e due.

Le appoggia una mano dietro al collo pallido, glielo gratta appena.

E finalmente le labbra di Carlotta.

Quelle vere! Quelle che guardava per ore sulle foto di Facebook, quelle che mandavano baci alla macchina fotografica e affondavano sulle guance di amiche e amici (quanto li invidiava!).

E poi un bacio vero.

La sua saliva, la sua lingua e il sapore della sua amatriciana speciale.

Perché Totta... mi piaci così tanto?

Cameriere, champagne

119

Il 15 aprile è un giorno decisivo per la nostra storia.

Carlotta sta filando in auto verso la villetta di Pagliera di Lainate perché la mamma è rimasta fuori di casa. Ha perso le chiavi e non è riuscita a rintracciare Giacomo. Ha provato a chiamarlo anche Carlotta ma il telefono dà sempre libero. Ci deve essere nell'aria una strana alchimia perché in questi giorni ne stanno capitando di tutti i colori.

A cominciare dal pomeriggio del giorno precedente, seduta su una panchina in piazza del Mercato ad aspettare Fabrizio. Ormai era diventata la loro panchina, accanto al chiosco delle bibite e dei frappè.

Aveva fatto bene a vestirsi leggera, le nuvole si erano incrociate e avevano coperto il cielo come dietro a un sipario. Però continuava a fare un po' caldo.

Non vedeva l'ora di mostrare a Fabrizio com'era carina con i capelli un pochino più corti e appena schiariti. Indossava una giacca blu da uomo ma se l'era subito tolta per via dell'afa. Appiccicato sopra una spalla, il cerottone anticoncezionale.

Carlotta teneva il frappè stretto nelle due mani e osservava quella panchina sempre vuota, poco più in là.

Chissà dove sono finiti?

La panchina era quella dove Fabiano Zucchelli e i suoi

amici bulli restavano appollaiati per ore e ore a schiamazzare. Ne aveva perso le tracce, non li vedeva da mesi: evaporati dalla scena come Mauro Repetto, l'incompreso ballerino biondo degli 883. Pensò Totta, a cui il fratello aveva fatto una testa così con i misteri del suo gruppo preferito.

In realtà Carlotta non era semplicemente al corrente che Fabiano e soci ormai avevano fatto il salto di qualità: si ritrovano all'American Bar nel centro di Pero dove ci gravitava un sacco di gente grande e belle gnocche che la davano via senza farsi tanti problemi.

Nel frattempo vide Fabrizio venirgli incontro, ma…

Cos'è quella faccia?

Non l'aveva mai visto così.

120

Per seguire attentamente le evoluzioni della nostra storia dobbiamo tornare indietro di un po' di tempo, circa una stagione e poco più.

I quattro mesi successivi a quella gelida e indimenticabile notte di dicembre furono i più entusiasmanti della loro vita.

Dopo quel bacio tremebondo, la sera stessa ne seguirono altri, meno timidi e sempre più arrembanti. Carlotta si dimostrò tutt'altro che sprovveduta e fece di tutto per fare diventare pazzo Montagnèr. Così, con quel panciotto peloso, non sapeva se prenderselo e portarselo a casa come un orsacchiotto di peluche o se sbranarlo lì sul letto. Alla fine la bella Totta mixò le pulsioni confliggenti e si comportò da vera gattina. Fu un gioco da ragazzi ricoprirlo di tenerezze ed eccitarlo allo spasimo come nessuna donna aveva fatto prima.

Fabrizio, che aveva sempre visto la ragazzina come un sogno da sbaciucchiare per ore, fu costretto a venire a patti con la realtà. In carne e ossa, tutta per sé, continuava a fargli un mondo di tenerezza, su questo non si discuteva. Eppure Montagnèr era un uomo ed era arrivato il momento di farlo capire alla ragazzina dei suoi sogni. Neanche il tempo di decidere se ispirarsi al Marlon Brando di *Ultimo tango a Parigi* o a Mickey Rourke in *9 settimane e ½,* che Carlotta lo stava già guardando in un modo…

Ci furono tanti baci, bacini, carezze delicate e decise. Totta elargì a profusione sorrisini maliziosi, colpetti di lingua e mugolii da femminuccia fatale che fecero diventare scemo anche un vecchio bombardino di letti infuocati come Montagnèr.

E poi, dopo, ancora baci. Da soli. I più importanti.

La bocca di Totta restava rossa rossa anche senza rossetto.

Trovarono pure il tempo per tornare nel cucinotto a finire l'amatriciana che era troppo buona.

Alla fine Fabrizio concluse dentro di sé che fare l'amore con Carlotta Magonio era come farlo con tutte le altre donne del mondo, solo che il letto sembrava ricoperto di zucchero.

La mattina successiva, verso mezzogiorno, mentre stava rifilando une serie infinita di pizzicotti alle guance stratosferiche di Carlotta che era sulla porta, Fabrizio si sentì metà contento e metà dispiaciuto. Dispiaciuto perché la sua bella se ne andava (ma era sicuro che l'avrebbe rivista prestissimo). Contento perché stava vivendo una cosa talmente esaltante che non vedeva l'ora che finisse per poterci ripensare. All'infinito! Una fiamma di gioia gli stava scoppiando dentro e doveva assolutamente liberarla all'esterno.

Appena sentì Carlotta scendere le scale, Montagnèr si mise in ginocchio come aveva visto fare al grande Björn Borg dopo aver vinto Wimbledon e si coprì la faccia con le mani!

L'odore di Carlotta era tutto addosso e il sapore della sua lingua, della sua saliva circolava in profondità. Lo sentiva nel naso, nella bocca, lungo la gola. Quando deglutiva scorreva denso. Era un sapore che non aveva mai sentito e che gli piaceva tantissimo. Sembrava non volesse andarsene mai.

C'era un po' di nebbia che scontornava le cose.

Carlotta camminava spedita verso la macchina. Sottobraccio, ballonzolava il bambolotto di Babbo Natale da tenere appeso al bancone che le aveva appena regalato Fabrizio (a lui era già volato di sotto un paio di volte e si era molto intristito). Camminava e non ci credeva. Non ci credeva che quello scemerello di Montagnèr avrebbe potuto farla sentire così! Doveva assolutamente fidanzarcisi, farci una storia seria che più seria non si poteva.

Uno così, se avesse avuto la bacchetta magica, lo avrebbe rimpicciolito e messo sul comodino, anche solo per farle venire il buon umore quando si sentiva un po' giù. Era troppo buffo, dolcino e sferzante quando voleva. Le sembrava pure bello!

Prima che arrivasse a casa, Fabrizio le aveva già inviato due SMS. Il primo per dirle che era stata una serata fantascientifica, che lei era la più bella del mondo e che a questo punto dovevano fissare la data del matrimonio.

Il secondo per chiederle perché non gli aveva ancora risposto.

Carlotta fece passare un po' di tempo per creare la giusta suspense e poi replicò: «Devi stare tranquillo, sei già troppo innamorato. Ti mando il doppio dei baci che ci siamo dati stanotte. Ci sentiamo stasera, dopo cena». Ma nel pomeriggio lo aveva già chiamato due volte.

121

La sera stessa si erano rivisti e ne erano usciti fidanzati.

Al fine di fissare le regole del rapporto in modo definitivo, le misero nero su bianco. Si dimostrarono precisi, tassativi e concreti. Appesero il prezioso regolamento nelle rispettive camere da letto. Anche se, poi, venne tutto spontaneo.

Si telefonavano dieci volte al giorno (capitava che chiamassero contemporaneamente così che i telefoni rimanevano occupati per diversi minuti!), ogni occasione era buona per mandare qualche messaggio smielato, Montagnèr le lasciava i bigliettini sul comodino e Carlotta lo inondava di parole dolci nella chat.

Ogni notte Fabrizio le inviava un SMS e se Carlotta si svegliava senza il messaggio lo richiamava subito e faceva le lamentele.

Sorprese e regali a cascata.

Fabrizio era ai piedi di Carlotta e non faceva niente per nasconderlo. Ma anche l'inafferrabile Totta, pur mantenendo un fragile contegno, sentiva l'aria che le mancava quando non aveva intorno la faccia allegra di Montagnèr o non sentiva il telefono squillare per qualche ora. Pure la mamma la prendeva in giro.

Si vedevano tutti i giorni un po' a casa di lui e un po' a casa di lei. Stavano insieme più che potevano, Fabrizio l'accompagnava ovunque e faceva pure finta di divertirsi quando la seguiva per i negozi.

Carlotta doveva solo prestare le guance a Montagnèr che gliele ciancicava per ore come antistress e se ne stava buono.

Passavano le giornate traghettandosi dal divano al letto sempre appiccicati: parlando, ridendo, vedendo film e telefilm, commentando i reality show. Ma soprattutto mangiavano le merendine davanti alla TV, la loro ossessione. Facevano le classifiche e ogni volta che ne sgranocchiavano una la paragonavano a un'altra («Fabri, il Buondì?... Da uno a dieci?»).

Poi arrivava tutto il resto.

Totta se lo sbaciucchiava con più insistenza, faceva fare qualche giretto in avanscoperta alla sua lingua carnosa e

Montagnèr andava completamente fuori di testa. Di nuovo quel sapore.

Quando Carlotta seppe da Fabrizio la sua precisa situazione universitaria, si arrabbiò moltissimo e cominciò ad aiutarlo. Gli risentiva le cose e se il lavativo non moriva sui libri per ore e ore, smetteva di parlargli. Doveva finirla quella cavolo di facoltà!

Per quanto atteneva alla gestione dei propri spazi (ma qualcuno li desiderava veramente?), il punto cinque del regolamento era molto chiaro: un giorno alla settimana libera uscita. Per il resto, le poche volte che non se ne stavano da soli, era concesso passare la serata con gli amici di lui o con le amiche di lei. Carlotta si divertiva a sentire le assurdità di Fabrizio e dei suoi amici molto più grandi.

Il problema era Ginevra. Come si poteva far quagliare il tutto?

Carlotta catechizzò Fabrizio fino a che non sentì ripetere quello che da giorni cercava di fargli entrare in quella testa dura: «Va bene, c'è stato un equivoco, tanto ormai è tutto passato, chi se ne frega...Va bene così Carlotta?».

Andava bene.

Una sera, davanti al multisala Odeon di Milano, Ginevra De Amicis e Fabrizio Montagnèr, sbiaditi dalla nebbia e spettinati da un vento glaciale, sancirono la grande pace.

Mentre Carlotta girellava stressatissima per l'incontro (era già stata due volte a fare la pipì nei bagni del cinema), Ginevra lo prese da una parte e gli chiese scusa. C'era stato un equivoco anche se, in fondo, era stata tutta colpa sua. Le dispiaceva tantissimo e non sapeva come sdebitarsi.

Montagnèr guardò le lucine di Natale tutte intorno, i lunghi occhi verdi di Ginevra e accettò le scuse.

Ma non chiedermi altro, Carlotta Magonio...

Pure le famiglie furono coinvolte. Andavano spesso a Pagliera di Lainate per mangiare dalla mamma di Carlotta. A Teresa non pareva vero di stare con i figli e quel ragazzotto con la faccia simpatica che rallegrava l'ambiente.

Quando Fabrizio le disse che la figlia era bravissima a fare l'amatriciana Teresa gli schiantò a ridere in faccia e poi precisò: Carlotta si dava da fare, verissimo, ma era ancora immatura culinariamente parlando. Una pivella con tanta buona volontà.

Teresa, così bella tonda, non assomigliava troppo alla figlia, ma si vedeva che era sua mamma. Una vaghissima somiglianza con Marisa Laurito che lo faceva sempre ridere sotto i baffi.

Una sera sputò il rospo: «Scusi Teresa, ma lei è identica alla Laurito!». Risero tutti e Fabrizio fu doppiamente contento perché far ridere Teresa significava che il sorriso della figlia sfavillava ancora più radioso. Carlotta era troppo felice che il suo ragazzo facesse divertire pure la mamma.

Giacomone poi era uno spasso. Parlavano di calcio e si trovavano sempre d'accordo.

Sul versante Montagnèr, il PR innamorato avvertì subito la famiglia: finalmente aveva trovato la sua dolce metà, una certa Carlotta che presto avrebbe fatto conoscere a tutti quanti! Una volta la passò alla mamma per telefono ma la signora Montagnèr non capì molto della conversazione per via di quello strano dialetto del nord.

E naturalmente Fabrizio la presentò ad Aimè Gresset, che si ritrovò a pagare tre cene invece di due.

Portava fuori i due ragazzi e più conosceva la fidanzata di Fabrizio, più era costretto ad ammettere che se avesse avuto l'età di Montagnèr si sarebbe innamorato di lei sul colpo. Quegli occhi espressivi e vivaci avevano strabiliato anche il commissario. E poi era brillante, curiosa e gli faceva un sacco di domande. Soprattutto sul giallo di Consuelo.

Insomma, passarono le vacanze di Natale più belle e si

fecero una serie di regali che non finiva più. Ripetevano sempre la solita solfa: «Se ci lasciamo, se alla fine non ci sposiamo, siamo dei veri idioti. Proprio dei deficienti. Se non ci sposiamo noi, non si sposa nessuno!».

In effetti, per buttare all'aria una storia così, ci voleva veramente un grande impegno.

122

Rieccoci quindi a osservare quella famosa panchina.

Nel frattempo Montagnèr aveva salutato Carlotta un po' freddamente, le si era seduto accanto e aveva cominciato a parlare senza farsi sfuggire l'accenno di un sorriso.

Era brutto tempo, ma faceva già troppo caldo per essere la metà di aprile.

Aveva iniziato un discorso che fece subito drizzare le antenne a Carlotta. Non prometteva niente di buono: «Totta senti, ti devo parlare».

Come mai ha quel tono greve? Il classico tono di chi...

«Purtroppo, ultimamente, mi sono accorto che fra noi le cose sono cambiate».

Guardò un attimo negli occhi Carlotta, il tempo per non provare troppa vergogna. Aveva gli occhi trafitti. Profondi e scuri come Fabrizio non li aveva mai visti. Non c'era nessuna luce al mondo che potesse far smuovere qualcosa in quelle pupille.

Non ce la faccio a vederla così, devo fare presto!

Anche se, in effetti, Carlotta era ancora più carina con quello sguardo attento che cercava disperatamente di leggere i pensieri! Le stavano pure bene i ciuffetti biondini ma non era il momento di dilungarsi in complimenti.

«In questi casi, è difficile trovare le parole: lo so che mi capisci, sei una ragazza intelligente».

Carlotta lo guardò in silenzio, mentre sentì pizzicare le palpebre. Non doveva assolutamente piangere, non lì, davanti a lui.

«Per prima cosa volevo restituirti gli orecchini che ti sei dimenticata ieri sera a casa mia».

Non ci posso credere. Allora è vero. Li ha messi pure in una scatolina, perché si sente in colpa.

Ormai non ce la faceva più, le veniva dalla gola, stava per piangere.

Aprì la piccola scatola rossa istintivamente.

Non c'erano gli orecchini.

C'era un anello. Un mega anello di fidanzamento.

«Sei uno stronzo Montagnèr!».

Ora poteva piangere. Gli occhi le ridevano e si bagnavano insieme. Era più pallida e la bocca ancora più rossa.

«Totta, quando piangi sei la fine del mondo: dovrei farti frignare dalla mattina alla sera!».

«Bastardo bastardo bastardo!».

Un frullato di baci e di pensieri.

123

Il giorno successivo è il fatidico 15 aprile.

La mamma non ha mai perso le chiavi di casa in tutta la sua vita.

Fra l'altro sono le sette di sera e Teresa quando ha ospiti a cena (Carlotta aveva invitato Montagnèr per festeggiare e pavoneggiarsi del bellissimo anello) prende posizione in cucina già a metà mattinata.

Che ci fa ancora fuori a quest'ora?

È strano… il cancello è aperto, mentre parcheggia vede con la coda dell'occhio la Peugeot 207 di Giacomo.

Suona il campanello. La mamma le viene ad aprire pochi secondi dopo. Ha una faccia stranissima, gli occhi sono seri ed effervescenti allo stesso tempo.

Mamma che succede?

Nel salotto, Giacomo parla con un uomo. Lo ha riconosciuto dopo qualche istante.

Carlotta non può rendersene conto, ma sta sgranando esageratamente gli occhi. Linda Blair posseduta dal demonio!

124

Renato Boriani, Umberto Barà e David Cramp hanno deciso di incontrarsi nel capiente appartamento di piazza del Mercato come facevano l'estate precedente.

A Renato e Umberto piange il cuore. Ormai sono diventati amici. Devono dare una brutta notizia a David e non sanno come fare.

C'è un'aria primaverile fresca e leggera che non è per niente adatta a intavolare discorsi seri e fare restare male le persone! Lo osservano con quella camicia rossa, la giacca nera. Per la prima volta appare loro patetico e solo, così incastrato nelle sue piccole manie.

L'estate scorsa erano stati bene insieme e i due campioni si erano divertiti un fracasso a seguire le strampalate linee investigative che dettava David. Sembrava tutto un gioco, si sentivano dentro a un film. La sera riepilogavano il lavoro svolto e si spaccavano con delle serate alcoliche di fronte alle quali "l'investigatore dei sogni" non si tirava mai indietro.

Facevano parte di una squadra.

Una sera David, illanguidito da un momento di scoramento etilico, raccontò la sua storia con una capacità di sintesi tutta britannica. A grandi linee: David Cramp era originario di Eastburne, una cittadina di mare nel distretto dell'East Sussex. Raggiunta la maggiore età, si recò a Londra per studiare economia, finendo per essere folgorato dalla sua più intima vocazione: fare il poliziotto. Divenne un giovane e promettente detective di New Scotland Yard, appoggiato dall'ispettore Jim Topper che vedeva in lui il suo erede naturale.

Poi conobbe una ragazza, Lillie Mariner, che gli spezzò il cuore.

Era bella, ambiziosa e sapeva cosa dire e fare agli uomini. Voleva diventare giornalista con la stessa passione con cui David Cramp rincorreva il sogno di restare negli annali di Scotland Yard. Sembrava fosse amore, poi scoprì che quella zoccola se la faceva con quel bastardone di Topper. Dietro, forse, c'era uno scoop che il vecchio marpione aveva promesso alla giovane giornalista.

Iniziò a bere come una spugna e lentamente fu emarginato dall'intero reparto di Scotland Yard. Gli fecero l'apartheid. E lui non seppe reagire. Becco e bastonato.

Una volta perduto tutto ciò in cui credeva, decise di cambiare aria e di rinascere creando un nuovo David Cramp: "l'investigatore dei sogni".

A questo punto, malgrado tutte le loro buone intenzioni, Umberto e Renato non possono proseguire il rapporto di lavoro iniziato con David, sarebbe ridicolo. È quasi un anno che stanno cercando questo dannato pazzoide senza alcun risultato. I due campioni lo sanno benissimo che l'investigatore ha fatto e sta facendo tutto il possibile, ma ormai la storia si è spenta, spiaggiandosi come una balena che è andata a finire sulle rive dello Zambre. Neanche in televisione ne parlano più.

Chiunque si sia interessato alla faccenda è in grado di intuire che questo caso resterà irrisolto e continuare a brancolare nel buio non serve a nessuno. Non è una questione di soldi, assolutamente. Sono sicuri che anche David si sente mortificato di ricevere quel denaro facile. Troppo facile!

Per questi validi motivi Umberto e Renato stanno parlando all'investigatore da amici e l'investigatore sta comprendendo da amico. Evita persino di informare i suoi datori di lavoro che si sente sempre più vicino a scoprire qualcosa di veramente importante. Non vuole fare la figura del morto di fame che si inventa cazzate per trascinare la pantomima il più avanti possibile. Meglio tacere con dignità...

Questione di stile.

Lo ha sempre pensato: *sono un grande detective ma con una sfiga pazzesca addosso.*

Proprio come adesso! Sono mesi che rincitrullisce dietro a quel particolare che doveva venirgli in testa: sembrava questione di giorni, ore, minuti. E invece niente. Ha più sfiga di Zenigata quando insegue Lupin. E contro la sfiga non c'è nulla da fare. Deve accettare di essere un perdente.

«Grazie ragazzi per la bellissima opportunità che mi avete offerto!... Davvero, thank you!».

Si abbracciano tutti e tre, quasi si commuovono, Renato va a prendere le birre in frigo per brindare a questo addio solo professionale.

«Perché comunque continueremo a vederci per le nostre seratone, vero David?»

«Certo ragazzi, certo».

È contento dell'affetto, ma se qualcuno in questo mondo (venale) conosce anche solo un pochino David Cramp sa che non mollerà questo caso nemmeno se dovesse pagare di tasca sua. Questione di orgoglio.

Crashhh!

A Renato è caduta una birra.

«Ma porca puttana Renato!». Il bomber non sa fare nulla, tocca pulire a Umberto. Vanno a dare una mano al centravanti in difficoltà.

David Cramp guarda in basso.

Ci sono tanti cocci di bottiglia sparpagliati sul laghetto di birra che si spalma sulle mattonelle di cotto. Sono molti di più rispetto a quelli che aveva visto quel giorno…

Gli viene quasi da ridere.

Non è possibile… era questo il particolare che gli era sfuggito. Il famoso relitto della memoria che guizza fino alla strato più superficiale della coscienza…

Una boiata.

Pensava di risolvere il caso con questo pensierino?

Povero coglione…

Sul prato di erba medica, c'erano dei pezzi di vetro. Ma erano pochi. E soprattutto mancava il collo della bottiglia.

Consuelo è stata sfregiata con una lama di vetro (ora ne è sicuro). *E allora? È un'idea come un'altra. No, non è un'idea come un altra.*

È qualcosa di più. Anzi, è molto di più. Anzi, è tutto!

Forse.

Se li ricorda benissimo i giornali di due anni prima: l'omicidio di Codogno Vicentino.

«Ragazzi scusate, devo scappare, vi chiamo presto».

«Ma come!?», Renato e Umberto in coro.

«Mi sono ricordato una cosa, anzi due!».

Chiamatemi Poirot.

Anzi chiamatemi Dylan Dog!

125

Si alza dal divano, le viene incontro, le sorride. Si capisce benissimo che la vuole abbracciare.

Carlotta guarda in basso lo schiva e fila diritta nel bagno.
Mamma Teresa ha le mani grassottelle sulla faccia e scuote la testa, mentre Giacomo fa un sorrisino tutto mentale. È una scena più comica che drammatica.
Carlotta non si è mai sentita così oltraggiata e confusa (e commossa?). Non sa cosa fare, sono cinque anni che non lo vede. Che non vede suo padre.
Quell'uomo brizzolato, alto, con il volto tirato come se gli stesse passando sopra un caterpillar, è Gabriele Magonio.
Il sorriso triste e imbarazzato rimane lì, appiccicato sulla faccia come quando in Australia raccontava le barzellette e non faceva ridere nessuno.

126

Era fuggito dall'Italia con le mani aggrappate alla sottana di una ragazza di Sidney, venti anni più giovane di lui. Si era follemente innamorato, perdendo la testa come succede a sedici anni.
Aveva lasciato tutto, la moglie, i figli (Carlotta aveva diciassette anni) e il lavoro di ingegnere alla General Electric di Milano.
Una volta insediatosi a Sidney, fu convinto dalla giovane cangura, Shelly Boyle, a mettere su un ristorante italiano con la pizza fatta al bacio da un carissimo amico napoletano (di lei).
Il resto l'avrebbe fatto l'amore.
Il nome del ristorante non poté che essere "Pizza and Love".
Ci aveva investito un sacco di soldi, attingendo persino al fondo comune di famiglia in cui confluivano anche i risparmi di Teresa. Ma i risultati erano rimasti striminziti.
Dopo cinque anni in cui Gabriele Magonio aveva vissuto

crogiolandosi nell'amore e rincoglionendosi di sesso brado e sfrenato, si rese conto di un paio di cosette.

1. Da quella cassa stitica mancavano sempre mezzo migliaio di dollari.

2. Il napoletano se la fotteva.

Sui tavoli del ristorante, sul pavimento della cucina, sopra la pizza al metro dello chef (specialità della casa) e sulla tazza del cesso.

Il cesso fu fatale.

Gabriele dopo la chiusura del ristorante stava aprendo lo sportello della sua Audi A3 Sportback per tornarsene nella piccola ma accogliente casa con vista sul Tasmanian Sea, il mare di Sidney. Il programma cambiò improvvisamente quando sentì quella fitta all'intestino che iniziò a ribollire come un idromassaggio.

Scese di corsa nel bagno privato per liberarsi dal maxi calzone al gorgonzola che era il vanto del pizzaiolo e che secondo il dottor Magonio faceva letteralmente cagare (e adesso ne aveva la conferma).

Mentre rullava di pugni la porta del bagno per non farsela addosso, la bella Shelly squittì:

«Occupato!», con la vocina sorridente e imbarazzata (e falsa).

Occupato un cazzo!

Aprimi Shelly o la faccio qui sul pavimento!».

«Un attimo, ho quasi finit...».

Troppo tardi.

Una scarica di dolore liquido evacuata dagli inferi intestinali conferì a Gabriele la forza necessaria per spalancare la piccola e difettosa porta scorrevole.

Se li trovò davanti.

La schiena lentigginosa di lei, sopra quel fagotto bruno e peloso di Gaetano Iannacone, il pizzaiolo. Assunse un'espressione ferma e dignitosa.

E disse: «Levatevi dai coglioni, sennò vi cago addosso».

Fu l'ultima frase che Gabriele Magonio rivolse nella sua vita a Shelly Boyle.

127

Da un bagno all'altro.

Carlotta ha le mani sui bordi del lavandino e si sta guardando allo specchio. Ma che succede in questi giorni? La bella Totta sta versando più lacrime nelle ultime ventiquattr'ore che negli ultimi dieci anni di vita.

Perché sei tornato, essere vile?

Sta piangendo. Singhiozzi improvvisi come le buche di un rally. Deve tenerli a bada.

Con quale faccia di bronzo ti presenti a casa nostra come se nulla fosse!?

Possibile che se ne stiano tutti tranquilli tranne lei? È quasi più incazzata con loro che con quel padre degenerato.

E poi c'è troppa luce in quel bagno: vorrebbe stare al buio. Invece nota che sta bene con i capelli ancora più scalati e i ciuffi chiari. Singhiozza e non ci può credere che è contenta di sembrare carina a…

Lo aveva cancellato dalla mente, dagli occhi, dai sogni. Lo aveva tenuto lontano dai momenti di gioia e di malinconia. L'unica soluzione che le viene in mente è inviare due SMS, il primo a Fabrizio: «Vieni prima che puoi, ti prego».

Il secondo a Ginevra: «È tornato mio papà. Non ci sto capendo più niente».

E poi finalmente può chiamare aiuto: «Giacomooo!».

Il fratellone entra nel bagno che di colpo sembra piccolissimo. L'abbraccia tutta e le dà un bacio sulla testa.

«Ma siete rimbecilliti, cazzo? Lo guardate come se ci avesse fatto la grazia!».

«Totta stai calma e per una volta fidati di me».

Non è per niente facile riuscire a calmarla, a farle capire che sono tutti assolutamente consapevoli del male che ha fatto quell'uomo e di quanto sia stato vigliacco ed egoista! Però non è il caso di metterlo in croce. Non oggi. Ci sarà tempo anche per quello. La mamma è felice e questo momento non va rovinato in nessun modo.

«Va bene», dice Carlotta, con la coda del pianto che struscia ancora fra le parole.

«Ah, Totta... papà ha detto che ti sei fatta bellissima».

128

Se Carlotta non avesse inviato a Ginevra De Amicis quel messaggio di SOS forse non sarebbe accaduto alcunché. Forse.

La biondina più snob di Milano ha passato una bruttissima giornata. Una delle peggiori della sua vita. Come quasi tutti i pomeriggi della settimana aveva timbrato il cartellino in palestra e quando era rientrata in casa si era ritrovata la sorellina in camera sua. In ginocchio sull'enorme letto di Ginevra guardava le centinaia di foto della sorella maggiore appese alla bacheca. Tutta curiosa come se non le avesse mai viste in vita sua.

«Vieni Caterina, che ti do una bella ripassata!».

La sorellina aveva provato a sgattaiolare via ma Ginevra l'aveva agguantata, presa in braccio e riportata sul letto a due piazze dove spesso dormivano insieme accucciolate. Avevano iniziato a fare la lotta, come sempre. Ginevra le dava i pizzicotti, le faceva il solletico e la piccola Caterina si divertiva da pazzi. A un certo punto Caterina si ritrovò sopra Ginevra e l'abbracciò con le manine sulle spalle.

Perché sta facendo questo movimento?

Dava dei colpi col bacino rapidi e continui, non l'aveva mai fatto.

È il movimento dell'uomo quando penetra la donna.

Un senso di nausea immediato.

Il corpicino che si muoveva con quei piccoli scatti era spaventoso. Sporco e penoso insieme.

«Cate... fermati. Perché fai così?».

La piccola non rispondeva e ricominciava.

«Caterina! Smettila, dove l'hai visto fare? All'asilo?... I bambini, vero... stavano scherzando?»

«No», alzò gli occhioni verdi verso il soffitto alto alto. Un bel paio di occhi curiosi che sarebbero divenuti uguali a quelli della sorella.

«Dimmi Caterina, dove l'hai visto fare? In televisione?».

Ginevra pensava a quei cartoni animati un po' spinti che fanno vedere ogni tanto in TV.

«No, no Gine, non in televisione. A casa. L'ho visto fare a casa».

Le veniva da vomitare, la bocca secca. Si attaccò con tutta la forza che aveva a un'ultima domanda.

«Mamma e papà, quando stavano qui insieme vero?»

«No, non era papà, era più grasso. E tutto peloso. Era brutto. Molto più brutto di papà!», E scappò nella sua cameretta.

Non è possibile, non è possibile, non è possibile...

Ginevra doveva urlare, doveva spaccare qualcosa, doveva immediatamente andare da sua mamma e gridarle in faccia che era una lurida troia!

Problema: Monica, come al solito, non risultava reperibile.

Papà stava morendo e mamma si portava in casa quei porci

schifosi. Se li avesse trovati in camera che scopavano come maiali, avrebbe ammazzato il bastardo davanti a quella puttana che aveva ancora il coraggio di farsi chiamare madre.

Caterina è sempre stato il suo piccolo riparo. Si sentiva utile a farle da mamma mentre Monica era sempre in giro a fare la padrona del mondo negli studi televisivi.

Era l'unica cosa ancora bella in quella casa di schifo. Avrebbe voluto che la sorellina fosse stata diversa persino da se stessa. Neanche Ginevra si sentiva un buon esempio. Era troppo simile alla madre, per questo l'aveva sempre odiata. Ne aveva ereditato il cinismo e l'ambizione sfrenata.

L'unico era papà.

Ma fra poco non ci sarà più, e lei lo ha disonorato nel suo letto. Cagna vigliacca...

Ginevra stava piangendo. Era molto tempo che non fingeva di farlo.

129

E poi quel messaggio di Carlotta...

«È tornato mio papà. Non ci sto capendo più niente». Suo padre era tornato, il suo se ne stava andando.

Non è giusto.

Quella sfigatella aveva tutte le fortune del mondo.

Adesso è pure perdutamente innamorata di quel buffone da strapazzo.

Non le è mai andata giù la frase di quel beota, non le è mai andato giù lui e, soprattutto, non le è mai andata giù lei che per quella mezza tacca ci aveva sempre stravisto.

Le viene voglia di fare quella cosa.

Quella roba assurda che le era balzata in testa l'estate passata. Non ci aveva più pensato. Era solo una scheggia cattiva che era impazzita nella sua fantasia e che lì doveva restare.

Oggi però, potrebbe fare di tutto.
Si sente forte e disperata.
Almeno, non sarò l'unica…
…a soffrire!

130

C'è una favola che va per la maggiore.

Viene puntualmente citata nei racconti, negli articoli dei giornali, nei film, nei programmi televisivi, nei cartoni animati e persino nelle canzoni.

È la favola della rana e dello scorpione.

Non si conoscono bene le origini del celebre apologo (c'è chi sostiene che l'autore sia senz'altro Esopo, chi ne riconduce la provenienza a un'antica fiaba africana, chi lo rintraccia in una favola persiana del quattordicesimo secolo, chi infine lo attribuisce a uno scritto inglese relativamente recente), ma se ne conosce con certezza la morale fondante: l'immutabilità della natura umana.

Uno scorpione stava girovagando sulle sponde di un fiume finché incontrò una rana che stava sguazzando a riva. Lo scorpione voleva attraversare il fiume ma non sapendo nuotare chiese aiuto alla rana che, trasportandolo sul dorso, avrebbe potuto condurlo sull'altra sponda. Ma la rana rispose perplessa: «Se io ti faccio salire sopra di me tu potresti pungermi e uccidermi!».

«No», le rispose lo scorpione, rassicurante e logico «non posso pungerti perché se ti uccido poi morirei affogato pure io».

La rana, convinta dal ragionamento, lo fece salire e insieme si avviarono verso la riva opposta. A metà del guado lo scorpione punse la rana, la quale, mentre stavano affogando, riuscì a chiedere incredula: «Perché lo hai fatto? Così moriremo tutti e due».

«Perché io sono uno scorpione».

Insomma, secondo questa favola, niente e nessuno potrà mai cambiare la tua intima natura. Quello che sei, sei. E così rimarrai per sempre.

Attenendosi, dunque, alla regola generale appena enucleata, Ginevra avrebbe compiuto questo gesto a prescindere da tutto. Lo avrebbe fatto solamente perché era Ginevra. E non contava niente se proprio quel giorno aveva scoperto che sua mamma si portava a letto gli uomini davanti alla figlia di sei anni o che la sua migliore amica aveva appena riacquistato il padre mentre lei stava lentamente perdendo il suo.

Ginevra, prima o poi, lo avrebbe fatto comunque.

131

Montagnèr ha appena finito di fare la doccia e si sta strofinando forte i capelli. Da un po' di tempo a questa parte quei voltagabbana lo stanno tradendo. Sono sempre di meno! Finge di non vedere, sarebbe una realtà troppo dura: c'è del bianco in quella chioma troppo rada.

Prende in mano il telefonino e legge l'ennesimo SMS inviato dalla sua Totta.

È un messaggio diverso. Strano e allarmante. Deve vederci più chiaro. Subito.

Sta componendo il numero della fidanzata quando sente suonare alla porta. Chiude la comunicazione.

...Magari è proprio Carlotta!

Il citofono parla chiaro: «Ciao Fabrizio, sono Ginevra, mi fai salire per favore?».

Le apre subito il portone. È preoccupatissimo, pensa che

sia successo qualcosa alla sua fidanzata. In un secondo si mette un paio di jeans a caso e la maglietta della salute.

Mentre l'ascensore sta salendo (piano, pianissimo) non pensa. Spera e basta: ogni piano che oltrepassa è un piccolo sussulto. La paura svanisce nel momento stesso in cui la porta dell'ascensore si apre insieme al sorriso di Ginevra.

Finisce la paura e comincia...

132

Ginevra De Amicis ha deciso di usare l'artiglieria pesante.

Quella che non fa feriti e prigionieri. Non può fallire, lo sa benissimo.

Indossa un tubino bianco che preme appena prima del seno e le gonfia le tette già abbondanti. I capezzoli sembrano bucare la microfibra del vestito, ritti come i pollici di Fonzie.

Il vestitino è cortissimo, arriva a malapena a coprire il sedere perfetto di Ginevra.

L'abbronzatura (solo ieri si è sottoposta a una lampada integrale) spicca come non mai e viene modellata da un delicato strato di crema autoabbronzante.

È altissima, sembra una modella, con quei sandali di tredici centimetri che le allungano le gambe esili e le alzano il sedere sodo.

Cammina decisa verso la porta come se volesse travolgere tutto, come se Montagnèr fosse un ologramma da trapassare e non potesse in alcun modo trattenerla.

«Fabrizio ti devo parlare, è importante», e si riavvia il caschetto biondo che la fa assomigliare davvero a quell'attrice italiana col cognome russo (Montagnèr non se lo ricorda mai).

Fabrizio può finalmente telefonare a Carlotta, ma commette l'errore di dirlo a Ginevra.

«Non ti preoccupare Fabri, ti voleva dire che è arrivato suo padre dall'Australia. Va tutto bene, stai tranquillo. Mi ha telefonato, mi ha detto che è contenta e che le dispiaceva di averti messo in ansia (bugia, bugia infame! Il loro unico contatto è stato quel messaggio)!».

Montagnèr si rilassa un po', anche se...

Che vuole questa?

Non ne ha la più pallida idea.

Non è vero Montagnèr! Una piccola ideuzza te la sei già fatta e muori dalla voglia di sapere se è quella giusta...

Superano il cucinotto situato appena dietro la porta di casa e si fermano sul salottino dove c'è la TV accesa. I passi di Ginevra risuonano sul parquet come rintocchi di passione.

Lui si lascia cadere sul divano, lei prende un sedia dal tavolo della cucina e si mette proprio di fronte. Sarà a mezzo metro di distanza.

Lo sta guardando. Gli occhi verdi maliziosi e sofferenti, sormontati da un ombretto azzurro acceso di brillantini. Sembrano due pezzettini di mare.

Ci piazza su pure il sorrisino più a puttanella che sia mai riuscita a sfoderare.

«Fabrizio...». Pausa.

Prima allarga e poi accavalla le gambe. Montagnèr fa finta di nulla, ma si è reso conto che Ginevra non ha le mutandine.

Pensa due cose:

1. La stronza ha visto troppi film.

2. È una provocatrice esaltata. Ed è alla frutta. Certo però...

Fabrizio Montagnèr ha visto di peggio nella vita.

«Con te ho sbagliato. Ci ho pensato mille volte. Sono stata un'idiota, un'impulsiva, una fuori di testa. Non ci sono scuse. Mi sono fatta schifo da sola. Poi mi sono guardata dentro e ho capito una cosa: non potevo essere così ferita solo per quella tua frase da cafone!». Ginevra sorride e sorride anche Fabrizio che intuisce qualcosa. «La verità è che ho reagito in quel modo perché la frase l'hai detta tu».

Si avvicina un altro po', per guardarlo bene negli occhi e appoggiargli la mano sul ginocchio. Ha le unghie lunghe laccate d'oro.

Lo sguardo languido, la testa leggermente inclinata, la lingua che bagna le labbra avanti e indietro.

Si sente pronta per il gran finale.

«È stata una vera pugnalata sentirsi dire quella cosa dall'unico ragazzo che mi ha fatto veramente perdere la testa».

133

Carlotta sta abbracciando suo papà dopo cinque anni.

Da sopra la sua spalla vede il fratello Giacomo che ridacchia.

Ma guarda che coglione!

E le viene da ridere pure a lei...

Gabriele la stringe delicatamente, con cautela, non si sente in diritto di strizzarla forte.

Sua figlia è una donna, non ha quasi più niente della ragazzina che lo adorava e che cercava sempre la sua ammirazione. È assurdo, ma pensava di trovarla tale e quale. Invece è tutta un'altra storia. È più alta, le spalle un pochino più larghe, il seno più pieno, i fianchi leggermente più esposti, il viso ancora più radioso. Sua figlia è abbagliante, straripa di femminilità. Quasi ne sente l'odore. *Chissà quanti ragazzi le muoiono dietro!*

La foto sulla pagina di Facebook che aveva consumato a forza di guardare non rendeva assolutamente giustizia. Dal vivo è molto più bella. Cerca la piccola cicatrice sopra il labbro che il bimbo vestito da Zorro le fece a carnevale (era tutta colpa sua, si era distratto. Cosa ci faceva a parlare con quella signora impellicciata che era la madre del piccolo?). Le dà un bacio sulla fronte, anche per prendere tempo. Non sa che dire, ha paura di sbagliare.

«Possibile che Carlotta (l'ha sempre chiamata Totta) non abbia un fidanzato?», si rivolge a tutti.

«Certo che ce l'ha! È fidanzatissima! Si chiama Fabrizio, è simpatico. Fa ridere solo a guardarlo!».

«Mamma ma che dici, mica è brutto!».

«Un po' di più!», se la ghigna il fratello.

«No no, dicevo che ha una faccia simpatica», la mamma parla dalla cucina mentre tramena con l'amatriciana che ha fatto apposta per Fabrizio e dà un'occhiata al forno dove sfrigola l'agnello incaporchiato, il piatto preferito di Gabriele, suo marito.

Carlotta tira una debole spinta a una spalla del fratello e vede mille colori! Ma c'è un piccolo spazio vuoto come una strana macchia cieca...

Perché Fabrizio non mi ha ancora risposto?

In genere non fa a tempo a inviargli un messaggio che Fabrizio l'ha già richiamata (scrivere SMS è una vera fatica per Montagnèr... non ha ancora imparato a usare il T9).

Vabbè, stiamo calmi, fra un po' lo chiamo...

134

Montagnèr sarà pure un po' coglione ma non è uno scemo.

Povera testina di cazzo! Non spererà che io creda a una sola parola.

E abbassa lo sguardo. Questa ridicola farsa non va assecondata.

Se si aspetta che faccia una mossa sbagliata non ha ancora capito chi è Fabrizio Montagnèr.

È fin troppo facile intuire dove vuole andare a parare. Vuole mandare tutto a puttane. La storia fra lui e Carlotta le è andata di traverso come un cocomero a un canarino.

È la donna più perversa che abbia visto in vita sua.

Anzi è malefica. Una diavola. Odia la loro felicità.

Non gliene frega niente se sta buttando all'aria l'amicizia con Carlotta, ci tiene solo a non uscire sconfitta, a demolire tutto. Un gioco sporchissimo...

Chissà come deve essere infelice poverina...

Si sente come Michael Douglas, molestato dalla perfida Demi Moore nel film *Rivelazioni.*

Ma allora perché non la caccia di casa a pedate nel sedere?

«Mi dispiace metterti in imbarazzo Fabrizio, ti capisco. È penoso anche per me, c'è di mezzo la mia migliore amica. Mi sento la donna più sfortunata sulla terra. Ma era un peso che mi portavo dietro da troppo tempo e non ce la facevo più. Volevo solo dirtelo. Non voglio niente in cambio, solo qualcosa da bere».

Finalmente Ginevra riesce a guardarlo negli occhi e a costringerlo a un sorriso (quasi) complice.

135

Quando il nostro PR sballottato nel mare delle indecisioni torna con una bottiglia di gin, una di Shweppes e due bicchieroni a coppa formato Santo Graal, trova Ginevra seduta sul divano, le lunghe gambe accavallate che splendono trascurate.

Fabrizio sta per mettersi a sedere sulla sedia vuota. Ma poi ci ripensa.

Perché?

Perché si butta sul divano mentre la punta del piede delle

De Amicis gli struscia su una gamba come se nulla fosse? Sente quel profumo, è fortissimo, avvolgente. Se non sbaglia è lo stesso di Carlotta.

Così non basta.

Così non vado da nessuna parte.

Ginevra De Amicis lo sa. Lo sa che sta facendo troppo poco. Deve giocare d'astuzia, non può limitarsi a sbattergliela in faccia! Lo ha sottovalutato. Fabrizio non è così scemo, è un osso duro. Probabilmente l'ama sul serio la sua Carlotta.

Meglio!

Deve essere furba, metterlo di fronte al fatto compiuto. Non avrebbe mai voluto, ma le tocca... le tocca parlarle di sé, dei suoi disastri familiari, di sua madre che in fondo è quella che è... le tocca persino parlare del padre che sta malissimo. È una carta che non avrebbe mai pensato di dover scoprire e invece...

Adesso Montagnèr non può non vederla con un minimo di umanità.

Sarebbe un mostro.

Forse dovrebbero bere di più, anche se Fabrizio ha già lo sguardo un pochino avvinazzato e strascica le parole. Si stende con le gambe sopra quelle di Montagnèr.

«Ho camminato tutto il giorno, mi fanno un male...», vede che non reagisce, è imbambolato.

Sarebbe il momento di tirare fuori i coglioni e divincolarsi da quella situazione pericolosissima. Ma i testicoli di Montagnèr, in questo momento, hanno le dimensioni di due Tic-Tac.

In effetti il nostro uomo, seppur psicofisicamente preparato a respingere qualsiasi abbordaggio erotico non proveniente dall'amata Totta, è in stato confusionale.

La luce della mente si è spenta e si è riaccesa molto più

giù. Un riflesso meccanico lo induce ad accarezzare addirittura quelle cosce chilometriche e cremose. Con naturalezza, come se fossero le gambe di Carlotta.

Montagnèr svegliati!

Cazzo fai? Alzati e mandala via.

Si blocca di colpo, ma ormai è troppo tardi.

Ginevra rialza le gambe per rimettersi seduta e buttare giù un profondo sorso di gin tonic. Poi lentamente avvicina il viso a una guancia di Fabrizio, lo bacia, gli lecca un orecchio. È suo: totalmente suo.

Può iniziare a fare sul serio.

È arrivato il momento di sederglisi sopra con le gambe larghe, di spalmargli le tette addosso e di riempirgli la bocca con tutta la lingua.

136

«Totta iniziamo?».

Sono le 20:42.

Teresa ha apparecchiato in salotto con la tovaglia blu cobalto come nelle grandi occasioni.

Possibile che proprio oggi Fabrizio si stia comportando così?

La vorrebbe abbracciare quella figlia in pena... Carlotta ha provato a chiamarlo cinque, dieci, venti volte, sempre con più ansia, ogni volta con un dubbio in più. E lui nulla. Riprova ancora.

Rispondi, rispondi!

Niente.

Lo sapeva che era la loro serata, che la mamma si sarebbe fatta in quattro dietro ai fornelli, che dovevano festeggiare insieme. Avrebbero brindato per via dell'anello, certo, ma anche per l'esame di Procedura civile che Carlotta aveva risentito a Fabrizio tante di quelle volte che lo aveva imparato pure lei! Alla fine Montagnèr ce l'aveva fatta e Carlotta si sentiva orgogliosa di lui almeno quanto di se stessa il giorno in cui superò l'esame di Microeconomia!

Perché fa così? Cosa succede?

Meno male che c'è questa sorpresa incredibile di papà e riesce a pensare ad altro, stordita da mille emozioni. Ma una doveva essere Montagnèr.

Ci mette tutta la forza che possiede per apparire allegra.

137

Cazzo no!

Le nove e un quarto…

È tardi, è troppo tardi. Per tutto.

Nel tragitto che va dal salotto alla camera da letto, Fabrizio stacca la mano da quella di Ginevra e si rifugia nel bagnetto. L'aroma alla rugiada di bosco è figlio dello spray copriodori che tante figurucce ha risparmiato a Montagnèr.

Non posso chiamarla. Capirebbe. Capirebbe tutto. Dalla A alla Zeta.

(pensa intensamente)

…

Un messaggio! Breve e sofferto. Ecco quello che ci vuole!

Tipo: "Scusa Totta, ma sto malissimo, sono in casa a vomitare da due ore. Ho chiamato pure la guardia medica. Mi hanno fatto due punture di Plasil ma continuo a stare malissimo. Ho la febbre alta. Misurata ora: trentotto e otto. Scusati con la mamma e salutami Giacomo e papà. Scusami, davvero scusami. Ti chiamo appena sto meglio. Tottina dolce ti amo tanto".

Va bene, questo va bene. È una situazione che posso reggere.

Fabrizio, in effetti, la parte del malato immaginario è sempre riuscito a interpretarla magistralmente. Come dimenticare le decine di finti collassi per evitare le giornate più ostiche alle scuole medie?

E la geniale idea di farsi due bei graffi grondanti sangue sull'avambraccio (grazie al trincetto prestato dal compagno di banco Stefano Nencioni) quando il professore di fisica lo stava per interrogare? Era maggio, ci si giocava l'estate. Toccava a lui, non c'era scampo, lo avrebbe rimandato a settembre. Sicuro come la morte. In quei diabolici esercizi, come al solito, non ci aveva capito un emerito cazzo.

Si sente riavere. Sa di essere in colpa, in colpissima. Si sente la merda più lezza sulla faccia della terra. Ma è salvo.

Quando entra nella cameretta, Ginevra è già completamente nuda.

Lo aspetta seduta sul letto con le ginocchia su e le gambe un po' divaricate. Le punte delle dita sono già lì. Chiude gli occhi verdi e apre la bocca. Ansima.

Fabrizio non pensava che fosse così bella.

138

In casa Magonio, si respira un'arietta allegra. Carlotta ha subito avvertito la famiglia al gran completo della disavventura del suo fidanzato, spazzando via quella spada di Damocle che le avrebbe rovinato la serata.

Parlano del più e del meno, ascoltano i racconti di Gabriele incentrati su quella città solo apparentemente idilliaca che è Sidney (il padre vede tutto nero perché Bonnie e Clyde all'Australiana l'hanno truffato e riempito di corna?) e stanno attentissimi a far rimanere ogni discorso sulla linea della massima superficie. In un modo o nell'altro sembrano tornati la bella famiglia che fu.

Brindano a tutto!
L'ultimo cin cin è di Gabriele e lo dedica proprio a Fabrizio Montagnèr che, per quanto ne hanno parlato, è come se fosse stato lì con loro l'intera serata.

139

Il giorno dopo...

Carlotta è appoggiata con la schiena alla finestra spalancata nella sua casa di via Tagliamento.
In alto, dietro la sagoma della ragazza, si vede qualche nuvola che intralcia il sole primaverile. Sotto, i palazzi giallini con le persiane marroni, al di là dello Zambre.
Sopra il forno a microonde c'è il pentolino col sugo all'amatriciana che le ha lasciato la mamma per farlo assaggiare a Montagnèr. Carlotta, disorientata da troppi pensieri, si era scordata di metterlo in frigo.
Un raggio solare giù di corda la illumina per metà e lascia il viso in ombra. Ha gli occhi grandi, scuri. Le pupille sembrano gole buie senza fondo.
Sta rimettendo insieme i pezzi, ormai le torna quasi tutto. Mentre rilegge per l'ennesima volta il messaggio di Fabrizio e quell'errore banale e cialtrone che le era clamorosamente sfuggito.
Fabrizio parla a ruota libera, annaspa, si mozzica le sillabe. Ma non conta niente, Carlotta non sta ascoltando una parola. Solo un breve sguardo che trincia i suoni vuoti di Fabrizio.
«Dimmi solo se lo hai fatto con lei».

140

Quando abbiamo cercato di individuare le matrici remote e contingenti del comportamento autodistruttivo di Ginevra, ci siamo addentrati in un percorso umano difficile, fatto di pulsioni naturali, perversioni latenti, sofferenze originate da un ambiente familiare deteriore.

Per quanto riguarda Fabrizio il discorso è diverso. Montagnèr ha fatto quel che ha fatto perché fondamentalmente è un cazzone.

Dalle 4:10, l'ora in cui Ginevra è uscita strasoddisfatta (godeva letteralmente!) dalla porta di casa Montagnèr, il nostro PR, divenuto ormai playboy di razza, non ha fatto altro che cercare ragioni valide per giustificare il suo comportamento folle e suicida.

Ma non è stato un lavoro facile.

La prima idea venuta alla luce fu la seguente: era stata tutta colpa del suo uccello. Aveva preso il sopravvento, lo aveva messo in minoranza e aveva dettato legge. Poco ma sicuro.

Strano... rifletteva Montagnèr.

I castori sono animali sociali e monogami. Si fanno la casetta di erba e legno sulle rive dei fiumi, vivono in coppia riparando e ampliando la tana. Ogni anno sfornano i castorini: quattro al massimo. Montagnèr lo aveva letto su Wikipedia e ci si era subito identificato.

Errore madornale? Bisogna essere chiari.

Fabrizio Montagnèr non è mai stato Don Matteo, Padre Pio e, che ne pensasse il nostro PR, neppure un castoro. Ma non poteva certo definirsi un vampiro famelico della gnocca, un tipo alla Bartolini per intenderci, il quale si vantava di averlo infilato persino nella buca da golf numero 7 al Club Méditerraneé di Otranto.

Insomma non era questo il punto. Il surriscaldamento

erogeno poteva considerarsi al massimo una concausa. Era un problema che stava a valle, lo sapeva benissimo. Poteva fermarsi prima e nulla sarebbe accaduto.

Ma allora qual era stato il movente reale, la scaturigine profonda? L'idea di porre in essere la trasgressione più sordida e pericolosa della sua vita con la migliore amica della fidanzata (nonché personale nemica giurata) aveva forse stuzzicato irresistibilmente Montagnèr?

Poteva darsi. Era una fantasia perversa e intrigante che avrebbe potuto sfiorare chiunque. Ma per chiunque sarebbe rimasta una fantasia.

Doveva rimanere una fantasia!

Scavando ancora più in profondità nei propri sensi di colpa, Fabrizio era stato costretto a prendere in considerazione un ragionamento più articolato. Carlotta Magonio, a onor del vero, si era sempre comportata in modo irreprensibile fin dall'inizio della frequentazione (in realtà anche da prima). Ma sapeva il fatto suo, era troppo carina, maliziosa. Un'infinità di uomini le sbavavano dietro. Prima o poi glielo avrebbe messo nel sedere. Garantito. Lo avrebbe tradito, accantonato, umiliato irreparabilmente.

Gli appariva troppo vincente, fortunata, impossibile da scalfire.

Montagnèr ci dormiva male, faceva gli incubi. Solo un paio di notti prima si era addormentato guardando *L'Isola dei famosi* e l'aveva sognata mentre lo tradiva con Massimo Ciavarro.

Con questa mossa anticipava qualsiasi colpo a sorpresa, si avvantaggiava, poneva il suo ego su un piedistallo inattaccabile. L'amata Carlotta avrebbe potuto solo rincorrere...

Lo sapeva: erano pensieri senza fondamento, turbe adolescenziali, ridicole manovre da omuncolo vigliacco!

E allora? E allora dobbiamo ricollegarci alla considerazione di partenza. Fabrizio Montagnèr è un cazzone. E i cazzoni fanno le cazzate.

Vorrebbe solo tornare indietro di qualche ora e azzerare tutto.

È un essere umano avvilito, sopraffatto dal panico, sull'orlo della disperazione. E non ha la minima idea di come venirne fuori. Le cose sono precipitate con una rapidità e in un modo assolutamente sconcertante.

Che sfiga disumana...

141

Carlotta, da brava infermierina, fece visita a casa di Fabrizio in tarda mattinata con il thermos del tè ancora caldo caldo.

In realtà voleva già correre in aiuto al suo fidanzato indisposto durante la notte, appena la cena col papà era finita. Gli aveva telefonato, ma l'uomo che aveva risposto al cellulare non era Fabrizio. Era il grande attore Vittorio Gassman, impegnato ad interpretare il ruolo del malato in fase acuta ancora profondamente sballottato dai micidiali spasmi gastrointestinali che lo avevano costretto alla resa. La ringraziava tanto ma desiderava solo dormire («Speriamo di svegliarmi domani e che sia tutto finito, sto troppo male... ciao cia...». L'ultimo "cia(o)" appositamente non completo per farle toccare con mano i battiti della sofferenza).

A complicare la telefonata ci si era messa pure Ginevra: appena capì che all'altro capo del telefono c'era Carlotta, si ritrovò gli occhi più verdi e lucenti che mai! Li sgranò come quelli di una bambolina gonfiabile e iniziò a fargli un pompino grosso come una casa. Un pompino carico di dolorosi significati che Fabrizio non avrebbe più dimenticato.

Carlotta trovò Fabrizio nel letto, mezzo addormentato e ancora in avaria.

Si sedette, lo accarezzò e gli dette un bel po' di baci, uno sulla fronte per sentirgli la temperatura. *Boh, è gelido.* Avvertì leggero il proprio profumo nell'aria (era rimasto dall'ultima volta, evidentemente) e sorrise dentro di sé.

Fabrizio per poco non svenne quando, con gli occhi socchiusi, individuò un paio di fili biondi intrecciati sul cuscino. Come aveva fatto a essere così stupido?

Era la prima cosa da controllare, cazzo!

Li coprì, buttandocisi sopra di pancia. A pesce. Poi li rastrellò con la mano e li fece volare dietro al letto mentre cambiava posizione.

Solo in quel momento Fabrizio si sentì il più grande coglione sulla faccia della terra. Era finito (volontariamente!) sulla casella *Parco della Vittoria* imbottito di alberghini rossi. Ne sarebbe uscito a pezzi.

La ragazza che lo stava guardando dolce e preoccupata era la più carina che avesse visto in vita sua. Era innamorato perso. L'amava col cuore, con la testa, con l'anima. Soprattutto con l'anima. Si sentiva felice solo quando l'aveva a fianco. Totta era la sua vita. E lui le aveva rifilato quel vergognoso colpo basso. Rischiava di perdere tutto semplicemente perché era un...

Disperato. Il più grande disperato da Adamo in poi. Un povero masochista disperato.

Per fortuna gli era andata bene.

142

A tradirlo fu proprio l'attrazione smodata per la sua adoratissima Totta.

Non resisteva a vederla con quegli occhioni trepidanti!

Dopo un paio d'ore di cincischiamenti vari, baci più spavaldi, sorrisini elargiti dalla bella Carlotta in mezzo ad altre mille smorfie, Montagnèr si sentì decisamente meglio. Il celebre Effetto Lazzaro. Fece presente a Carlotta che era pronto. A tutto.

Che si stendesse accanto a lui invece di restare lì seduta!

No coglione no! Stai facendo una delle tue solite boiate... e poi non mi dire che non te l'avevo detto.

La vocina rannicchiata nella coscienza di tutti i traditori del mondo gemette sinistra.

Totta era un po' dubbiosa («Ma sei sicuro che poi non ti risenti male?») ma alla fine acconsentì.

Eccola che saliva sul letto e iniziava ad avvicinarsi carponi con il solito sorrisino.

No cazzo, aiutoooooooo!

La vocina urlò così forte che ebbe paura che l'avesse udita persino Carlotta!

Lo vide prima lui.

E dopo pochi istanti, lei.

Quel particolare si ingrandì a dismisura come se gli occhi di Carlotta avessero avuto lo zoom.

Non è possibile.

No, non è possibile.

Ho visto male.

Per un attimo cercò di far passare la più grossa bugia che avesse mai propinato a se stessa.

È mio, mi sono schiarita.

Messa così non faceva affatto male.

Il problema era che si stava raccontando una panzana. Quel capello biondo, biondissimo, che più biondo di così non si poteva, non era suo. Stava lì, intorno al pisello come se quest'ultimo si fosse messo una sciarpetta al collo. Ridicolo e straziante.

Guardò Fabrizio negli occhi, anzi dentro agli occhi...

143

Montagnèr alla fine dei conti si comportò quasi da uomo. Non negò. Niente nomi, ma non negò.

Del resto sulla schiena di Fabrizio brillavano ora più che mai cinque linee rosse e parallele che avevano tutta l'aria di essere dei graffi inferti dalle unghie di una donna (Ginevra non aveva lasciato spazio all'improvvisazione).

Sarebbe stata solo una questione di tempo. Conveniva cantare. Cercò con tutte le sue forze di spiegare a Carlotta che quanto accaduto non aveva alcuna importanza, che era stato un errore imperdonabile, certo, ma che per lui non significava niente. Assolutamente niente.

Come avrebbe mai potuto farle entrare in testa che stava dicendo la verità?

Era stata solo una penosa debolezza da uomo: «Niente più! Davvero niente di più, credimi Totta ti prego! Davvero, ti prego...».

Non ci provò nemmeno a trattenerla mentre Carlotta camminava veloce e pensava a tutte quelle stronzate, al finto vomito, alla voce falsissima da moribondo, a lui che stava tanto male e che voleva solo dormire, e ancora a lui che aveva preferito scoparsi chissà chi piuttosto che andare a casa sua dove tutti lo aspettavano. La mamma gli aveva pure preparato l'amatriciana.

Se ne era andata senza nemmeno sbattere la porta, con un tappo di rabbia in gola che riuscì a tamponare ogni sorgente di pianto.

Montagnèr le arrancava dietro passo passo, come se allontanarsi di qualche centimetro significasse perderla per sempre. Aveva il fiatone e continuava a parlarle senza stare zitto un attimo, il silenzio sembrava il peggior nemico. Com'era rovinoso e disumano quel silenzio! Lo respirava.

Potevano camminare sul ciglio del Grand Canyon o immersi nella tundra artica dell'Alaska. Non sarebbe cambiato granché. Non vedevano niente intorno a loro. Non c'era niente!

Si ritrovarono a casa di Carlotta e lui entrò con lei. Lo lasciò passare come se non ci fosse.

Continuò a ripetere che quello che era successo non aveva alcun valore… meno di zero, meno di…

«Totta te lo giuro, valeva di più se mi fossi fatto una sega!».

Carlotta gli scagliò contro un piatto che si sfracellò sul muro a pochi centimetri dalla faccia di Fabrizio. Fu quasi contento che reagisse.

Sarebbe stata la seconda cicatrice sul volto di Montagnèr e se la sarebbe presa tutta senza pensarci un secondo pur di far tornare le cose come prima!

Ci avrebbe messo la firma.

144

Lurido verme! Come hai potuto?

Questa fa troppo male. È peggio del disastro di papà. Molto peggio. Fabrizio era tutto suo. Era l'unica persona al mondo (insieme alla mamma) che non l'avrebbe mai tradita. L'aveva scelto anche perché era buono.

Quel figlio di puttana ha preferito scoparsi una troietta piuttosto che stare con me! Era una serata speciale, lo sapeva che c'era pure papà…

No, quello non poteva neanche immaginarlo.

Eppure… eppure sì, lo sapeva, me l'ha scritto pure nel messaggio… Come cazzo faceva a saperlo? Gli volevo fare una sorpresa, l'ho detto solo a Ginevra!

Il suo profumo, lo stesso di…
L'ho detto solo a Ginevra.
Il capello… era biondo.
L'ho detto solo a Ginevra.
«Dimmi solo se lo hai fatto con lei».
Fabrizio Montagnèr non ha il coraggio di rimanere lì, di fronte a quegli occhi che sono due coltelli stretti nei pugni dell'ira e della delusione. Ha solo la forza di annuire, mentre se ne va, chiudendo la porta piano piano.

Sente solo un oggetto che sbatte fra i muri e le scale, precipita nel vuoto e rimbalza ancora. Poi si ferma. Lo vede scintillare in fondo alla scale, in bilico fra un gradino e l'altro.

Già, l'anello.

27 giugno, 2010

Dovevo dirti molte cose

145

Siamo alla fine.

Sono passati più di due mesi da quella maledetta sera. È già estate, fa molto caldo. Il ventilatore è spento. Ma che importa!? Ormai sta per andarsene.

Montagnèr ha capito molte cose. È seduto su una sedia del suo bilocale che sta per lasciare per sempre. Ha un biglietto in mano, lo solleva e poi lo abbandona sul tavolo. Un'infinità di volte.

Non pensava che potesse andare a finire così. Deve fare un'ultima cosa. È proprio l'ultima, poi potrà tornarsene a casa, nel suo paese.

Si tiene la faccia con le mani e sotto il letto riesce a vedere un grande foglio di carta lucida arrotolato.

È il poster di Karate Kid, si era dimenticato di appenderlo.

146

David Cramp, dalla sera in cui concluse che Consuelo Tanguenza era stata ferita con un vetro di bottiglia, ha vissuto unicamente per risolvere questa brutta storia. Una brutta storia che coinvolgeva molte persone.

Era rimasto solo. Ma solo aveva sempre dato il meglio di

sé. Del resto, dopo la fine dell'amore con Lillie e la fuga da Londra, c'era abituato.

Adesso è nel salotto, abbandonato sulla poltrona e intento a mettere insieme tutti i pezzi del mosaico. Non è facile, in testa ha troppa confusione. Ha ricominciato a bere e la concentrazione viene e va come una lampadina che ha smesso di funzionare. La proverbiale frangia corvina non è mai stata così floscia e gli va a finire sugli occhi.

Per quale motivo l'investigatore privato più copione del mondo è ripiombato in quel pozzo infido e tenebroso che già una volta lo aveva ingoiato, portandosi via tutto ciò a cui teneva?

Sfiducia, frustrazione, paura di perdere (per l'ennesima volta). Oppure paura di vincere, come direbbe qualche telecronista sportivo. "Gli è venuto il braccino" si dice così nel tennis quando hai la partita in mano e ti viene l'ansia di non farcela.

È venuto a capo quasi di tutto, ma poi si è bloccato. Questa macabra storia di paese è un vero mistero. Un vicolo cieco dove qualsiasi domanda si perde nel nulla. Credeva di essere vicino al traguardo finalmente...

Ha la sensazione che la sua vita, sul più bello, si diverta a lasciarlo con le ruote bucate.

Non si è mai sentito così inutile. Se n'era andato da Londra con la convinzione di poter ricominciare da capo e costruire qualcosa di solido. Una chimera. Era solo una chimera. Solo adesso sta realizzando quanto tutto è uguale a se stesso. La solita solfa. Nessuna relazione matura con una donna. Nessun risultato lavorativo che possa finalmente farlo smettere di credere a tutto ciò che di brutto avevano detto sul suo conto a Londra. E quando le cose vanno male il pensiero ritorna a Lillie. Come se fosse legato a lei con un elastico. E quando David non ha la forza di spingersi avanti questo lo scaraventa indietro, riportandolo sempre lì. L'unica àncora di salvezza, l'unico modo per concludere qualcosa di concreto nella sua vita gitana sarebbe stato risolvere questo intrigo.

Ha quasi finito anche il puzzle della Costa Crociere. Mancano solo gli ultimi cartoncini...

Non se li era mai scordati quei giornali, quei programmi televisivi, quelle interviste. Si parlava di una bottiglia rotta.

Ormai sono passati due anni dall'omicidio di Sofia Niccolai. Eppure David ricorda tutto come se fosse oggi. Si ipotizzava che Sofia potesse essere stata dilaniata dai colpi netti e limpidi di una lama di vetro. La notizia era trapelata ovunque. Furono trovate minutissime tracce di quel materiale sul pavimento della villetta.

Per quale motivo fu messo tutto sotto silenzio? Perché le indagini si interruppero così bruscamente? Chi aveva ucciso Sofia?

David Cramp, l'investigatore dei sogni, adesso conosce tutte le risposte. Eppure non basta. Tutto il suo lavoro, alla prova dei fatti, risulta inconcludente. Un castello di sensazioni, solide come l'aria che respira.

L'ultimo spiraglio sta in una telefonata che non ha più voglia di fare. Sarebbe solo l'ultima delusione.

Afferra la bottiglia di Pampero per dare l'ennesimo sorso.

Guarda il telefono.

147

L'aveva presa malissimo.

Carlotta, dopo il fattaccio, era immediatamente tornata a casa dei genitori, a Pagliera di Lainate. Non ce la faceva a stare sola, se rimaneva sola diventava pazza.

Si era rintanata in casa, dormiva tanto e male, mangiava controvoglia e parlava solamente se voleva lei. Di notte, quando pensava che nessuno la sentisse, piangeva e singhiozzava per ore. Una volta vomitò. "Ha vomitato anche l'anima" è il modo di dire. Sbagliato, perché Carlotta in quella notte vomitò quasi unicamente l'anima!

Giacomo, come del resto tutta la famiglia, tendeva a minimizzare, cercando di attribuire il giusto peso alle cose. Era stato un errore. Fabrizio andava punito, certo, ma non escluso per sempre dalla sua vita (e dalla loro, visto che, nonostante tutto, continuava a stare simpatico in casa Magonio).

Si vedeva lontano chilometri che amava Carlotta più di se stesso. Totta ne parlava con tutti, con la mamma, con il fratello (non con papà); si sfogava con le amiche che rimanevano inorridite dal racconto e scandalizzate dal comportamento crudele e perverso di Ginevra.

Evitava di scendere nei particolari... l'immagine laida grazie alla quale aveva scoperto il tradimento doveva rimanere un segreto. Si vergognava da morire. Lo sapeva che sotto sotto tutti si sarebbero fatti delle grandi risate alle sue spalle. Probabilmente avrebbe sghignazzato pure lei se non fosse stata la vittima di quella beffa ignobile.

L'aveva confidato solo a Giacomo. Dopo pochi secondi il fratellone era diventato rosso e tubercolotico. Tentò di occultare il sorrisino esplosivo dipinto in faccia con una scarica di colpi di tosse, ma senza ottenere risultati! Totta lo buttò fuori dalla camera, gli urlò dietro che era una merda peggio di Montagnèr e non gli parlò per una settimana.

148

Fabrizio ci stava ancora peggio, fagocitato da sensi di colpa più grandi di lui.

Non usciva più di casa, guardava la televisione (a volte toglieva persino l'audio) eternamente distratto dalle canzoni che aveva scelto per tirarsi ancora più giù. Tristissimo, ascoltava per ore: *Rimmel, Questo piccolo grande amore, Canzone, Wish you were here* dei Pink Floyd e *Champagne* di Peppino di Capri.

Le poche volte in cui si trascinò fino al bar e ne parlò con qualcuno, la gente si schiantava a ridere ed esclamava che un coglione così non si era mai visto.

Jacopo Bartolini, con la postura del grande Franco Califano grazie alla quale era riuscito a risolvere le uscite più ostiche con le sciacquette della zona, la prese in modo serio, mise a disposizione la sua esperienza e cercò di offrire un consiglio da amico: «Non pensarci, scopaci su».

L'unico che si dimostrò sensibile e concreto fu il commissario Gresset: «Senti Fabrizio, a parte il fatto che non ho ancora capito perché ti sei messo in questa situazione di m... ma l'unico suggerimento che posso darti è questo: se ci tieni, come io credo, non arrenderti. Anche se Carlotta si dimostrerà la donna più spietata del mondo, tu dovrai dimostrare di tenere a lei a costo di sembrare ridicolo, petulante e patetico. In fondo è quello che vuole».

Montagnèr annuiva consapevole.

«Devi fare come l'attore di quel film italiano... quello che ha vinto l'Oscar, dai (sta pensando a Nuovo Cinema Paradiso)! Vabbè, insomma... c'è questo tizio che va tutte le notti sotto la finestra di lei. Non c'è sole, pioggia o vento che tenga. E alla fine lei scende da lui. O forse non scende, boh. Però il gesto era bello».

Montagnèr rielaborò il concetto, proponendo una versione aggiornata coi tempi. Recarsi sotto il palazzo di Carlotta non era cosa. Lì ci stavano degli energumeni mica da ridere e la terza sera che avessero notato un tipo fermo sotto il balcone gli avrebbero tirato un secchiata di piscio.

Bisognava inventarsi qualcosa di originale e incisivo.

Gli venne in mente il pollo arrosto.

Totta andava pazza per il pollo arrosto della Coop. Ogni sera, insieme a una letterina piena di tutto ciò che Fabrizio aveva dentro, le avrebbe inviato un pollo arrosto. Col fattorino. Portarlo lui direttamente non era il caso, la magia se ne sarebbe andata a farsi friggere. Il pollo era l'unica soluzione.

Prima di commettere ulteriori errori, Montagnèr fece un certo quantitativo di chiamate rigorosamente anonime e assolutamente mute. Dove cazzo era andata a finire Carlotta? Passò svariate volte da casa sua ma della Ypsilon 10 neanche l'ombra.

Provò a telefonare: silenzio angosciante in via Tagliamento; a casa dei genitori invece, un paio di volte rispose lei in persona. Stava per parlarle, ma poi riattaccò.

Per essere proprio in una botte di ferro, un giorno sferragliò sin lì con l'auto e vide Romeo che scorrazzava in giardino.

Dove c'è Romeo, c'è anche Carlotta.

149

Il primo pollo arrosto finì nel cassetto della pattumiera fuori dal cancello della villetta prima ancora che il fattorino avesse riacceso lo scooter.

Il secondo, Carlotta lo prese a calci e lo spiacciò sull'erba del giardino, infilzandolo col tacco e immaginandosi che fosse Montagnèr.

Il terzo fu il pollo decisivo.

Durante il pomeriggio, pure l'orgogliosissima Totta si sentì un pochino in colpa. Molto poco in colpa, a dire il vero, ma fu abbastanza.

Si era appena fatta la doccia.

Aveva i capelli ancora tutti bagnati e si era arrotolata intorno al corpo l'asciugamano che le stava su come un vestitino cortissimo (un tubino bianco?). Si trascinò fino in cucina e con gli occhi rossi chiese alla mamma, tirando su col naso: «Cosa devo fare?».

Teresa stava sbucciando le cipolle, le ghiandole lacrimali che grondavano infiammate. Sulle prime la mandò a quel paese. Poi, in mezzo all'acqua, la intravide. Aveva i capelli, gli occhi e le guance umide. Era sbattuta e stropicciata come se fosse appena uscita dalla lavatrice. Teresa si dette l'ultima veloce asciugata con il grembiule e abbracciò la figlia piena di tormenti, sbaciucchiandosela tutta. Quando si staccarono, le disse che con Ginevra doveva chiudere («Grazie al cavolo mamma!») e che invece Fabrizio era un'altra cosa. Nella vita contava volersi bene ed entrambi se ne volevano un bel po'.

«Carlotta... sembravate così felici, è l'unica cosa che conta».

Avrebbe preferito mille volte che la mamma le consigliasse di toglierselo dai piedi una volta per tutte. Doveva semplicemente confermare che non la meritava in nessuno modo. Così le fece salire la nostalgia e la soglia del dubbio.

E poi mamma, mica siamo tutti come te che ti fai incornare da tuo marito per anni e poi, senza dire "ahi", lo riprendi a casa come se fosse il tesoro di san Gennaro! Nella vita bisogna avere un minimo di palle. Un minimo, dico.

Pensò tutto questo anche se per una volta tenne la bocca chiusa, dette un bacio sulla fronte della mamma e, scuotendo la testa, si ritirò in camera.

Tre minuti dopo bussò papà, aprì appena la porta e le chiese se poteva parlarle. Anche lui voleva dire la sua.

«No papà, tu no. Da te non accetto consigli e non prendo lezioni. Non ci hai ancora chiesto scusa».

Poi ripensò a quel viso. Era un po' invecchiato... ed emozionato. Provò pena per le sconfitte di quel padre deludente e dopo un minuto: «Scusa papà, dimmi…».

Espresse pochi e semplici concetti ma le restarono in testa «Vedi Totta la vita è fatta di ultime volte. Alcune non dipendono da noi. Altre invece sì. È già talmente difficile sopportare tutto quello che ci capita nostro malgrado… Quando però tocca a noi decidere, dobbiamo almeno cercare di evitarci le "ultime volte" che in fondo non vogliamo. Alla tua età si pensa sempre che le occasioni non finiscano mai e che l'esperienza più bella debba ancora arrivare, ma non è sempre così. Qualche volta ci passi dentro senza rendertene conto».

Quando alle otto in punto sentì suonare il campanello, chiamò Fabrizio.

Senza praticamente lasciarlo parlare: «Ciao… se vuoi, il pollo lo possiamo mangiare insieme. Non qui, nell'altra casa. Qui mi vergogno. Appena mi vedi, però, mi devi chiedere scusa. In ginocchio. Occhei?».

150

«Senta signor Boriani ci dica dove si trovava la notte del 30 giugno 2009, verso le 4:30. Glielo chiediamo per l'ultima volta».

Il dottor Massimo Nardoni lo avrebbe già sbattuto in cella a pane raffermo e acqua marcia.

Nell'ufficio della procura fa troppo caldo. E ci sono troppe persone. Renato si toglierebbe pure la maglietta. L'aria condizionata però funziona a meraviglia: solo il bomber sente caldo. Sulla scrivania c'è un chinotto aperto, appena uscito dal frigorifero. Vede le goccioline gelate che scendono sulla parete della lattina.

Ha una sete belva, cosa darebbe per buttarne giù un sorso! Perché deve restare lì? Si sente in gabbia, deve battersela.

Fugone.

Alla Benny Hill con la corsa velocizzata.

Ma c'è troppa gente e troppo incazzata.

Avevano sbagliato tutto.

Il dottor Marco Tanguenza non ne era mai stato così sicuro.

L'idea aveva iniziato a rombargli in testa come la partenza di una Gran Prix, proprio alla fine di quella riunione in procura. Dopo aver effettuato i riscontri del caso, i tasselli si incastravano alla perfezione e la matassa iniziava a sciogliersi. Tutto quanto diveniva incredibilmente semplice!

Fin dall'inizio erano stati vittime delle sensazioni. Un errore imperdonabile. Professionisti seri ed esperti non dovrebbero mai scordare che la prima regola in un'indagine giudiziaria è attenersi ai fatti. E i fatti parlavano chiaro, fin dall'inizio.

Renato Boriani non aveva un alibi e quello di Umberto Barà poteva non essere reale. Per fare quel lavoretto a Consuelo bastavano pochi minuti, forse pochi secondi. È vero, c'erano i testimoni che avevano visto lo sciatore dormire beato nel parcheggio del Cabiria, ma la medicina legale non è una scienza esatta e i suoi verdetti andrebbero addomesticati a seconda degli elementi oggettivi. L'aggressione poteva essere avvenuta qualche minuto prima e ogni riferimento temporale sarebbe risultato falsato.

E poi i messaggi che i due balordi avevano inviato quella notte… non si erano presi la briga nemmeno di cancellarli!

Avevano deciso che l'avrebbe riportata a casa Umberto. Dovevano incontrarsi con lui. E l'avevano incontrata.

Secondo il dottor Tanguenza è tutto fin troppo chiaro. Umberto ce l'aveva a morte con Consuelo perché l'aveva mollato per l'amico. Quella sera sua figlia doveva avere rotto anche con il calciatore e i due si erano messi d'accordo per darle una lezione. Uno l'aveva presa a bastonate e l'altro l'aveva sfregiata. Tutto qui. Tutto chiaro. Era un caso che avrebbe dovuto risolversi nelle prime ventiquattr'ore.

I telefoni dei due sportivi erano stati messi sotto controllo da settimane: continuavano a parlare di fantomatiche gare sciistiche, strane guerre, tempi da battere nello slalom gigante di Adelboden, missili "predator" che sbaragliavano nuclei terroristici. Comunicavano in codice, chiaramente. Professionisti. Gente con due coglioni grossi così. Il dottor Marco Tanguenza li aveva sottovalutati.

Del resto l'atteggiamento di quei due balordi aveva sempre tradito tutti. Anche adesso, quel faccione paonazzo che sembra cascato dalle nuvole, non sembrerebbe proprio appartenere a un (quasi) assassino.

Mai fidarsi delle apparenze.

E ora che cazzo gli dico a questi bastardi?

La notte del 30 giugno 2009, se non sbaglio, stavo seguendo una ragazza di nome Carlotta Magonio per violentarla. Ma poi ci ho ripensato.

San Vittore.

È il mio futuro.

Ha capito tutto: sono convinti che in questa storia incredibile lui ci sia dentro fino al collo.

Secondo 'sti imbecilli siamo stati noi: io e Umberto.

Una goccia di sudore scivola da un sopracciglio, fa sponda con lo zigomo e finisce sui jeans bagnaticci. Gli fischiano le orecchie come se avesse due vigili rattrappiti nei padiglioni auricolari e ha la vista funestata da due nuvole nere in cui campeggia la scritta: «SEI FINITO COGLIONAZZO!».

Diciamo che Renato Boriani, nella sua vita, ha passato momenti più spensierati.

Stavolta sono fottuto sul serio. Maledetto Umberto. Bastava che non avesse fatto tardi all'appuntamento con Consuelo! Stronzo, stronzo, stronzo...

In effetti, sarebbe stato tutto diverso.

151

Carlotta è seduta sul letto. Si tira su in ginocchio per guardare meglio dalla finestra.

Ma quanto ci mette?

È un'ora che lo aspetta. È la prima volta che si trova sola nell'appartamento del suo nuovo ragazzo. L'estate è ovunque. Davanti agli occhi si distende un pratone ingiallito dal sole e sente i grilli fin da lassù. Sopra, l'azzurro è quasi accecante.

Da questa casa non si vede l'onda della Fiera di Milano-Rho, il piccolo grattacielo storto e nemmeno lo Zambre. Solo il retro di qualche palazzo chiazzato di sbucciature e abrasioni, cortili scortecciati, decine di lenzuola colorate che sventolano e si gonfiano sui banconi.

Carlotta si trova a poche centinaia di metri dal suo palazzo e sta pensando che alla fine ci si è affezionata a quell'appartamentino in via Tagliamento dove ha passato momenti indimenticabili e rovesci strazianti.

Adesso sono già tornati i ranocchi.

Poi non l'ha mai detto a Montagnèr che lo vedeva esattamente come loro. Conoscendolo, le avrebbe invaso la casa di rospi di peluche come ha fatto con i polli. Le aveva regalato pure un secchiello dell'immondizia a forma di gallina che per aprirlo bisognava tirarle il collo!

Già, Montagnèr...

Non lo vede da circa due mesi e sembra passato un secolo. È un ricordo. Un ricordo importante, importantissimo, ma lontano. Fa parte di un'altra vita. Come tante altre cose...

non ci può credere che quello che sembra tutto, dopo un battito di ciglia si sbricioli nel nulla. Il tempo le si è strappato davanti senza pietà.

Le ritorna in mente l'estate scorsa, quando ci teneva da pazzi a quei mesi che dovevano essere magici per forza, a quel viaggio in Grecia con la sua amica del cuore. Quando si fidanzò con un bravo ragazzo mentre ne sognava un altro.

Un anno, solo un anno. Ed è già tutto così diverso... Pensava di starci più male, di soffrire molto di più. Invece la fortuna le ha concesso una riscossa accecante.

Certo ora sta esagerando, doveva solo passare da casa per dare da mangiare a Romeo! È fuori da un'ora.

Carlotta ritorna tutta nel presente, tutta dentro a questa nuova relazione che le ha già fatto dimenticare il resto.

Sente qualcuno salire le scale...

Eccolo finalmente!

152

David Cramp e una telefonata. Uno squillo, poche parole e probabilmente saprà chi ha massacrato Consuelo.

Sembra impossibile che non riesca a prendere in mano il telefono! Dopo tutto quello che aveva fatto per scoprire una verità che ormai non lo riguardava neanche più...

L'investigatore nelle ultime settimane si era presentato un numero incalcolabile di volte presso il dipartimento di Medicina legale per parlare con il professor Gustavo Carelli. Ma il luminare non c'era o non c'era verso di parlarci. Alla fine entrò direttamente nella sua stanza e capì che il trucco era non bussare. Dovette battibeccare un po', ma alla fine ebbe il responso che cercava: «Sì, le ferite al viso di Consuelo sono compatibili con un oggetto tagliente in vetro».

Un altro punto di contatto era saltato fuori.

Per giorni e giorni aveva continuato a cercare sui giornali, nei siti Internet, nelle riviste specializzate la conferma di quello che ricordava (alla fine David aveva ragione, era riportato su ogni quotidiano: gli inquirenti sospettavano che l'arma del delitto con cui era stata dilaniata Sara fosse una bottiglia rotta) quando incocciò un'altra coincidenza.

Stava leggendo l'articolo del giornale saltando righe su righe, solo per un ulteriore riscontro. Frenò bruscamente quando lesse che sul crudele omicidio stavano indagando la polizia e i carabinieri di Codogno Vicentino, coordinati dalla procura di Vicenza.

«In particolare», riportava il quotidiano «si sta occupando del caso il procuratore generale Marco Tanguenza...».

Marco Tanguenza? Lo sapevo che eri un figlio di puttana.

All'epoca il magistrato svolgeva la sua professione a Vicenza.

153

Fabrizio Montagnèr sta facendo un giro dentro l'appartamento per vedere se ha dimenticato qualcosa. È una sua abitudine, prima di andarsene da un posto dove ha passato molto tempo. Lo sa che non ha scordato niente ma è come se volesse salutare le stanze una per una.

Guarda il muro sopra il letto ed è vuoto. Non c'è più il regolamento che aveva scritto insieme a Carlotta. Era per scherzo, ma mica tanto. Gli viene voglia di rileggerlo un attimo e lo tira fuori da un cassetto del comodino accanto al letto.

Si ferma al punto uno:
"1. Non è assolutamente consentito smettere di amarsi. Non vale, è troppo facile".
È la calligrafia di Carlotta. Su questo punto si erano trovati subito d'accordo! Ha un piccolo ascensore che fa su e giù per la gola, gli occhi bruciano un po', ma sorride: lui il punto numero uno lo ha sempre rispettato.
Non sa se portarselo via con sé quel regolamento, ma poi decide di lasciarlo nel cassetto. Magari capita fra le mani dello zio Nicola... o di qualcun altro. Magari finisce sotto gli occhi di una coppia e si ritrovano già pronto il modo per volersi bene.
Occhei Montagnèr, adesso puoi andare...
Si guarda allo specchio.
Perché credevo di assomigliare a Poncharello?
Prende sul tavolo il biglietto che leggeva e rileggeva fino a pochi minuti prima, quello che ha scritto il vecchio commissario.

Ciao, Fabrizio, credo che tu faccia bene ad andartene nel tuo paese, almeno per un po'.
Sembra impossibile, ma alla fine si riesce a vivere lo stesso. Pensavo di salutarti ma poi sono dovuto scappare a Parigi per chiudere una vecchia pratica.
Tante volte mi hai chiesto chi potesse essere la persona che adesso sta frequentando Carlotta. Credimi, non è importante. Lascia perdere tutto!
Sarà più facile. Ma se la cosa non ti fa più vivere... tu per una sera (lo so, solamente una sera) le hai preferito un'altra ragazza. Giusto? Ginevra, mi pare, la ragazza che stava con quel tipo di cui abbiamo parlato tanto! Te lo ricordi come si chiama?
Ti abbraccio con affetto e ti ringrazio per la compagnia!
Forza Montagnèr!!!
Aimè

Fabrizio Montagnèr ha capito. Ha capito quasi tutto. Forse ha ragione Aimè: dovrebbe mettersi l'animo in pace. Ormai è tutto inutile. Eppure immaginare i volti, la carne, le voci spezza gli ultimi, ultimissimi sogni.

Si mette il bigliettino in tasca e nonostante i consigli del vecchio commissario sente che è veramente difficile lasciare un posto dove si è stati così felici.

154

Anche Umberto Barà è nell'occhio del ciclone. Ha lo zigomo rotto e un labbro gonfio con dei puntini rossi di sangue raggrumato. Inizialmente ha avuto una brutta reazione e i carabinieri lo hanno dovuto menare. Ma non gliene importa nulla.

Continuano a fargli domande stupide. Quegli uomini hanno la faccia di chi ti scruta nell'anima anche se in realtà non ci sta capendo un bel niente.

«Dov'eri? Dov'eri? Dov'eri?».

È da questa mattina che in procura gli stanno ponendo la solita domanda. E lui ha sempre risposto allo stesso modo.

Non è facile convincere questi professionisti dalla logica stringente che quella sera... Quella sera Umberto stava correndo verso il Cabiria, un locale («Vada avanti lo conosciamo») poi sbagliò strada e si ritrovò a Sesto San Giovanni dove era in svolgimento una serata di ballo liscio. Dopo un po', finalmente, trovò il Cabiria, ma era un cinema e, cosa strana, ci stavano proiettando un film. Telefonò a Renato e capì più o meno qual era il posto giusto dove andare, ma all'angolo fra via Marconi e via Paganini c'era una mignotta nigeriana da sballo che gli venne a costare un sacco di soldi: mille-e-cinque-cento-euro capito? *(meno che mantenere le vostre mogli per un mese, bacchettoni di 'sta minchia!* Ma quest'ultimo calcolo non lo comunicò anche se moriva dalla voglia). Alla fine trovò il Cabiria, ma Consuelo era già andata via. Si addormentò e fu risvegliato da uno stronzo ubriaco che batteva sul finestrino e voleva un autografo.

«Non ci credete?».

No vero? Poveri cretini...

Ormai non gliene importa nulla se gli credono o no, se lo accusano di chissà cosa, se lo sbattono in galera, se lo fanno diventare un mostro. Quello che Umberto desidera con tutte le sue forze è raggiungere in tempo il reparto di neurologia dell'ospedale Niguarda. E mettere la solita seggiolina il più vicino possibile al letto di Consuelo. Non parla, non capisce, sembra vivere in un altro mondo, ma lei lo sta aspettando...

Come tutti i giorni.

Il bigliettino stavolta dovrà improvvisarlo e scriverlo lì per lì.

155

Quell'indagine su Simone Vezzosi falciata dopo così poco tempo senza un reale motivo... possibile che nessuno si fosse posto delle domande?

David Cramp non poteva crederci. Anche adesso, a dire il vero, continua a non farsene una ragione, ma è stanco, si sente sconfitto e sta sprofondando in quella maledetta poltrona.

E pensare che fino a pochi giorni prima era tutta un'altra storia.

Aveva deciso di barricarsi in casa per vederci più chiaro una volta per tutte. Chiuso nel suo salotto, con la musica degli Iron Maiden a volume bassissimo, l'investigatore trangugiava video su video tratti dalle trasmissioni dedicate al giallo di Codogno Vicentino. Internet ne era pieno.

Le solite storie, i soliti interventi, i soliti contraddittori su quelle cazzo di perizie che non risolvevano mai nulla.

E poi una sciocchezza insignificante. Per tutti, ma non per David Cramp.

Con lo scopo di evitare inutili formalismi e instaurare un clima confidenziale, l'onnipresente conduttrice Monica De Amicis aveva posto una regola inderogabile per i suoi ospiti: l'obbligo di darsi del "tu".

Perché allora l'esosa Monica e l'inflessibile dottor Marco Tanguenza continuavano con quegli: «Scusi dottor…», «… capisco signora De Amicis»? Eppure sembravano avere un rapporto così confidenziale. Una domanda, un ammiccamento. Una risposta, un sorriso che non finiva più.

David non aveva mai letto Freud, ma percepì in tutto questo l'eco del grande psicoanalista austriaco. Niente di più opportuno di un asfissiante pedinamento nei confronti di quella grandissima baldracca di Monica De Amicis!

Rimase ancora più sorpreso quando scoprì che i due abitavano a poche centinaia di metri l'uno dall'altra.

Eccola, stava uscendo…

La vide dal parabrezza con mezzo occhio perché l'altro si era già addormentato. Erano cinque giorni che la pedinava. Vederla uscire alle undici di sera non fu questa grande emozione, considerato il tipo di professione di cui la donna era maestra assoluta.

Eppure stavolta non uscì dal cancello con l'auto, era a piedi e prese a camminare.

Questo sì che è strano!

Certo è bona…

Avrà avuto pure i suoi anni, ma l'incedere maestoso, la matassa di riccioli rossi che ricadevano sulla schiena come una colata di fuoco, le labbra turgide e abbondanti glielo fecero allungare come il naso di Pinocchio. Se la sarebbe fatta lì sul marciapiede. Se non fosse stato il grande professionista che era, avrebbe tentato un approccio in corsa.

Invece si limitò a seguirla, con ancora più entusiasmo. Nonostante tutto quel cemento intorno, il profumo della primavera grondava dagli olmi e dai faggi che costeggiavano la strada.

L'investigatore britannico non era mai stato un asso nei pedinamenti. Ce n'era sempre una. Stavolta, pur cercando di non perdere di vista la conduttrice più potente d'Italia, stava impiegando tutte le energie nello scansare le cacchine di cane camuffate in mezzo alle ombre del marciapiede come mine antiuomo.

Ne aveva appena dribblata una quando…

Puff!

Monica De Amicis era sparita.

Come sparita?

Sei il solito perdente David Cramp.

Come aveva potuto perdere di vista un obiettivo mentre lo seguiva a piedi a venti metri di distanza?

Aveva potuto. Era nelle sue corde. Quando seguiva le persone, queste sparivano. Il contrario del famoso bambino de *Il sesto senso*, quello che a un tratto "vedeva la gente morta". David Cramp, sul più bello, "non vedeva la gente viva".

Eppure quel colpo di fortuna che l'investigatore aveva invocato per tutta la vita, gli fu finalmente concesso.

Se infatti la De Amicis era sparita nel buio come una stella cometa, il dottor Marco Tanguenza gli camminava davanti a soli cinque metri di distanza.

Un po' di culo anche a me! Meritato.

Era fatta.

Monica ricomparve molto più avanti. Quando ormai si trovavano quasi fuori dal quartiere di San Siro, Marco accorciò le distanze e imboccarono una via anonima. Vide tutto da lontano.

...

Quello era... assolutamente un bacio.

156

Mentre stava tornando alla macchina associò a ciò che aveva visto il racconto di Renato avvenuto la sera in cui David scatenò quel putiferio in diretta a *Giallo Cinque*.

Simone Vezzosi stava insieme alla figlia di Monica De Amicis. Telefonò a Renato mentre era ancora nei corridoi dello stadio che rilasciava un'intervista postpartita. Interruppe l'intervista con quel leccaculo prezzolato di Andrea Scarpa e rispose alla domanda di Cramp.

«Da quanto stavano insieme? Mah... direi da quando Simone Vezzosi era l'unico indagato, il periodo in cui tutti erano sicuri che fosse l'assassino».

Elementare Watson.

Monica aveva chiesto un favore a Marco Tanguenza per via della figlia. Forse lo aveva ricattato, forse il procuratore si era perdutamente innamorato della conduttrice o forse, semplicemente, Tanguenza era convinto che Simone non fosse l'assassino di Sofia e insabbiò le prove che avrebbero rischiato di condannare un innocente (*???*).

Un arbitrio. Un arbitrio bello e buono. L'ennesimo colpo a tradimento inferto alla povera Sofia. Nessun'altra pista era stata battuta dagli inquirenti e non era stata battuta semplicemente perché non esisteva.

Restava una sola possibilità: Simone Vezzosi. E volontariamente non era stata considerata. Ma ormai contava qualcosa?

L'unica cosa che contava è che secondo David Cramp,

l'investigatore dei sogni, un fatto ormai era scontato: Simone Vezzosi aveva trucidato Sofia Niccolai.

157

Montagnèr è voluto passare apposta da lì.

Da via Bergamo, dove la incontrò quella sera gelida. C'era la neve nell'aria, il vento forte e lei era raffreddata.

Cammina piano, non ha fretta.

Non sa perché vuole pagare questo ultimo tributo, perché vuole passare davanti a quel palazzo, a quel portone che non scorderà mai più. Non c'è niente di nuovo da scoprire, sa già tutto!

Eppure, a un certo punto, Fabrizio Montagnèr ci aveva sperato davvero...

Piombò a casa di Carlotta appena dopo mezz'ora che lo aveva chiamato, pensando che non fosse ancora arrivata.

Invece anche Carlotta si era data una mossa e lo aspettava sulla porta. La faccia seria con una smorfia di disappunto sulle labbra. Tutto quel trucco agli occhi che brillavano insieme alla bocca morbida. Non sembrava arrabbiata, sembrava bellissima! Un vestitino argentato cortissimo che Fabrizio non conosceva. E i sandali con il tacco alto rivestito di brillantini. Ci teneva a essere carina come Montagnèr non l'aveva mai vista... Niente di più facile. Agli occhi di Montagnèr la sua Totta diventava più bella ogni volta che la pensava.

Stava appoggiata su un fianco e nonostante l'espressione implacabile, gli occhi si tagliarono di una luce dolce, come tutto il viso.

Prese il cartoccio del pollo dal tavolo di cucina e lo appoggiò con forza sul parquet. «Adesso mangi il pollo arrosto, senza coltello e forchetta. E senza mani, ovviamente. Ma prima mi chiedi perdono in ginocchio».

Lo guardava seria seria, sempre più carina e sempre meno vendicativa. Fabrizio si sentì schiarire, invaso dall'azzurro elettrico del cielo dopo un temporale estivo. Tornava a respirare. Si aggrappò a quella sensazione positiva esattamente come faceva l'attore Massimo Lopez durante la "telefonata che salva la vita" nella vecchia pubblicità della Sip.

Il peggio sembrava passato.

Non la finì più di implorare perdono, proprio nel modo che voleva Carlotta. La bella aguzzina si rese conto che chiedere a Montagnèr di grufolare in quel piatto sul pavimento era come chiedere a Marcella Bella di cantare *Montagne verdi*. Troppo, troppo facile! Gli prese i capelli un po' più forte del solito e piegò le gambe tutte sulle ginocchia fino ad arrivare vicinissimo a Fabrizio. Avevano gli occhi e la bocca a un centimetro.

«Lo sai che sei una merda vero?»

«Lo so».

«Da uno a dieci?»

«Dieci».

«Giura che non lo farai mai più. Giuralo e non basterà comunque, perché ormai non mi fido di te. E da ora in avanti pure tu non dovrai fidarti di me, perché anch'io mi farò i cazzi miei. A tutto spiano. Capito?»

«Sì».

«Comunque giuramelo lo stesso».

Fabrizio non aspettava altro, giurò, spergiurò, promise, chiese perdono un'altra ventina di volte e iniziò il discorso che si era preparato: «Senti Tottina, lo so che è assurdo, ma noi due a questo punto non potremmo...».

Carlotta non lo lasciò finire perché se avesse pronunciato quella parola ci avrebbe pensato sul serio. Non era il momento.

«No, Fabrizio, ora non mi dire niente, ne riparliamo...».
Montagnèr non ci rimase nemmeno troppo male, tanto esultava nel rivedere la sua Totta. Notò solo che sulla spalla non aveva più il cerotto anticoncezionale che compravano sempre insieme.

Pazienza. Lo rimetterai presto!

Sognò Montagner in delirio di onnipotenza.

158

Sta sbucando in via Tagliamento, lo Zambre sulla destra è un fiotto d'acqua pieno di suoni estivi e odori dolciastri. I soliti palazzoni che Fabrizio contava uno per uno prima di arrivare a quello giusto.

Una signora su un balcone parla da sola e si lamenta perché fa troppo caldo.

E quel pino? Quel pino storto sul marciapiede che pende verso la strada? Non lo aveva mai notato...

C'era il muretto, gli dava un'occhiata ogni volta che andava a trovare Totta. Quella sera non successe niente, ma non è proprio quando non succede niente che a volte capitano le cose più importanti?

Decide di avventurarsi sulle sponde dello Zambre. Tanto il fiumiciattolo è quasi secco. Fabrizio scende attraverso un sentiero fra i rovi. Una radice gli arpiona un piede ma lui la strappa con uno strattone e procede verso il letto del fiume. Appena si trova sul piano si infila in una pozza di melma verdognola nascosta dalle erbacce.

Bella idea, scendere in questo sudiciume. Si arrotola i jeans e fa un paio di metri camminando alla Sampei.

E finalmente ecco lo Zambre.

Visto da dentro. Scorre a zig zag come un fulmine d'argento disegnato da un bambino. Erano dieci anni che osservava questo elemento naturale così estraneo a tutto il contesto. Non gli dava nessuna sensazione. Pensava solo che non c'entrasse davvero niente con quel paese grigio dove il cemento sembrava averla vinta su tutto.

Si gira un po' intorno. C'è solo il suolo di terriccio, qualche pianta secca e... un rospo. Lì a pochi metri, lo sta guardando sotto il sole.

Carlotta si lamentava sempre perché non riusciva mai a vederne uno. È grosso, respira velocemente come se dentro al gozzo avesse una pallina da ping pong che rimbalza su e giù. Forse ha paura.

Montagnèr se ne va, risale il piccolo pendio. A ogni metro vede le sezioni dei casermoni sempre più grandi e illuminate dal sole.

Eccolo il palazzo color sabbia, e il portone a vetri: è aperto. La pulizia della scale. Non sa se entrare.

A che serve Montagnèr?

Passare dal pianerottolo, sentire la sua voce e magari quella di...

Tanto è finita.

159

Proprio così.

Era finita. Era finito tutto.

Nonostante avessero ricominciato a vedersi quasi tutti i giorni, non era più come prima. Eppure quel sornione di Fabrizio se ne stava buono e tranquillo: una fase di riassestamento gli sembrava fisiologica.

Era stato ingenuo. O forse non aveva ascoltato bene le parole di Carlotta. Parole imposte dai sentimenti ma che sgorgavano di rancore e rivalsa. Non ce la faceva a stare senza di lui, ci aveva provato, ma non ci riusciva. E dal momento in cui si erano riavvicinati, un feroce gioco al massacro aveva aperto i battenti. Ogni occasione era quella giusta per umiliarlo, punirlo, rivomitargli addosso la sofferenza che le aveva inflitto.

Carlotta prese a essere diversa, assente, disinteressata. Non lo ascoltava, spesso lo interrompeva per chiedere qualcosa che non c'entrava niente e rideva molto meno. Un pochino lo faceva apposta, un pochino no. Qualche volta gli rispondeva in modo strafottente e poi lo guardava per coglierne gli effetti, con gli occhi che lo sbeffeggiavano.

Se lo trattava male sembrava quasi contento. Sì, non c'erano dubbi, Fabrizio era proprio contento. Totta lo capiva benissimo: se si mostrava vendicativa, se lo trascurava troppo ostentatamente, voleva dire che ci teneva ancora, che era ferita e delusa ma che ci teneva. Questo pensava quel contorto di Fabrizio!

(In effetti Montagnèr aveva le sue idee. Evitava di spiattellarle a Carlotta, ma aveva le sue idee: l'unica prova, l'unico segno tangibile dell'amore era il dolore. Un po' come la garanzia quando ti vendono un'auto dal concessionario. Stessa cosa. La garanzia di un sentimento profondo come l'amore non poteva essere che la sofferenza!)

Fabrizio non disperava, anzi. Gli scivolava tutto addosso. Era questo l'atteggiamento che la faceva andare ai pazzi.

Carlotta non aveva mai dominato così consapevolmente e spietatamente un'altra persona. Le faceva uno strano effetto. Potere abbagliante e rabbia allo stesso momento. Era tornato suo in modo totale e definitivo, eppure vederlo prostrato era l'unico modo per ricominciare a volergli un po' di bene.

Ma quanto dovrò farmi vedere ancora così distaccata e indifferente? Non le bastava mai. *Devo essere sempre più stronza, sempre di più, di più…*

Non lo aveva perdonato, assolutamente.

La famigerata frase che aveva pronunciato, letto e scritto mille volte nel diario del liceo «Si può perdonare ma non dimenticare», era una grandissima scemata. Alcune cose non si perdonano, punto e basta. Si può solo far finta.

Come in fondo faceva finta sua mamma Teresa. Solo che aveva preferito il male minore. Vivere con l'insicurezza che ti striscia accanto da mattina a sera o non vivere affatto?

La mamma aveva fatto la sua scelta ma Carlotta era ancora troppo giovane e la sua vita esplodeva di possibilità.

160

Un fine settimana, al cinema Aurora di Settimo Naviglio, una saletta cinematografica con un baretto accanto sempre chiuso, davano il film *Baciami ancora.*

Carlotta voleva assolutamente vederlo, se lo era perso nel periodo in cui uscì. Tanti anni prima si era appassionata con *L'ultimo bacio* e di assistere al seguito non poteva farne a meno. La canzone di Jovanotti, poi, non era affatto male!

La sera stessa però non ne aveva più voglia, era annoiata e più smorfiosa che mai.

Dopo due giorni, in un pomeriggio un po' nuvoloso, si erano ritrovati nella loro panchina in piazza del Mercato. Carlotta doveva parlargli.

Fabrizio lo sapeva già.

Lo sapeva già che Carlotta aveva definitivamente deciso di mandargli il cuore in mille pezzi. Si domandava solo se fosse proprio necessario farla finita. Lui se la sarebbe tenuta anche così. Pensava a lei dalla mattina alla sera e quindi era sua. Di chi poteva essere?

Una donna è di chi la pensa, no?

Uno dei grandi dogmi di Fabrizio Montagnèr.

E poi il tempo piano piano cambia le cose... capirà prima o poi. Dovrà capire!

Carlotta cercò di essere il più serena possibile, per non far credere a Fabrizio che potesse essere solo il rovescio di una ripicca (conoscendolo ne sarebbe stato quasi felice!). Parlò dolcemente, spiegando che le cose erano cambiate, cambiate veramente, che non era giusto per nessuno dei due andare avanti così. Continuando in questo modo avrebbero sciupato anche il ricordo. Scandiva le parole che le sembravano più importanti, come sempre. Era stata una bella storia, anche se travagliata, e non bisognava assolutamente rovinarla.

Aveva gli occhiali da sole sopra i capelli, l'ombretto azzurro, un filo di lucidalabbra e una magliettina a righe orizzontali bianche e blu.

La cosa più strana per Fabrizio fu non poterla stropicciare tutta mentre parlava.

Carlotta pronunciò quelle parole, osservandosi le mani che giochicchiavano con il portachiavi. Nessuno sguardo di sfida, nessun movimento accentuato, nessuna smorfia irridente. Non si guardarono praticamente mai negli occhi.

Quando se ne andò, Fabrizio la vide allontanarsi piano piano, senza riuscire a capire fino in fondo.

No, non può essere vero.

Magari è uno scherzo, uguale identico a quello che le feci io qualche tempo fa, proprio in questo punto della piazza. Ho capito, è uno scherzo.

...

Però dura troppo.

Dai Totta torna indietro... ti prego torna. Girati e torna indietro. Sorridimi, dimmi che è stato tutto per finta.

... torna indietro, che ti costa. Siamo ancora in tempo. Torna qui, per favore, per favore... per favore.

E poi... dove vai?

Dove vai, senza di me?

Continuò a seguirla con lo sguardo, non l'avrebbe persa di vista fino alla fine del mondo. Gli parve solo che a un certo punto si fosse strusciata una mano sugli occhi.

161

Ne aveva parlato solo con Aimè.

C'era un particolare stupido che proprio non gli tornava. Per quale motivo Carlotta non era più voluta andare al cinema per quel film che voleva vedere a tutti i costi?

Aimè la tirò lì, mentre stava accendendo la televisione: «Perché, forse, era già stata a vederlo con...».

Il commissario deglutì letteralmente il "con", scalando di tre marce la voce, e si bloccò. Gli venne in mente quella famosa frase: "Se i giovani sapessero, se i vecchi potessero...".

162

Carlotta sente le chiavi che entrano nella toppa.

Gli va incontro con i piedi scalzi, si abbracciano. Baci.

Nota subito che ha un po' di sangue su un dito.

«Che ti sei fatto lì, Simone?», Gli prende il dito e lo immerge nella bocca.

«Nulla, forse prima mi sanguinava una gengiva...».

In effetti, terminato il lavaggio spartano di Carlotta, il dito non ha nessunissima ferita.

«Senti, Romeo ha mangiato?»
«Certo!».

Lo aveva chiamato Carlotta pochi giorni dopo il tradimento di Montagnèr e Ginevra.

Quell'abominio non poteva passare sotto silenzio. Si erano incontrati per parlare della loro condizione di cornuti. Sapere che un'altra persona provava le sue stesse sensazioni la alleggeriva, quasi la entusiasmava. Solo all'idea di una giusta vendetta resuscitava letteralmente. Insieme a Simone splendeva di rivincita. Avevano concordato di fargliela pagare a tutt'e due, fingendo che fra loro sarebbe intercorsa una relazione. Poi si erano rivisti. Poi...

163

Montagnèr sta facendo le scale.

Non ha mai messo piede sull'ascensore nel palazzo di Carlotta.

Gli ascensori si prendono quando non hai fretta.

Sta salendo piano. Stavolta non ha urgenza.

La porta è aperta, strano. Non entra, vuole solo sentire.

Cos'è questo silenzio innaturale?

...

Sono passati dieci minuti, la porta spalancata, nessun rumore.

È davvero strano. Gli tocca farsi notare, ma non vuole pronunciare il suo nome: «C'è nessuno?».

Sempre più silenzio.

«Romeo?».

Qualcosa non va, ne è sicuro.

Forse è meglio togliere le tende, non sono fatti miei... magari si è dimenticata la porta aperta perché è andata un attimo da qualche vicino di casa... Torna e faccio la solita figura di merda.

Eppure Carlotta ci stava attentissima alla porta, sennò Romeo scappava.

Fa tre passi in casa. «Ehi...».

Niente.

In cucina la ciotola del gatto è piena.

Romeo deve essere vicino...

Sembra un cencio. Un grosso cencio grigio intriso di rosso. Aperto come una borsa da cui sono rotolati fuori degli oggetti.

È un cencio grigio e rosso con una coda pelosa.

164

David Cramp adesso è bloccato nel traffico, imbottigliato come un litro di Chianti.

Non poteva restarsene a casa sua, fuso con la poltrona a scolarsi il suo Pampero? Perché, invece di lasciare perdere questa brutta storia una volta per tutte, ha afferrato quel telefono che scottava solo a guardarlo? Perché, come aveva biascicato l'investigatore mentre si alzava dalla poltrona facendo rotolare la bottiglia di rum lungo tutto il parquet del salotto, «io sono un perdente, non un coniglio».

Tiene i vetri dell'auto chiusi solo per potere imprecare più forte. Ha chiuso la conversazione pochi minuti fa e si è scaraventato in macchina. Cosa darebbe per avere un elicottero... oppure una moto!

Deve muoversi. Se lo sente che è questione di minuti.

Dylan Dog aveva il quinto senso e mezzo, giusto?

Bene, ce l'ho anch'io.

Ne aveva visti troppi di quei programmi televisivi in cui si giocava, mentendo sulla vita recisa delle persone.

Avvocati in mala fede, giornalisti stupidi o corrotti, opinionisti compiacenti, magistrati ottusi: gli veniva il voltastomaco. E si domandava cosa potessero provare i genitori delle vittime, i genitori di Sofia Niccolai per esempio. Anzi la mamma di Sofia Niccolai. Perché era una ragazza madre. Chissà se il padre aveva mai saputo di avere una figlia… e della fine che aveva fatto. E se aveva visto tutte quelle persone sputare altro sangue sul suo ricordo.

Un'idea.

All'inizio era solo un'idea. Poi, quasi per gioco, iniziò a vedere se le cose potevano collimare. E qualcosa, in effetti…

Rimane attaccato al clacson come se fosse la presa della corrente elettrica. Quel suono smuove qualcosa, come quando tiri un po' la tovaglia e fai cadere un piatto. In questo caso, un ricordo.

Renato Boriani, una moto, ce l'ha.

Lo chiama immediatamente.

Perché non risponde? Renato risponde sempre.

165

«Allora signor Boriani, ci può spiegare questa storia delle olimpiadi invernali e della guerra al terrorismo? Non fa altro che parlarne col suo caro amico Umberto Barà», chiede il sostituto Massimo Nardoni con un ghigno nemico pregno di cose sapute ma non dette.

Renato strabuzza gli occhi come un Carlino.

Olimpiadi? Guerra al terrorismo? Umberto Barà? Umbè, ultimamente, l'avrò sentito al massimo due o tre volte per farmi dare le dritte per i giochini della Play. È un intrigo internazionale, mi vogliono incastrare.

Renato Boriani vede nero come la pece.

Per come si stanno mettendo le cose un soggiorno dietro le sbarre gli sembra Gardaland.

«Sentite non ne so niente, vorrei parlare col mio avvocato...».

«Ma quale avvocato! Le stiamo solo facendo qualche domanda. Mi ascolti Boriani... li ha visti o no quei biglietti che Umberto Barà scriveva a Consuelo Tanguenza?», la voce del dottor Marco Tanguenza cigola come una catena rugginosa.

«No, quali biglietti?». Renato casca dalle nuvole mentre sènte il naso crescergli di venti centimetri.

Qualcuno, da dietro, molla un calcio su una gamba della sedia: «Senta stronzo, ci sono le sue impronte digitali su quei biglietti. Non quelli che il signor Barà portava all'ospedale. Quelli che teneva a casa, le brutte copie».

«Sì, e allora?»

«E allora», il tipo grosso (Massimo Nardoni) si sta alterando «in quei cazzo di biglietti il signor Barà insulta Consuelo, sostiene che sia stata la rovina della sua vita, le manda maledizioni, le chiede perdono».

Nella sua vita Renato Boriani, non si è mai sentito un'aquila. Lo aveva capito sin dai tempi delle elementari quando non riusciva a risolvere i problemini con le uova e i sacchi di farina, da come le persone lo guardavano appena aveva terminato di dire la sua e gli dovevano spiegare le cose sempre una volta di più. Ma adesso è sicuro di ciò che pensa. Quelli sono più stupidi di lui. Molto più stupidi. Quella è gente che non sa distinguere l'odio dall'amore.

Non vale la pena nemmeno di rispondere.

Solo qualche ora dopo Renato vedrà il messaggio di David Cramp.

«Rispondi cazzo! Simone Vezzosi è l'assassino di Sofia. Sono fermo nel traffico. Prendi la moto e vai a casa di quel Simone. Via Settimo 21. Veloce».

Per la seconda volta nella sua vita Renato Boriani correrà come un pazzo a causa di Carlotta Magonio (avvistata dal campione pochi giorni prima mentre passeggiava mano nella mano con Simone Vezzosi davanti alla Rinascente del Duomo solo pochi giorni prima)...

...e anche in questa occasione sarà del tutto inutile.

Neppure nella famigerata notte dell'Old Trafford, quando si involò in contropiede verso la porta avversaria per segnare il gol-qualificazione (prese il palo), aveva sentito le sue gambe così determinanti.

Non sarà stato utile, ma era bello correre per quella ragazzina.

166

Fabrizio Montagnèr cammina senza meta per le strade scurissime di Settimo Naviglio.

Non sa cosa fare. Non vuole nemmeno pensare. È uno sforzo immane persino tornare a casa, montare in macchina e fuggire il più lontano possibile.

Potrebbe presentarsi a casa di quell'assassino, ma non sa dove abita. Sull'elenco non c'è. Aveva già controllato con Aimè.

Attraversa la piazza del Mercato. Rivede la loro panchina ma ormai Carlotta le fa solo pietà. Vorrebbe che il nastro del tempo corresse più avanti possibile, solo per risvegliarsi quando ormai avrà smesso di soffrire.

In fondo alla piazza c'è il bar.

Forse qualcuno di loro sa dove abita...

167

Sentono suonare il campanello.

Un trillo di media intensità e lunghezza. Anonimo.

«Aspettavi qualcuno, Simo?».

Carlotta ha solo una magliettina bianca di cotone con la scritta *Paris* sopra la Torre Eiffel che le ha prestato Simone. Sotto è nuda.

Simone Vezzosi sta lentamente riprendendosi, seduto sul letto con lo sguardo fisso davanti a sé.

La prima volta c'era stata una ragione... Sofia aveva letto quel messaggio. Forse aveva iniziato a capire qualcosa dello strano rapporto con Enrico, il suo amico del liceo.

Stavolta non c'era nessun motivo. Nessuno. Solo perché Romeo continuava a scappare e non ne voleva sapere di mangiare con lui davanti.

Per fortuna era solo un gatto.

Carlotta sta aprendo la porta, tanto l'appartamento di Simone è al primo piano e si vede benissimo chi entra dal portone.

Ma è già salito.

Solo pochi centimetri la separano da lui.

168

David Cramp non ce la farà mai ad arrivare in tempo.

Lo sa.

Ha smesso persino di agitarsi.

Renato Boriani non ha risposto al telefono, era l'unica possibilità...

Per l'ennesima volta arriverà tardi.

Destino.

Magari si sbaglia. Forse non c'è poi tutta questa fretta…

Eppure la mente rimane sempre lì.

Solo poche decine di minuti prima l'investigatore era venuto a capo di tutto.

Non era stato facile fare quella chiamata, sentire quella voce, e buttare lì quella domanda impossibile.

169

La porta si è aperta. Carlotta, quando lo vede in faccia, è stupita.

Cosa ci fa qui?

Lo sguardo scende in un attimo.

In mano tiene…

Rimane pietrificata, lì davanti. Il sangue è un fiume ghiacciato. Non riesce a parlare, non riesce a capire. Sente dentro una vibrazione dirompente che la paralizza. Ha solo la forza per continuare a osservare quell'oggetto che tiene stretto in mano.

Carlotta non si sposta.

Quasi gli viene da sorridere. Sopra è nuda e sotto… *quella maglietta.*

È costretto a darle uno schiaffo per passare. Si era dimenticato che cosa stesse impugnando… Non voleva farle male, così male.

Simone Vezzosi sente qualcosa che non va, di là, nel salotto. È passato troppo tempo da quando hanno suonato alla porta. Solo il rumore dei passi di Carlotta che sta tornando in camera. Perché gli sembra tutto così strano?

Sta per uscire dalla camera da letto. Ma qualcuno è già lì. Simone vede un volto enorme. Perché è vicino, troppo vicino. Un volto enorme e distorto. Gli blocca la vista e i pensieri. Per una volta tocca a lui.

È questa la paura?

170

David Cramp un attimo prima di telefonare aveva messo l'ultimo pezzo del puzzle. Era riuscito a finire la nave Costa Magica!

Mi-ra-co-lo-so!

La bottiglia di Pampero giaceva triste nell'angolo tra il muro e il parquet. Sgocciolava appena.

Aveva impiegato un po' di tempo per trovare il numero di telefono e pensare bene cosa dire.

Gli sembrava tutto chiaro.

In quel momento più che mai era sicuro della sensazione iniziale. Era una vendetta.

Simone aveva ucciso Sofia, ma non poteva avere massacrato Consuelo. Ci avrebbe messo le palle sulla graticola.

Consuelo era stata quasi uccisa per vendetta. Una semplice vendetta. Qualcuno voleva vendicare Sofia Niccolai e aveva cominciato con Consuelo.

Forse l'aveva incontrata per sbaglio, forse stava cercando Simone fin da quella notte. In fondo Consuelo era la figlia di colui che, senza scrupoli, aveva impedito di dare giustizia a Sofia.

Già, anche Consuelo era una giovane figlia. Proprio come Sofia.

L'aggressione a Consuelo era una disperata resa dei conti. Con un briciolo di pietà.

Ci mise tutta la concentrazione del mondo per non trascinare o spezzettare le parole come chi ha bevuto troppo.

Lei rispose dopo molti squilli ma il suono della voce lo colse ugualmente impreparato.

Cercò di essere il più rassicurante possibile, di tenere un tono autorevole e complice al tempo stesso.

Era convinto anche lui: Sofia era stata uccisa da Simone Vezzosi. E le spiegò la sua teoria sul perché e il per come l'indagine si fosse arenata. Anche lei pensava le stesse cose, più o meno. Le mancavano solo i nomi e qualche particolare.

Alla fine con il cuore che pulsava da tagliargli il respiro fece quella domanda: «Signora Niccolai, è molto importante, lei sa chi è il padre della sua Sofia?»

«Sì, anche se non credo che l'abbia mai vista. Forse in televisione appunto, dopo la sua scomparsa. Lo conobbi in una vacanza a Rimini circa venticinque anni fa. Non era italiano.

Si chiamava Aimè Gresset».

171

Montagnèr suona il campanello ma non risponde nessuno.

Allora, li suona tutti.

Qualcuno apre.

Sale quei gradini come se fossero una scala mobile che va al contrario.

...

La porta è spalancata.

Gli viene un urto di vomito.

C'è un ragazzo nudo, per terra, pieno di buchi e tagli. Il sangue lo nasconde. È irriconoscibile anche se sa chi è. E sa che è morto. Accanto c'è una bottiglia rotta e imbrattata.

Carlotta è un pochino più in là. È in ginocchio, in una posizione innaturale, le gambe troppo divaricate, come se fossero spezzate. Oscilla, avanti e indietro. La testa reclinata.

Montagnèr le si avvicina, la prende per i capelli e le rovescia il viso, con un po' di rabbia.

Ha una guancia squarciata che vomita sangue. Cola fino all'angolo della bocca e scorre dentro.

È viva, ha solo quel taglio.

La guarda negli occhi per l'ultima volta in vita sua.

Anche lei lo guarda, ma ha gli occhi vuoti.

172

David Cramp arriva con quei soliti dieci minuti di ritardo dopo che tutto è accaduto.

Sente il suono della sirena dell'ambulanza che aumenta sempre di più.

Accelera il passo, poi ci sarà troppa confusione.

Il portone è aperto. Quasi tutti gli appartamenti del palazzo hanno la porta spalancata. Sente parlare forte, discutere. Arriva fino all'appartamento di Simone Vezzosi.

Lui è perduto. Davanti a sé c'è una ragazza. In ginocchio. Ha un profondo squarcio su una guancia ma è salva. La maglietta metà bianca e metà rossa. Ha il viso all'indietro che gocciola sangue. Sembra spezzata in due.

È bella.

Per una volta nella vita pensa di essere arrivato al momento giusto.

Mentre esce sulla strada vede le tute arancioni che brillano fuori dall'ambulanza, qualcuno della procura e una ragazza bionda con il viso stravolto.

Pensa che presto tornerà in Inghilterra, forse proprio a Londra, e magari cambierà persino la targhetta. Potrebbe togliere “Investigatore dei sogni” e lasciare solo “Investigatore”.

Forse lo è davvero una specie di investigatore.

173

L’ultimo sole che Fabrizio vedrà a Settimo Naviglio sta lentamente cadendo. È un tramonto caldo, ha il colore della nostalgia. Stracci di nuvole viola scivolano in una pozza rosata che tiene il sole a galla per non farlo sprofondare dietro alle sagome scure dei palazzi.

Quei palazzi sono vivi con il brutto tempo, con la nebbia. Il sole al tramonto li bagna di malinconia.

Montagnèr sta camminando veloce verso la stazione.

Ogni tanto corricchia. Le gambe pesanti vanno per conto loro e respira con difficoltà. Fabrizio non ci fa caso, ma sente il profumo dei rovi che si tengono stretta la rete metallica lungo la ferrovia.

Lo sa che è lì. Forse non è ancora partito.

Com’è che diceva il commissario?

«La verità ce l’hai davanti agli occhi».

E poi sorrideva...

Ricordi in sequenza rotolano uno dietro l’altro.

E i cavetti: come mai aveva i cavetti se non possedeva un’auto? Montagnèr sorride e chiude gli occhi. Aimè l’auto ce l’aveva. E forse l’utilizzò proprio la notte in cui Consuelo fu straziata.

Quando tornò a Marina di Stradella si soffermò sul cartellone giallo della stazione. C’era un altro treno che arrivava da Parigi circa tre ore prima la notte in cui Consuelo fu aggredita. Avrebbe avuto tutto il tempo...

Lì per lì pensò ridendo che anche il vecchio Gresset andava messo nella lista dei papabili.

E poi come sapeva che Carlotta aveva una relazione con Simone? Lo aveva seguito?

Eccola la stazioncina dei treni di Settimo Naviglio…

Quella famosa notte Aimè lo aspettava mentre fumava la pipa. Come può Fabrizio Montagnèr scordare quella notte?

Per fare prima passa dal bar della stazione che immette direttamente sul primo binario. Sente l'odore che hanno tutte le stazioni del mondo.

C'è un sacco di gente che aspetta il treno sulla banchina. Un uomo è molto più vicino al bordo, per questo lo riconosce. La valigia è molto distante e lui le dà le spalle, come se non dovessero mai ricongiungersi. Ha la camicia intrisa di rosso.

Come mai nessuno gli dice nulla? Perché non lo fanno stare un po' più indietro, è proprio sull'orlo dei binari. Quasi in bilico.

Finalmente lo vede.

Aimè ha il viso sereno. Sta piangendo senza lacrime, forse. Fabrizio non sa se riesce a pronunciare la domanda che ha in testa, forse ce l'ha scritta sul viso.

Perché?

Sa solo che il vecchio commissario Gresset dice qualcosa, in quel frastuono, in mezzo a tutta la gente che si accalca e gli passa davanti, mentre lo guarda con quel sorriso incompleto che conosce da quando lo venne a trovare all'ospedale, la prima volta.

Fabrizio crede di avere capito le parole del suo amico Aimè: «Dovevo dirle molte cose».

Il treno sta arrivando, lo vede diventare sempre più grande, sempre più pericoloso. È troppo veloce.

Fabrizio fa per avvicinarsi al commissario che gli ha salvato la vita. Gresset scuote la testa, almeno questa è la sua sensazione.

Non ce la fa a stare lì. Deve andarsene subito.

Fabrizio Montagnèr inizia a correre il più forte possibile. Sente appena il rumore del treno che è quasi arrivato. Non se lo ricorda nemmeno l'ultima volta che aveva corso così rabbiosamente. Ma è sempre troppo piano.

Si mette le mani sopra le orecchie per non sentire e continua a correre. Correre così è più difficile, sbanda un po'.

Deve andarsene il più lontano possibile...

I polmoni gli si strappano, la milza è incisa da rasoi che mandano fitte tremende e il cuore...

Il cuore è rimasto un po' lì a Settimo Naviglio.

Un po' di anni dopo

Ma dove vai senza di me…

«...*Morire qui sotto gli occhi tuoi e dimostrarti che hai vinto ormai...*».

Fabrizio non può sentirla questa canzone, ma è la stessa cosa. Conosce le parole a memoria e leggere il labiale ormai è uno scherzo.

«*Morire qui non è da me, morire va bene ma non per te!*».

Lo sa benissimo che il grande Renato Zero è esattamente a questo punto del brano!

Si è registrato su Youtube con il nome Montagnèrleroy e ha postato una quantità esorbitante di canzoni di quei magici anni.

D'altra parte, a lavoro, l'audio si tiene spento.

Come c'è finito nell'ufficio liquidazioni presso le Assicurazioni Generali nella località Ronchi, a una decina di chilometri da Marina di Stradella?

Fabrizio Montagnèr, quella laurea in giurisprudenza che sembrava un miraggio, alla fine, è riuscita a ottenerla. La triennale ovviamente, non quella lunghissima di cinque anni... se stava un minuto di più sui libri si sarebbe lasciato morire.

Suo padre si è dato da fare ed è saltato fuori questo lavoro che lo fa andare avanti tranquillo e beato.

Con i capelli però ha dovuto alzare bandiera bianca. Si specchia sul vetro della finestra e scuote la testa. *Che pagliacciata, ragazzi!* La tinta non è stata una buona idea. Il colore è uniforme e la chioma risulta una spazzola di pelo compatto. Sembra una marmotta.

Manca ancora un'oretta alle 19:00.

Non ha più niente da fare, ma deve restare sottocoperta a far finta di vogare. Se esci un pochino prima dall'ufficio ti guardano tutti come un ladro.

Sono anni che si è cancellato da Facebook, più o meno da quando è tornato nel suo paese. Non può contare neanche su quel passatempo!

Per fortuna ha il pensiero di Manuela che lo sta aspettando a casa. Gli ha già inviato un paio di messaggi per dirgli che senza di lui si sta rompendo da pazzi. Fabrizio dovrà passare pure dalla pizzeria Pancino 2, perché la Manu aspetta un bambino, ha le voglie ed esige una prosciutto cotto e funghi con l'olio piccante.

Nel frattempo non gli rimane che dare un'occhiata ai commenti sulle canzoni che ha pubblicato.

Ce n'è uno nuovo. È su *Maledetta primavera*.

Se qualcuno osa mettere in dubbio la grandiosità del capolavoro della mitica Loretta, Fabrizio in genere lo ricopre di insulti.

È un messaggio firmato TTT88 e Montagnèr non l'ha ancora letto.

Gli do un'occhiata e poi giuro che mi addormento: se dice qualcosa contro la canzone gli offendo tutta la famiglia.

Uno sguardo veloce.

«Si è scaricata la batteria dell'auto... dove sei?
Non ci sei più da così tanto tempo...
Perché fa ancora così male?
era fantastico, lo sai?».

Ringraziamenti

Ringrazio Irene.

Ringrazio Mario Fantacci, Silvio di Cocco, Arianna Fantechi, Francesco Cammilli, Giulia Maddalena e Alessandro Donnini che mi hanno trasmesso l'entusiasmo per andare avanti in quest'avventura dopo aver letto solo poche righe del racconto.

Ringrazio tutta la mia famiglia che ci credeva ancora prima che accendessi il computer.

Ringrazio Luca Di Mari, Walter Giangreco (e le sue preziose idee), Francesco Saporito, Lorenzo Mazzali, Alessandro Frediani, Nicoletta Garau, Costanza De Benedictis, Lorenzo Mannelli, Federico Luti, Leonardo Rastrelli, Giacomo Granchi, Massimiliano Gabellini, Sacha Ciatti, Nicola Mondanelli, Fabrizio Nocentini, Federico Vincenti, Fiore Pandolfi, Elena Fratini e la mitica Maria Elena Greco per avermi sempre spalleggiato nelle mie iniziative.

Ringrazio Fabio Gimignani per la sua pazienza e professionalità.

E infine ringrazio tutti voi. Vi auguro una vita passionale come quella di Fabrizio Montagnèr, dolce e orgogliosa quanto basta come quella di Carlotta Magonio, divertente come quella di Renato Boriani e Umberto Barà, indomita come quella di David Cramp, semplice e pulita come quella di Anselmo Bini e Andrea Ganugi.

Indice